모란시장 여자

모란시장 여자

정도상
소설집

창비

차례

개 잡는 여자

미자는 한숨과 함께 대답을 한 뒤
동그란 의자에 털썩 주저앉았다
다시 한번 한숨을 푹 내쉬며

고개를 숙이는데 의자 아래에 사진이 떨어져 있는 게 보였다
사진을 주워 찢으려다 말고
사진 속의 여자를 한참 들여다보았다
빙긋 웃는 여고생의 얼굴은
한송이 목련처럼 예뻤다 그러나 미웠다
미자는 아버지가 앉았던
의자 위에 낡은 사진을 던져놓고 일어섰다

1

새벽안개 속에는 피냄새가 고여 있었다.

살랑 바람에도 이리저리 흩어지는 옅은 안개 속에서 새벽의 모란시장은 조금씩 기지개를 켜고 있었다. 지겟작대기처럼 생긴 외줄기 전조등이 안개를 헤치며 모란시장으로 천천히 들어오고 있었다. 슬금슬금 눈치를 보듯이 다가오는 자동차는 2.5톤 트럭이었다.

외줄기 불빛이 골목 양켠에 다닥다닥 달린 건강원 간판들을 스쳤다. 이윽고 트럭은 장수건강원 앞에 멈췄다. 트럭의 왼쪽 전조등은 깨져 있었고, 깨진 틈새엔 황토가 묻어 말라 있었다. 시동이 꺼지고 애꾸 전조등도 눈을 감았다. 운전사가 문을 벌컥 열고 뛰어내리더니 거침없이 장수건강원으로 들어갔다. 개골목은 다시 정적 속으로 가라앉왔다. 그러나 짧은 정적도 용납할 수 없다는 듯 안개 저편에서 오토바이가 달려왔다. 불규칙한 엔진 폭발음 소리로 안개를 천지사방으로 몰아내면서 네모의 노란 플라스틱 상자를 짐칸에 올려놓은 오토바이가 트럭의 왼쪽에 멈췄다. 오토바이에서 내린 사내가 헬멧을 벗고 장수건강원 안을 기웃거렸다. 장수건강원 안으로 들어선 사내의 머리는 헬멧만큼이나 반짝거렸다.

"안녕하세요, 사장님."

사내가 인사를 하며 고개를 숙이자 반들거리는 정수리 위에 다섯 가닥의 머리카락이 습기에 젖어 착 감겨 있었다.

"예, 어서 오세요."

작업복으로 갈아입고 나온 미자는 트럭 운전사와 이야기를 하다가 대머리 사내를 향해 손을 들었다 내렸다. 문 옆에서 압력탕기를 씻고 있던 노랑머리의 총각이 대머리 사내한테 입으로만 인사했다. 대머리 사내는 바지 주머니에서 담배를 꺼내 입에 문 뒤 가스레인지에 불을 붙이는 길쭘한 막대 라이터로 불을 붙였다.

"그러면, 음, 아저씨는 뒷마당에 차를 대세요. 김군아, 아저씨한테 길 좀 알려드려라."

첫인상이 약간은 더러워 보이는 트럭 운전사가 노랑머리의 김군을 따라나가자마자 키도 작고 몸집도 작은 노인이 들어왔다. 노인을 본 대머리 사내는 얼른 입에 물고 있던 담배를 뽑아 등뒤로 감추고 공손히 허리를 숙였다.

"안녕하세요, 어른."

"요새 자주 보네."

"겨우 이틀에 한번인데요 뭐."

"작년 여름에 비할까?"

"아이고, 말도 마세요. 전쟁통에 피난열차 탄 기분이었으니까요."

대머리 사내가 너스레를 떨자 노인은 말없이 고개를 끄덕였다.

"그럼 일봐."

노인은 대머리 사내의 등을 두드린 뒤, 가게 안쪽에 있는 녹슨 철제 책상 옆의 등받이 없는 동그란 의자에 앉았다. 주름이 두 줄로 겹쳐진 데다가 군데군데 기름때까지 묻은 감색 바지를 입은 흰머리의 노인은 바지 주머니에서 명함 비슷한 뭔가를 꺼내 손에 쥐더니 엉성한 조각의 돌부처처럼 자세를 취했다. 그 모습을 본 미자는 입을 삐죽거렸다. 아버지를 보니 날마다 돈통에서 돈이 조금씩 사라지는 게 생각났다. 김군 아니면 아버지가 범인이었다. 오늘은 꼭 범인을 잡으리라고 미자는 마음을 다잡았다.

"사장님, 나와보세요."

뒷마당에서 노랑머리 김군이 큰 소리로 미자를 불렀다.

"갑시다, 사장님."

미자는 동부이촌동에서 보신탕집을 운영하고 있는 대머리 사내와 함께 뒷마당으로 나갔다. 김군이 미자의 손에 랜턴을 건넸다. 미자는 랜턴을 켠 뒤 트럭에 실려 있는 개철망을 들여다보았다. 미자 옆에는 대머리 사내가 바싹 붙어 있었다. 철망 속에 갇힌 개들은 잔뜩 주눅이 들어 있었다. 철망 속에는 고양이보다 조금 큰 발바리에서 송아지만큼이나 큰 셰퍼드까지 다양한 종류의 개들이 갇혀 있었다. 환한 랜턴 불빛에 비친 녀석들의 눈동자에는 짙은 안개가 끼어 있었다. 녀석들은 눈앞에 다가온 죽음을 이미 알고 있었다.

미자는 마음에 드는 놈들이 별로 없었다. 맛은 역시 똥개가 최고인데, 오늘은 물건이 변변치 않았다. 아버지는 가게 안쪽에 등받이 없는 동그란 의자에 무심한 눈빛으로 앉아 있었다. 새벽인데도 바람 한점 없었다. 오늘 하루도 머리에서 연기가 풀풀 나도록 뜨거울 징조였다. 날씨가 더워지자 개를 잡는 숫자도 늘어났다. 동부이촌동에서 오토바이를 타고 온 대머리 사내가 한마리를 찍었다. 조금 전만 하더라도 보이지 않던 놈이었는데, 장사꾼의 눈빛은 역시 달랐다. 미자가 긴 쇠집게로 놈의 배를 살짝 건들자 송곳니를 곧추세우며 으르렁거렸다. 눈빛도 다른 놈과 달리 살아 있었다. 한눈에 봐도 육질이 쫄깃해 보였다. 미자는 고개를 끄덕였다.

"아저씨, 세 망만 주세요."

미자는 필터를 질겅질겅 씹으며 뒤를 따르던 업자한테 다섯 마리씩 갇혀 있는 철망 세 개를 가리켰다. 되도록 누렁이가 많이 담긴 철망들로 골랐지만 성에 차지 않았다. 업자들과의 묵계 때문에 한마리씩 고를 수는 없었다. 오늘 물건은 시골 마을을 돌아다니며 마음에 드는 누렁이를 사거나 훔쳐온 개들이었다. 개사육장에서 올라온 누렁이들은 때깔은 번들번들했지만 맛은 도루묵이었다. 개집에 갇혀 사료만 먹이며 키운 누렁이와 마을 고샅길을 누비면서 애들 똥이나 음식 찌꺼기를 찾아 먹고 스스로 큰 누렁이는 육질이 달랐다. 아무리 살집이 퉁퉁해도 개집에 갇혀 암캐의 엉덩이 근처에도 가보지 못한 사육장 놈들과 덩치도 작고 살집은 빈약하지만 새벽마다 안개 낀 고샅길에서 흘레를 붙었던 놈들을 비교하는 것은 애초에 불가능했다. 식당을 하는 사람들이 새벽에 나와 눈으로 개를 확인하는 것은 그 때문이었다. 미자는 대머리 사내가 찍은 누렁이를 향해 철망 사이로 올가미를 집어넣었다. 누렁이가 머리를 흔들어 피했지만 미자는 정확하게 올가미를 씌웠다. 올가미를 씌우자마자 줄을 확 잡아당겼다. 누렁이가 앞발로 버팅겼다.

"그래봤자 너만 손해야."

말이 입에서 떨어지기가 무섭게 미자는 흠칫 놀랐다. 삼년 전 남편이 했던 그 말이 올가미가 되어 미자의 몸에 감겼다. 미자는 올가미를 손목에 한번 더 감았다. 소름이 쫙 끼쳤다. 남편은 하루에 한번씩 전화를 걸어와 이 말을 되풀이했고, 일주일에 한번씩 찾아와 미자를 괴롭혔다. 그때마다 미자는 강하게 고개를 흔들었다. 남편은 이미 다른 여자한테서 아이를 얻었다. 아이의 출생신고를 위해 남편은 날마다 이혼을 요구했다. 손목에서 맥이 스르르 풀렸다. 이혼…… 절대 해줄 수 없었다. 미자는 손아귀에 힘을 모아 줄을 사납게 당겼다. 짧은 순간이었지만 긴장이 풀렸던 누렁이가 철망문 앞에 대가리를 처박았다. 미자는 뒤로 두어 걸음 물러나며 줄을 확 당겨 누렁이의 목을 졸랐다. 목이 졸린 누렁이의 눈에서 파란 인광이 튀었다.

머리를 뒤로 묶은 미자의 외꺼풀 눈동자 속에서 누렁이가 사지를 버둥거리는 게 비쳐졌다. 로션만 바른 미자의 맨얼굴은 무표정에 가까웠지만 누렁이가 심하게 요동칠 때마다 콧등을 살짝살짝 찡그렸다. 미자는 거리를 걷거나 은행에 앉아 있을 때에는 남자들이 한번 더 눈길을 던질 정도로 다소곳하고 예뻤지만 건강원에만 들어서면 선머슴처럼 거칠어졌다. 팔뚝이 조금 굵은 것이 옥의 티처럼 흠이었으나 서른다섯의 나이에 비해 젊어 보였다. 건강원에 개를 사러 온 손님들은 개보다는 미자한테 더 관심을 보이곤 했다. 남자들의 느끼하고 음흉한 시선을 받을 때마다 미자는 더욱 사납게 개를 죽였고 칼질을 해댔다.

징그러워. 니 눈에서 살기가 느껴져. 돈을 원해? 나, 돈은 별로 없어. 하지만 최선을 다해볼 테니까 얼마면 되는지 말해. 제발 도장 좀 찍어줘, 제발.

남편은 화투짝을 내던지듯 미자의 무릎 앞에다 말을 툭툭 던졌다. 미자는 주먹을 꽉 쥐었다. 이미 식어버린 사랑을 되돌리고 싶지도, 결혼생활을 계속할 마음도 없었지만 남편의 요구대로 도장을 찍어주긴 싫었다. 철망 안에서 개가 버르적거렸다. 올가미는 점점 더 깊이 누렁이의 목을 조였다. 그러자 사지를 버둥거리던 누렁이의 눈동자가 파랗게 변했다. 미자는 고개를 돌려 누렁이가 내쏘는 인광을 외면했다. 누렁이가 발톱을 세워 바닥을 긁는 소리가 가시처럼 귀에 박혔다. 미자는 어금니를 꽉 깨물며 더욱 강하게 줄을 당겼다. 누렁이의 입이 열리며 혀가 조금씩 나오기 시작했다. 누렁이의 진저리는 길고 질겼다. 미자는 눈을 질끈 감고 입술을 깨물었다. 올가미를 조금 더 세게 당기자 누렁이의 마지막 진저리가 손목을 타고 올라와 가슴으로 전해졌다. 진저리가 끝나자 손목에 연결된 줄에서 탄력이 사라졌다.

"이놈만 할 거유?"

미자는 손목에서 줄을 풀며 거친 쇳소리로 대머리 사내한테 물었다.

"저기 저놈, 발바리로 합시다."

"이거 좀 잡아요."

미자는 누렁이의 항문이 열리며 똥이 나오자 올가미를 대머리 사내한테 넘기고 발바리의 목에 다른 올가미를 걸었다. 발바리는 누렁이에 비하면 허깨비였다. 이빨을 드러내놓고 덤비기는커녕 깨갱 깨갱 두 번 비명을 지르더니 곧 똥을 쌌고 뻗었다. 익숙한 솜씨로 죽은 누렁이와 발바리를 마당에 끌어낸 미자는 야구방망이를 집어들었다. 방망이질을 해야 근육이 풀려 고기맛이 좋아지는 법이었다. 몽둥이질을 끝낸 미자는 발바리를 기둥에 매달아 털을 태웠다. 노린 냄새가 착 가라앉은 새벽공기 속에 퍼졌다. 털을 태우고 보니 발바리는 예상대로 작았다. 무딘 칼을 집어들고 발바리의 배를 긁어내렸다. 칼이 지나간 자국마다 뱃가죽이 희끗희끗 나타났다. 문득 손이 가늘게 떨렸다. 동이 트기도 전, 새들이 하나둘 깨어나 노래를 부르기도 전에 두 마리의 개를 죽였다. 오늘은 또 얼마나 많은 개를 죽여야 하는 것인지……

손에서 칼이 툭 떨어졌다. 이대로 칼을 두고 가게를 나가 영원히 돌아오고 싶지 않았다. 작은 새가 되어 푸른 창공을 훨훨 날아다닌다면 얼마나 좋을까? 팔자가 이보다 더 사나울 수는 없었다. 팔자라고 하기엔 억울했고 운명이라고 하기엔 너무 가혹했다. 오토바이를 타고 개고기를 배달하던 어머니가 과로로 쓰러져 응급실로 가니 뇌출혈이라는 진단이 나왔다. 어머니는 중환자실에서 한달간 버티다 끝내 눈을 감았고 아버지 혼자 건강원을 꾸려나가야 했다. 아버지 혼자 가게를 꾸려나가는 게 안쓰러워 남편과 상의를 한 뒤 미자는 모란시장으로 나갔다. 아버지의 일을 도운 지 석달쯤 지났을까, 유치원에서 돌아온 아이가 친구와 함께 아파트 베란다에서 놀다가 아래로 떨어져 작은 새가 되었다.

저리 가.

아들의 뼈를 남한산성에 뿌리고 돌아와 간신히 숨만 이어가던 어느 밤에 남편이 벽 쪽으로 돌아누우며 말했다. 남편의 목소리는 낮고 싸늘했다. 미자는 베개에 얼굴을 묻고 오래 울었다. 가슴에 묻은 아들은 밤이면 밤마다 미자를 찾아와 함께 놀자며 떼를 썼다. 머리를 풀어헤치고 떠돌고 싶지 않아서 미자는 가게 일에 열중했다. 입에서 단내가 풀풀 나도록 일을 하는 순간에는 모든 것을 잊을 수가 있었다. 그러다 잠시 손을 멈추면 기다렸다는 듯이 아들이 머릿속으로 밀고들어왔다. 그렇게 가게에서 하루를 보내고 파김치가 되어 아파트로 돌아오면 남편은 불꺼진 거실에 앉아 담배를 피우거나 소주를 마시고 있었다. 죄책감에 숨도 제대로 쉴 수 없었다.

아후우, 개냄새.

그렇게 살던 어느 밤, 짜증을 있는 대로 부리며 구박을 하던 남편이 이불을 박차고 벌떡 일어났다. 남편이 던진 말의 비수가 미자의 가슴에 깊숙하게 박혀 부르르 떨었다. 남편은 옷을 갈아입고 밖으로 나가 돌아오지 않았다. 미자는 남편의 고통을 충분히 이해할 수 있었다. 가게에서 돌아오면 향이 좋은 물비누로 몸을 빠닥빠닥 씻었지만 남편은 미자 쪽으로 돌아눕지 않았다. 남편은 자주 집에 들어오지 않았다. 미자는 거실 소파에 쪼그리고 앉아 날이 훤히 새도록 남편의 귀가를 기다렸다. 아버지가 가게에서 나와 우두커니 미자의 손놀림을 보고 서 있었다.

"얘야, 누렁이가 꿈틀거린다."

아버지가 나직하게 말했다. 돌아보니 죽은 줄 알았던 누렁이가 가쁜 숨을 몰아쉬며 몸을 떨고 있었다. 미자는 야구방망이로 누렁이의 머리를 사정없이 내리쳤다. 퍽퍽, 소리가 가게 안에 퍼졌다. 이혼을 요구하는 남편도 뒤에 앉아 있는 아버지도 미웠다. 누렁이가 다시 사지를 부르르 떨더니 축 늘어졌다. 미자는 야구방망이를 뒤쪽으로 거칠게 내던지고 발바리의 털을 사납게 긁어낸 뒤에 누렁이의 털을 태웠다. 노린내가 지독하게 코를 자극했다. 미자는 간단없이 떠오르는 잡념을 지울 요량으로 일에 몰두했지만 그게 쉽지 않아 자주 손목의 맥이 풀렸다. 털을 모두 긁어낸 누렁이와 발바리를 노랑머리 김군이 가게 안으로 옮겼다. 미자는 허리에 차고 있던 주머니에서 돈을 꺼내 트럭 운전사한테 개값을 내주었다.

가게로 들어온 미자는 한숨을 크게 몰아쉰 뒤에 누렁이를 도마 위에 올려놓고 뾰족하고 긴 칼을 집어들었다. 푸르스름한 칼끝으로 누렁이의 배꼽을 푹 찌른 다음 힘을 주어 목울대까지 단숨에 그었다. 칼이 지나가자 가죽이 벌어지며 그 틈으로 붉은 피가 뭉클 솟았다. 미자는 심호흡을 하고 배꼽에서 항문까지를 갈랐다. 김이 모락모락 오르며 피비린내가 진동했다. 칼을 도마 위에 던져놓고 창자를 들어내 플라스틱 함지박 속에 담았다. 실타래처럼 헝클어진 창자는 후끈후끈한 김을 피워올렸다. 큰 칼로 흉곽을 감싸고 있는 갈비뼈를 쪼갠 뒤 손가락을 깊이 박아 심장을 긁어냈다. 불과 삼십분 전까지만 해도 살아 있던 심장이었다. 손가락 끝에 아직도 남아 있는 심장의 온기가 팔딱팔딱 전해졌다. 전화를 받고 달려갔을 때, 축 늘어진 아들의 몸은 아직 따뜻했다. 발가락에서부터 조금씩 식어오던 아들. 아들의 몸을 비비며 몸부림쳤건만 끝내 피가 돌지 않았다. 아들의 이마가 얼음장으로 변한 것을 확인한 순간, 머리가 텅 비며 온 세상이 캄캄해졌다. 미자는 눈을 질끈 감고 허파와 간장과 쓸개와 위를 들어냈다. 텅 빈 뱃속엔 벌건 핏덩어리만 가득했다.

"아부지, 물 좀."

손가락 끝으로 핏덩어리를 만지작거리며 미자는 물이 나오길 기다렸다. 이렇게 살아 뭐 하나? 돈을 버는 것도 아파트 평수를 늘리는 것도 재미없었다. 다만 은행원인 남편한테 복수하겠다는 마음으로 여태까지 버텨왔다. 지금쯤 과장이 되어 있을 남편은 새여자와의 사이에

16

태어난 아이가 아장아장 걸을 무렵 다른 곳으로 전근을 갔다. 한참을 기다렸지만 물은 나오지 않았다.

"아부지, 물 좀요! 에이씨, 쯧."

미자는 바락 짜증을 내며 욕과 함께 벌떡 일어섰다. 아버지는 때가 절어 반들반들한 철제 의자에 머리털이 빠진 작은 인형처럼 우두커니 앉아 사진만 뚫어져라 쳐다보고 있었다. 눈에서 불똥이 튀었다. 미자는 성큼 다가가 아버지의 손에서 사진을 뽑아들었다. 아버지는 사진이 뽑혀나간 빈손을 십여초 동안 가만히 바라보다가 고개를 번쩍 쳐들었다. 미자는 자신도 모르게 두어 걸음 뒤로 물러났다. 아버지의 눈동자는 살기로 번들거렸고 얼굴 근육은 경련을 일으키고 있었다.

"뭐 하는 짓이야! 사진 이리 내!"

아버지가 부들부들 떨며 고함을 버럭 질렀다. 미자는 아버지가 이토록 격하게 화를 내는 걸 본 적이 없어 속으로 무척 놀라고 있었다. 자신도 모르게 사진을 아버지한테 내밀었다. 아버지는 솔개가 병아리를 낚아채듯이 사진을 잡아챘다. 미자는 의자 뒤로 돌아가 수도꼭지를 비틀었다. 물이 쉐액 소리를 내며 비닐호스를 돌아나갔다.

"이거 드시고 하세요."

대머리 사내가 박카스 한병을 내밀었다. 미자는 말없이 박카스를 밀치고는 플라스틱 함지박 앞에 앉았다. 대머리 사내는 고개를 갸웃거렸다. 미자는 콸콸 쏟아져나오는 물로 핏덩어리를 씻어냈다. 엉긴 핏덩어리들은 하수도로 꾸루룩꾸룩 소리를 내며 밀려들어가고 있었다. 미자는 잠시 넋을 놓고 그 광경을 쳐다보았다. 후우우, 긴 한숨이 터져나왔다. 사는 게 너무 재미없었다. 아침마다 열댓 마리씩 개를 잡아야 하는 인생을 살게 되리라고는 꿈에도 생각해본 적이 없었는데…… 날마다 손에 피를 묻히며 살아온 지도 벌써 네 해가 흐르고 말았다. 미자는 작은 손도끼로 누렁이와 발바리를 부위별로 쪼개 도마 위에 쌓아놓고 내장을 씻기 시작했다. 창자를 갈라 똥을 털어낸 뒤 왕소금을 뿌리고 빨래하듯이 치대 빨았다.

"쯧쯧, 대가리가 완전히 바사졌네. 이러면 고기맛이 떨어지는데."

언제 일어섰는지 아버지가 뒤에 서서 누렁이를 가리키며 말했다. 미자는 아버지의 말을 한 귀에서 다른 귀로 흘렸다. 손가락 하나 까닥하지 않으면서 잔소리는, 차라리 가게에 나오질 말든지…… 아버지는 다시 제자리로 돌아가 돌부처가 되었다. 아무리 장사라고 하지만 직접 개를 죽이는 것도 이젠 지긋지긋했다. 다른 집처럼 전기를 이용해 개를 죽일 수도 있었지만 맛이 떨어진다며 손님들이 싫어했다. 아버지도 올가미로 목을 졸라 죽이는 방법만 고집했다. 당신 스스로는 손에서 일을 놓아버렸으면서도 고집은 대단했다. 미자는 순서에 맞춰 능숙한 솜씨로 개를 잡고 있는 자신을 느낄 때면, 스스로가 너무 끔찍했다. 미자는 아버지가 빨리 돌아가시길 기다렸다. 아버지가 돌아가시면, 깊은 산 속의 절로 들어가 그동안 쌓은 업보를 씻으며 살고 싶었다. 아버지가 살아 있는 동안은 어쨌든 함께 살아야 했다. 그것이 더욱 견디기 힘들었다. 그렇다고 늙은 아버지를 홀로 남겨두고 훌쩍 떠날 순 없는 노릇이었다. 거친 칼질로 부위별로 고기를 분류해놓자 대머리 사내가 오토바이에 싣고 떠났다.

2

　양재동에 보낼 개를 잡아 김군한테 배달을 시키자 아침 열시였다.
미자는 3번 압력탕기에다 개 한마리를 통째로 집어넣고 뚜껑을 닫았
다. 가스레인지에 불을 붙이자 가게 안이 후끈 달아올랐다. 다섯 개의
압력탕기 모두에 소주를 내리고 있으니 가게 안은 숫제 가마솥이었
다. 굵은 땀방울이 브래지어를 척척하게 적셨다. 의자에 앉아 있는 아
버지 뒤쪽에서 면수건을 접어 브래지어 안에 맺힌 땀을 닦아내는데
양복을 입은 손님이 불쑥 들어왔다. 미자는 깜짝 놀라 수건은 그대로
두고 손만 빼냈다.
　"안녕하세요."
　손님이 명랑하게 인사했다.
　"아, 예."
　면수건으로 젖가슴을 닦는 장면을 들킨 것만 같아 미자의 얼굴은
천도복숭아처럼 빨개졌다.
　"날씨가 푹푹 찌네요."
　"그, 그러네요."
　미자는 말까지 더듬었다. 손님은 개소주를 자주 내려가는 마흔의
남자였다. 유부남인 것 같은데 가끔 꽃을 사와서 부담스러운 손님이
었다. 작년 내내 한달에 한번 꼴로 개소주를 내려갔는데 올 때마다 명
함을 주곤 해서 김명수라는 이름도 저절로 알게 되었다. 김명수는 아
침인데도 땀을 줄줄 흘리고 있었다. 항상 정장 차림인 김명수는 아무
리 더워도 윗도리를 벗는 경우가 없었다. 미자는 김명수와 함께 뒷마

당으로 가서 새벽에 들여놓은 개를 보여주었다. 김명수도 덩치는 작지만 누렁이를 골랐다.

"이걸 넣어서 내려주세요. 이따 두세시쯤에 오면 되겠죠?"

김명수가 한약재를 넘겨주었다. 겨우 열시를 조금 넘겼을 뿐인데 땅에서 열이 푹푹 올라왔다. 미자는 손바닥을 활짝 펴서 부채질을 했고 김명수는 손수건으로 뒷덜미의 땀을 닦아냈다.

"그건 좀 어렵구요, 다섯시쯤 오세요. 어제 주문받은 게 좀 밀려 있어서요."

"다섯시라…… 할 수 없죠 뭐. 그때 오지요."

뒷마당의 문을 통해 김명수가 나가자 미자는 얼른 돌아서서 브래지어 속에 구겨져 있는 면수건을 꺼냈다. 면수건은 땀에 젖어 있었다. 축축한 면수건을 들고 가게로 들어오니 1번 압력탕기가 삑삑삑삑 요란하게 소리를 내고 있었다. 미자는 얼른 꼭지를 돌려 가스를 차단한 뒤에 아버지를 흘겨보았다. 아버지는 여전히 사진에만 홀려 있었다. 압력탕기가 그만큼 삑삑거렸으면 시끄러워서라도 불을 끄련만, 아버지는 동그란 철제 의자에 앉아 요지부동이었다.

"귀가 먹었나, 불이라도 꺼주면 좀 좋아."

미자는 노골적으로 투덜거리면서 비닐봉지에 개소주를 담는 기계를 물로 헹궜다. 오늘따라 개비린내가 역겹게 풍겼다. 우욱 욱, 입덧하듯이 헛구역질이 올라왔다. 미자는 손바닥으로 입을 막고 헛구역질을 참았다. 헛구역질로 생긴 눈물을 손등으로 씻어내고 있을 때 김명수가 검은 비닐봉지를 들고 들어왔다. 두 번씩이나 흉한 모습을 보이다니 미자는 창피해서 고개를 들지 못했다.

"아이스크림입니다. 드시고 하세요."

김명수가 미자의 코앞에 비닐봉지를 내밀었다.

"주시니 받긴 하겠지만 이러시면 너무…… 죄송해서."

하는 수 없이 몸을 일으킨 미자는 어정쩡한 자세로 비닐봉지를 받았다.

"그럼 부탁하고 갑니다. 더운데 고생하시고."

휑하니 김명수는 몸을 돌려 나갔다.

"누가 이런 거 사다달랬나!"

미자는 가게를 나가는 김명수의 뒤꼭지에다 입을 삐죽 내밀었다. 언제 저녁이나 같이 하자는 김명수한테 번번이 퇴짜를 놓았더니 이젠 아이스크림을 들고 오다니, 아무튼 사내들이란 늙으나 젊으나 모두 개였다. 미자는 비닐봉지에서 브라보콘을 꺼내 아버지 손에 쥐여준 뒤 하나는 냉동실에 넣고 하나는 먹었다. 주전부리를 도통 안하다가 아이스크림을 먹으니 말 그대로 입안에서 살살 녹았다. 아이스크림을 먹은 뒤 압력탕기에서 개소주를 꺼내 식혔다. 손을 빨리 놀리지 않으면 김명수의 개소주를 제시간에 내릴 수 없을지도 몰랐다. 분당 할머니가 주문한 개소주를 1번 압력탕기에 다시 안치고는 레인지에 불을 붙였다. 누굴까? 김군 아니면 아버진데…… 노인정에도 나가지 않는 양반이라 돈이 별로 필요한 것 같지는 않은데다 용돈도 넉넉하게 주고 있으니 아버지가 돈에 손을 댈 리는 없고, 염색도 하랴 힙합바지도 사랴 씀씀이가 헤픈 김군이 손을?

"으, 찐다 쪄!"

김군이 활랑거리며 들어왔다.

"냉장고에서 브라보콘 꺼내 먹어."

"우아, 사장님 최고."

김군이 엄지손가락을 추켜세우더니 헬멧을 도마 위에 올려놓았다.

"할아버지이! 이게 뭐예요?"

김군이 소리를 꽥 질렀다. 놀라 돌아보니 아버지의 손에 들린 브라보콘이 녹아 줄줄 흐르고 있었다. 아이스크림이 녹아 손등을 타고 바닥으로 뚝뚝 떨어져도 아버지는 멍한 눈으로 사진만 바라보고 있었다. 석유 먹은 장작에 불이 붙듯 짜증이 확 솟구쳤다. 미자는 아버지의 손에서 브라보콘을 빼앗아 바닥에 내동댕이쳤다. 그래도 아버지는 꿈적도 하지 않았다. 이 노인네가 미쳤나 싶어 속으로 은근히 놀랐다. 아까 사진을 뺏길 때에는 살기가 등등하더니, 혹시 노망이라도 든 게 아닐까? 겁이 더럭 났다.

"아버지, 아버지!"

미자는 아버지의 어깨를 흔들었다.

"왜 그러누? 사람 귀찮게."

그제야 아버지의 눈동자가 정상으로 돌아왔다. 아무래도 조짐이 심상치 않았다. 다른 때는 괜찮다가도 사진만 손에 쥐면 이상하게 변했다. 어머니가 살아 계실 땐 아주 부지런한 양반이었는데…… 하루아침에 이렇게 돌변할 수 있다는 게 믿어지지 않았다. 만약 노망이 들어 똥오줌을 받아내야 한다면, 하지만 노망의 조짐은 어제 다르고 오늘 다르게 나타나고 있었다. 된장찌개를 먹고도 순두부를 먹었다고 천연덕스럽게 말을 하는가 하면 수저를 놓자마자 점심을 아직도 안 먹느냐고 투정을 부리곤 했다. 그런데 소학교 1학년 시절의 일본인 여선생은 자세히 기억해냈다. 피마자를 내지 못해 손바닥을 열 대나 맞았지만 코 옆의 점과 보조개와 덧니가 참으로 예뻤다는 찬사도 곁들였다. 어제 일은 기억하지 못했지만 가슴에 콧수건을 달고 다니던 시절은 자세히도 기억했다. 손가락 하나 까닥하지 않아도 좋으니 제발 노망만은 안된다고 고개를 흔들며 아버지의 손을 수돗물로 씻겨주었다.

"너는 꼭 그 사람을 닮았구나."

아버지가 행복에 겹다는 듯한 표정으로 나직하게 말했다.

"누구요, 엄마?"

미자는 일부러 돌아가신 어머니를 들먹거렸다.

"아니다."

싸늘한 목소리로 대답한 뒤 아버지는 의자로 돌아가더니 단정하게 자세를 잡았다. 아버지의 기억에서 어머니는 존재하지 않았다. 미자는 진한 배신을 느끼며 김군을 데리고 뒷마당으로 나가 또 한마리의 누렁이를 올가미에 걸었다. 올가미에 걸린 누렁이는 구석으로 기어들어가 버텼다. 김군이 철망문을 열자 미자는 나무기둥에 재빨리 줄을 걸어 세차게 당겼다. 누렁이가 몸을 비틀며 대롱대롱 매달렸다. 김군한테 올가미를 맡긴 미자는 살며시 가게 안을 엿보았다.

마른 수수깡처럼 야윈 아버지가 머리에 하얀 억새밭을 이고 앉아 오래된 흑백사진을 만지작거리고 있었다. 어머니가 사고로 돌아가시자 아버지는 엉뚱하게도 다른 여자의 사진을 찾아내 품에 넣고 다녔다. 약간은 겁에 질린 눈동자의 여고생이 명함판 사진 속에서 어색하게 웃고 있는 사진이었다. 고생만 직사하게 하다가 돌아가신 어머니의 무덤에 흙이 마르기도 전에, 다른 여자의 사진을 품에 넣고 다니다가 틈만 나면 만지는 아버지한테 미자는 큰 배신감을 가졌다. 사진 뒤에 적힌 '미자가 순철에게'라는 글씨를 본 뒤에는 아예 눈이 뒤집힐 지경이었다. 첫사랑의 여자를 잊지 못해 한점 혈육으로 태어난 딸에게 그 이름을 붙인 아버지는 위선자였다. 다른 여자와 살림을 차린 남편이나 세월 저편의 첫사랑을 추억하고 있는 아버지나 다를 게 털끝만큼도 없었다.

저토록 딴마음을 품고 있었다면 독신으로 살아야 마땅한 것이 아닌가 싶어 아버지가 참을 수 없이 미웠다. 미자는 돌아가신 어머니만 불쌍하다고 생각하며 돌아서려는데 아버지가 살그머니 일어서더니 고개를 돌려 두리번거렸다. 미자는 몸을 낮추고 숨을 죽였다. 아버지가 빠른 동작으로 돈통에서 돈을 꺼내 주머니에 쑤셔넣었다. 눈에서 불길이 타올랐고 가슴이 벌렁벌렁 뛰었다. 뛰어들어가 아버지의 손목을 잡고 꽈배기처럼 비틀어버리고 싶었지만 꾹 눌러참았다.

뒷마당으로 돌아온 미자는 마치 분풀이를 하듯 기둥에 매달린 누렁이한테 몽둥이질을 했다. 이미 숨이 끊어진 누렁이를 향해 난폭하게 몽둥이질을 하자 김군이 깜짝 놀라 몽둥이를 빼앗았다. 미자는 아랫입술을 내밀어 숨을 크고 깊게 내뿜었다. 내민 숨에 머리카락이 나풀거렸다. 그 사이에 김군이 기둥에 매달린 누렁이를 풀었다. 털썩, 누렁이가 땅에 떨어졌다. 김군은 사지를 뻗고 죽은 누렁이의 털을 태웠다. 배운 것이 도둑질이라고 김군은 능숙하게 털을 태우고 깎아냈다. 김군이 알몸의 누렁이를 들고 가게로 들어가자 미자도 뒤를 따랐다. 가게 안에 들어서자 열기가 훅 끼쳤다. 미자는 아버지를 슬쩍 쳐다보았다. 아버지는 시치미를 뚝 떼고 먼산을 보고 있었다. 속이 부글부글 끓었지만 꾹 참고 김명수가 주고 간 한약재를 씻었다.

정오 무렵에야 개 잡는 일이 대충 끝났다. 미자는 양손을 허리에 얹고 기지개를 켰다. 우두둑, 등뼈가 비명을 질러댔다. 김군이 라디오의 스위치를 돌리자 설운도의 「다 함께 차차차」가 경쾌하게 흘러나왔다. 김군은 엉덩이를 흔들며 차차차 스텝을 밟았다. 미자는 개기름과 먼지가 뿌옇게 낀 거울을 보며 머리를 뒤로 묶었다. 목덜미를 덮고 있던 머리카락을 묶으니 조금은 시원해지는 기분이 들었다. 김군이 아버지한테 점심에 뭐를 들겠느냐고 물었다. 아버지가 청국장이라고 주문하자 김군이 단골식당에 청국장을 주문했다. 미자는 머리를 뒤로 묶은 뒤에도 거울 앞을 떠나지 못하고 눈밑을 살폈다.

들깨가 박힌 것처럼 눈밑에 낀 자잘한 기미를 보니 가슴 깊은 곳에서 서늘한 바람이 불었다. 혹시 지저분해서 그런지도 모른다 싶어 손바닥으로 거울을 닦았다. 손바닥이 지나간 자리에 얼굴이 또렷하게 나타났다. 기미뿐만 아니라 눈밑의 잔주름도 선명하게 보였다. 미자는 미련없이 돌아섰다. 한번 부부의 연을 맺었으면 검은 머리 파뿌리 되도록 함께 늙어야 마땅한 일이거늘, 무슨 잘못이 있길래 소박을 맞았는지, 하기야 세상 일이 뜻대로만 된다면…… 두루말이 화장지를 서너 칸 찢어든 미자는 뒷마당의 화장실로 갔다.

일을 보고 가게로 들어서니 식당 아줌마가 쟁반을 머리에 이고 들어서고 있었다. 김군이 미리 깔아놓은 신문지 위에 식당 아줌마가 반찬과 밥을 차렸다. 미자는 그 틈에 눈길을 가게 밖으로 옮겼다. 어린아이를 손에 잡은 허름한 차림의 사내가 가게 안을 슬쩍 쳐다보고는 지나갔다. 경제가 좋아지고 있다고는 떠들지만 아직도 집없이 떠도는 실업자가 꽤 많았다. 미자는 어린아이가 불쌍해 혀를 끌끌 찼다. 붙잡아다 밥이라도 한그릇 먹이고 싶었지만 만사가 귀찮았다.

"순두부는 없나?"

아버지는 수저를 들지 않았다.

"청국장 시켜달라고 했잖아요?"

김군이 김치 보시기를 덮은 랩을 벗기면서 툴툴거렸다.

"언제 청국장 시켰어?"

되레 아버지가 화를 냈다. 분명히 청국장이라고 해놓고 순두부라고 우기니까 갑갑했다.

"그냥 드세요. 저녁에 순두부 자시고."

미자는 아버지의 손에 수저를 쥐여주었다. 찜찜한 얼굴로 청국장을 쳐다보던 아버지는 순두부 시켰는데 하면서 마지못해 청국장 국물을 떠서 맛을 보았다.

"으음."

당신 입에 착 달라붙을 때의 표정을 지으며 고개를 위아래로 끄덕였다. 늙는다는 게 저런 것인가 싶어 미자는 가슴이 철렁 내려앉았다. 김군은 밥 한그릇을 뚝딱 해치우고 일어나 담배를 물고 가게 밖으로 나갔다. 아버지는 마치 밥맛을 음미라도 하는 양 천천히 수저질을 하다가도 한참씩이나 멈추곤 했다. 답답해서 속이 터져나갈 것만 같았다. 미자는 청국장에다 밥을 말아 후루룩 먹어치웠다.

"이북 애들은 굶는다더라."

밥을 입으로 가져가다 말고 아버지는 먼산을 보며 말했다.

"이북 애들 굶는 거, 그걸 어쩌자고요?"

열불이 나서 밥그릇과 수저를 와락 빼앗고 싶었지만 볼멘소리만 질렀다. 오늘따라 아버지의 증세는 더 심해지고 있었다. 노인정에 나가 고스톱을 치거나 장기 바둑이라도 두라고 해도 아버지는 무작정 가게로 나와 의자에 앉아 하루를 보냈다. 미자는 칫솔을 입에 물고 뒷마당으로 나왔다. 잇몸에서 피가 나도록 칫솔질을 한 뒤 그늘에 앉아 아버지처럼 먼산을 바라보았다. 날씨는 좋았지만 시계(視界)는 형편없어서 남한산성이 제대로 보이질 않았다. 온몸이 끈적끈적한데다 속까지 답답했다. 남한산성으로 올라가 계곡물에 멱을 감고 맑은 공기라도 마시면 숨통이 조금 터질 것 같았다. 깽, 폭염 속의 정적을 깨는 소리가 들려왔다. 돌아보니 굵은 철망 속에서 개들이 분홍빛 혀를 길게 빼물고 헉헉거리고 있었다. 털갈이를 하는 계절이라 철망 부근엔 빠진 개털이 목화솜처럼 엉겨 있었다. 개털이라면 지긋지긋했다.

"씨바, 열받아서."

뒷마당 수돗가에 있는 주황의 플라스틱 바가지를 거칠게 차면서 미자는 가게로 들어갔다. 바가지는 요란한 소리를 내며 날아가 개철망을 때렸다. 철망 속에 있던 개들이 동시에 깨갱거렸다. 아버지는 세상에 급할 것이 하나도 없다는 듯 느긋하게 밥을 먹고 있었다. 미자는 아버지의 뒤에 서서 양손을 허리에 착 걸쳤다. 벽에 걸린 고물 라디오에선 최백호가 "첫사랑 그 소녀는 어디에서 나처럼 늙어갈까" 하며 열창을 하고 있었다. 수저로 청국장을 뜨려던 아버지가 문득 행동을 멈추고 라디오를 쳐다보았다. 토끼처럼 귀를 세운 아버지의 눈동자가 몽롱하게 풀리고 있었다. "다시 못 올 것에 대하여"라고 최백호가 절규에 가깝게 노래했다. 노래가 끝나자마자 미자는 라디오를 꺼버렸다. 아버지는 노래를 빼앗긴 먹통의 라디오를 멍하니 바라보다가 청국장 뚝배기로 눈길을 돌렸다.

"아주 제사를 지내요, 제사를."

미자는 아버지의 뒤통수에 어깃장을 박으며 4번 압력탕기의 뚜껑을 열었다. 수증기와 함께 열기가 치솟았다. 얼른 밖으로 나갔지만 쏟아지는 폭염 때문에 후덥지근하고 불쾌하기는 마찬가지였다. 바로 옆, 개고기를 잘라 파는 좌판 위엔 진녹색의 날개를 가진 파리들이 몰려 윙윙거렸다. 콩국수를 먹으며 시커먼 개다리 위로 날아드는 파리를 쫓는 좌판 주인 아낙 앞에 세살쯤 됐을 사내아이가 손가락을 빨며 서 있었다. 멜빵바지에 짙은 감색 셔츠를 입은 아이는 귀여웠지만 왠지 어미의 손길이 부족해 보였다. 콧날이 약간 주저앉기는 했지만 전체적으로 귀이 있는 얼굴이었다. 젓가락 아래로 줄줄이 늘어진 콩국수 가락을 넋을 잃고 쳐다보는 아이의 얼굴에서 가슴에 묻은 아들의 얼굴이 느껴졌다. 가슴이 덜컥 내려앉았고 얼굴로 뜨거운 것이 몰려들었다. 미자는 아이 앞에 쪼그리고 앉았다.

"꼬마야, 몇살이니?"

미자가 묻자 아이는 울상을 지으며 뒤로 물러났다.

"엄마는 어디 있어?"

아이가 겁에 질리지 않도록 다정스럽게 미소를 지으며 물었지만 아이는 곧 울음을 터뜨릴 것처럼 입술이며 코를 실룩거렸다. 미자는 앉은걸음으로 다가가며 손을 내밀었다. 겁에 질린 얼굴로 아이가 슬금슬금 뒷걸음질쳤다. 사람을 심하게 타는구나, 생각하며 미자는 무릎에다 두 손을 짚고 끙 힘을 줬다.

"아빠!"

막 허리를 펴는데 아이가 종종걸음으로 뛰어나갔다. 아이는 더부룩한 머리에 허름한 옷을 입은 사내의 품으로 뛰어들었다. 미자는 가게로 들어가려고 몸을 돌렸다.

"여, 여보."

귀에 익은 목소리가 미자의 뒷덜미에 꽂혔다. 지난 삼년 동안 한번도 듣지 못했지만, 결코 잊지 않은 남편의 목소리였다. 눈앞에 나타나기만 하면 손톱을 세워 갈기갈기 쥐어뜯고 싶었던 그 화상의 목소리를 듣자 꼭지가 팽 돌았다. 미자는 이를 악물고 몸을 돌렸다. 아이의 손을 잡은 시커먼 얼굴의 사내가 퀭한 눈으로 서 있었다.

"여, 여보."

남편을 보자마자 미자는 몸을 휙 돌려 가게 안으로 뛰어들어갔다. 얼른 눈에 띄는 게 함지박이었다. 그 속에는 개 내장을 헹군 물이 담겨 있었다. 미자는 그것을 들고 밖으로 나가 남편의 얼굴에 끼얹었다.

"더러운 인간! 썩 없어져!"

물을 뒤집어쓰자 아이는 악을 질러대며 울었고 남편은 고개를 푹 숙였다. 아이의 울음에 여기저기에서 사람들이 쏟아져나왔다. 미자는 가게로 들어가 손에 잡을 것을 찾아 두리번거렸다. 마침 야구방망이가 눈에 띄었다. 야구방망이를 들고 밖으로 나온 미자는 남편의 머리를 향해 야구방망이를 치켜들었다.

"에라이, 못난 인간아!"

악을 쓰며 남편을 치려고 힘을 줬는데 야구방망이가 꿈쩍도 하지 않았다.

"사장님, 고정하세요."

언제 왔는지 김군이 미자의 손을 비틀어 야구방망이를 빼앗아버렸다.

"내놔, 주란 말이야!"

미자는 손을 내밀며 김군한테 다가갔다.

"고정하세요, 사장님."

김군은 야구방망이를 등뒤로 감췄다.

"니까짓 게 뭐를 알아!"

미자는 자신도 모르게 김군의 따귀를 찰싹찰싹 때렸다. 손바닥이 김군의 따귀를 때릴 때마다 노랑머리가 출렁거렸다. 김군은 입술을 꼭 깨물고 서 있을 뿐 반항하지 않았다. 미자의 손을 잡은 것은 옆집 백세건강원 아저씨였다.

"그만 해요. 김군이 뭔 죄가 있다고."

미자를 달래는 백세건강원 아저씨 옆에 아버지가 서 있었다.

"그만 하고 들어가자."

아버지가 말했다.

"상관 말아요!"

미자는 악을 쓰며 백세건강원 아저씨의 손을 뿌리치고 남편에게로 시선을 옮겼다. 남편은 악을 쓰며 울고 있는 아이의 머리에서 개내장 찌꺼기를 손으로 떼고 있었다. 그걸 보니 당장에 때려죽이고 싶었다. 주변을 살피니 좌판 위에 놓인 개다리가 눈에 띄었다. 미자는 개다리를 덥석 집어 남편의 머리를 후려쳤다. 개 허벅지의 벌건 살덩어리에 얼굴을 맞은 남편이 비틀거렸다. 사방에서 혀차는 소리가 들렸다. 미자는 개다리를 좌판 위에 툭 던져놓고 가게로 들어가 문을 탁 닫았다.

3

  번듯한 자가용을 타고 와 이혼을 해달라고 했어도 분이 하늘을 찌를 판에 거지라니…… 염치도 모르는 뻔뻔한 인간이었다. 변명을 듣지 않아도 여자한테 버림받은 게 뻔했다. 그런데 혹까지 달고서 거지 꼴로 나타나 여보,라고 부르다니, 미자는 생각할수록 살이 떨렸다. 구조조정인지 뭔지로 은행에서도 쫓겨난 것이 분명했다. 은행을 다니면서 먹고살 만할 때는 코빼기도 비치지 않더니만 다 죽게 생겼으니까 낯짝을 들고 나타나? 그러면 누가 아이고 예뻐라 하면서 받아줄 줄 알고? 흥, 어림도 없지 어림도 없어.

미자는 타는 속을 달랠 길이 없어 책상 위에 놓인 담뱃갑에서 담배를 꺼내는데 아버지가 눈에 들어왔다. 아버지는 여전히 의자에 앉아 있었다. 돋보기를 꺼내 쓰고 사진만 뚫어져라 쳐다보는 아버지가 미웠다. 그 난리를 직접 보고도 꼼짝 않고 사진만 볼 수 있다는 게 오히려 신기할 정도였다. 불을 붙여 담배를 빨았다. 먼지 한움큼이 목구멍에 꽉 걸린 듯 불쾌했다. 미자는 정신없이 기침을 해댔다. 신경질을 부리며 담배를 재떨이에 비벼끈 미자는 속이 터질 것만 같아 가만 앉아 있을 수가 없었다.

"김군아."

압력탕기를 씻고 있는 김군을 불렀다. 김군은 대답 대신 고개만 돌렸다. 김군의 뺨에는 손바닥 자국이 도장처럼 벌겋게 찍혀 있었다. 미자는 속이 뜨끔했다.

"나가서 히야시된 맥주 좀 사와!"

미자는 돈통에서 만원짜리를 꺼내며 말했다. 김군은 말없이 돈을 받아 가게를 나갔다. 돈통을 보니 더욱더 화가 치밀었다. 아버지 앞에 의자를 갖다놓으며 그 위에 앉았다.

"아부지."

사진을 빼앗아 갈기갈기 찢고 싶었지만 꾹 참고 목소리를 낮췄다. 아버지는 고개를 끄덕거리며 손가락으로 사진을 어루만질 뿐 대답을 하지 않았다. 미자는 터지는 속을 다스리느라 숨을 크게 쉬었다. 다섯을 셀 동안 대답을 하지 않으면 돋보기를 벗기겠다고 생각하며 숫자를 세기 시작하는데 전화가 왔다.

"예, 장수건강원입니다."

목소리가 곱게 나가질 않았다.

"여기는 현대여행인데요, 혹시 김순철씨 계십니까?"

젊은 여자의 밝고 명랑한 목소리가 아버지를 찾았다. 현대여행? 미자는 아버지와 여행을 쉽게 연결시키질 못했다.

"그런데요?"

미자는 자신도 모르게 퉁명스럽게 대꾸했다.

"계시면 바꿔주세요."

"아부지는 지금 안 계시는데, 무슨 일이죠?"

"김순철님께서 우리여행사에다 금강산 관광을 신청하셨어요. 그런데 뉴스에 나왔다시피 금강산 관광이 당분간 중지되어서요. 관광이 재개될 때까지 기다리실 건지 아니면 해약하실 건지 알고 싶어서 전화드렸습니다."

"아부지 들어오시면 전화하라고 할게요."

"전화 꼭 부탁드립니다. 안녕히 계세요."

수화기를 내려놓고 미자는 가쁜 숨을 몰아쉬었다. 날마다 돈을 훔쳐내더니 몰래 금강산 관광을 가려고 했다니, 아무리 아버지라고 하지만 괘씸하기 짝이 없었다. 당신이 가고 싶다고 솔직히 말하면 어디가 덧난단 말인가? 그만한 돈쯤이야 충분히 마련할 수 있는데 도둑처럼 야금야금 돈을 훔쳐내 금강산 관광을 신청했다니, 미자는 돌아서서 가게 복판에 놓여 있는 함지박을 걷어차버렸다. 함지박은 요란한 소리를 내며 가게 문턱에 부딪혔다. 그 바람에 맥주를 사들고 들어오던 김군이 깜짝 놀라 그 자리에 우뚝 멈춰섰다. 아버지는 잠깐 고개를 들었을 뿐 반응을 보이지 않았다.

"맥주 이리 주고 잠시 나가 있을래? 어디 오락실에라도 갔다와."

김군을 내보낸 미자는 맥주를 따서 병째 벌컥벌컥 마셨다. 차가운 맥주가 가슴을 답답하게 옥죄고 있던 그 무엇을 뻥 뚫어내는 기분이었다. 맥주를 비운 미자는 빈 병을 책상 위에다 쾅 소리가 나게 놓았다. 그래도 아버지는 요지부동이었다. 미자는 아버지의 코앞에 바싹 앉았다.

"아부지."

조용히 아버지를 불렀다. 응답이 없자 미자는 아버지가 들고 있는 사진을 건너다보았다. 단발머리에 하얀 저고리를 입고 머리를 올린 복스럽게 생긴 여자가 생긋 웃고 있었다. 미자는 마음을 단단히 먹고 손을 들었다.

"아부지!"

미자는 아버지가 들고 있는 사진을 손가락으로 뽑았다. 아버지가 쓰고 있던 돋보기를 얼른 벗었다.

"이, 이런 고얀!"

고함소리가 들리는가 싶더니 아버지의 손이 철썩 뺨을 때렸다. 순간 미자의 눈에 번쩍 유성이 흘렀다. 아버지가 미자의 뺨을 때린 것은 삼십오년 만에 처음 있는 일이었다. 미자의 눈에서 눈물이 방울방울 솟았다.

"당장 내놓지 못해!"

아버지가 손을 내밀었다. 미자는 눈물을 줄줄 흘리면서 아버지의 눈을 똑바로 쳐다보았다. 아버지의 눈에는 좀처럼 볼 수 없었던 노기가 등등했다. 아버지는 언제나 어머니한테 지고만 살았다. 어머니를 거역한 적이 없었던, 양처럼 순하던 아버지였다.

"묻는 말에 대답을 해주세요. 그 뒤에 사진을 주겠어요."

미자는 벽에 걸린 두루말이 휴지를 떼어내 눈물을 찍으며 말했다.

"여기 놓아라."

아버지가 미자의 얼굴에다 손바닥을 펴서 위아래로 흔들었다. 눈이라도 찌를 듯해서 미자는 고개를 뒤로 젖혔다.

"금강산 관광 때문에 돈을 빼돌리셨어요? 그렇게 금강산이 가고 싶었어요? 엄마 살아생전에는 가까운 남한산성도 안 가셨던 아부지가 그럴 수가 있어요? 말 좀 해보세요!"

미자는 또박또박 따지고 들었다.

"사진."

"확 찢어버리겠어요."

미자는 사진을 잡고 찢는 시늉을 했다. 아버지가 깜짝 놀라 미자의 손을 잡았다. 미자는 뿌리치려고 했으나 노인네의 것이라고는 믿을 수 없는 엄청난 힘 때문에 쉽지 않았다. 하는 수 없이 의자에서 일어나 몸을 돌려 아버지의 손을 뿌리쳤다. 손목이 손가락 자국이 생길 정도로 얼얼했다.

"……먼저 내놓으면 얘길 해주마."

아버지가 포기하듯이 말했다. 미자는 도로 의자에 앉았다. 눈싸움이 짧게 이어졌다. 미자는 아버지의 손에 사진을 놓았다. 아버지는 돋보기를 끼고 사진을 뚫어져라 쳐다보았다.

"그 여자는, 그러니까…… 참으로 미안한 말이지만, 말하자면…… 니 큰어머니라. 우리는 동갑으로, 열여섯에 혼례를 치렀다. 왜놈들한테 끌려갈까봐 그렇게 했었지. 해방이 되고 오래지 않아 곧 전쟁이 터졌다. 장로였던 니 할아부지가 날 숨기는 바람에 요행히 목숨은 근근이 유지하고 있다가, 미군이 홍남에 들어왔을 때 마루 밑에서 기어나올 수 있었다. 그것도 잠시, 중공군이 내려오자 미군은 부두에서 배로 철수를 시작했다. 니 할아부지가 삼대독자인 나는 꼭 살아야 한다며 남쪽으로 가라고 하셨다. 크리스마스였었지, 아마……"

문득 아버지가 입을 다물더니 혀로 입술을 문질렀다. 미자는 냉장고에서 보리차를 꺼내 아버지한테 내밀었다. 아버지가 실향민이라는 건 알았지만 유부남이었다는 사실은 금시초문이었다.

"그래서요?"

뻔한 줄거리겠지만 미자는 아버지의 다음 말이 궁금했다. 아버지의 눈이 흐려졌다가 다시 맑아졌다. 아버지는 코끝에 걸린 돋보기를 위로 밀어올렸다.

"눈이 엄청나게 쏟아지는 날이었다. 폭격으로 부서진 예배당에 미군이 철수한다는 소문이 돌았어. 마지막 배가 떠난다는 소문이었어. 홍남 사람들 모두가 너나없이 부두로 몰려갔었다. 나도 어린 아내를 데리고 부두로 나갔다. 보따리를 이고 지고, 서로 옷자락을 붙잡고 부두로 나가다가 그만 인파에 휩쓸려 손을 놓치고 말았다. 내 이름을 부르며 우는 아내가 바로 앞에 있었지만 놓친 손을 도로 잡기가 어려웠다. 보따리를 버리고 어린 아내를 찾으러 거꾸로 가고자 했지만, 밀려드는 인파에 밀리고 밀렸다. 사람들에 가려 점점 멀어져가는 아내를 뻔히 보면서도 자꾸만 밀려가고 있었지. 그러다 문득 정신을 차려보니 남쪽으로 가는 배 위에 있더라. 지금도 홍남부두에 쏟아지던 함박눈과 배를 타지 못하고 울부짖던 사람들이 생생하다. 운이 좋은 건지, 나쁜 건지. 그때 뱃속에 애를 가지고 있었는데 살았는지 죽었는지 알수도 없고. 신문을 보니 북쪽 애들이 쫄쫄 굶고 있다더라. 그때부터

너 몰래 돈을 꺼냈다. 너한테, 그 말을, 할 수는 없었다. 금강산도 그 렇다. 금강산이 보고 싶은 게 아니라 어린 아내와 헤어져야 했던 그 바다를 보고 싶었다. 그 바다 위에서 홍남부두를 한번만이라도 마지막으로 딱 한번만이라도 보고 싶었다."

아버지는 사진 속의 어린 아내한테 다시 눈길을 고정시켰다. 아버지가 그 바다로 나갈 수 없게 되었다고 생각하니 차라리 잘되었다는 생각이 들었다.

"뱃길이 끊겼어요, 아부지."

미자는 아버지의 희망을 짓밟는 심정으로 입을 열었다. 아버지는 머리를 들어 미자를 응시했다.

"여행사에서 연락이 왔는데, 금강산 관광이 중단되었대요, 아부지."

미자는 나직하고 단호하게 말했다. 꼿꼿하던 아버지의 고개가 툭 꺾였다. 그 바람에 돋보기가 떨어졌다. 아버지는 사진을 셔츠 주머니에 넣고 돌부처의 자세로 돌아갔다. 미자는 바닥에 떨어진 아버지의 돋보기를 집어들었다. 돋보기는 깨져 있었다. 미자는 금이 간 돋보기를 책상 위에 놓고 일어섰다. 개소주를 달이는 열기가 가게 안을 가마솥처럼 달구고 있었다. 미자는 압력솥 앞에다 등받이 없는 동그란 의자를 가져다놓고 앉았다. 뒤를 돌아보니 작고 늙은 아버지가 하염없이 먼산을 바라보고 있었다. 아버지의 눈동자는 텅 비어 있었다. 미자는 가게 밖에다 눈길을 던졌다. 수없이 많은 사람들이 오고가는 게 보였다. 가끔씩 남편의 어린 아들의 얼굴도 눈에 띄었다. 아직도 떠나지 못하고 근방을 떠돌고 있는 모양이었다. 복수하고 싶었다. 최선을 다해 남편의 심장에다 날카롭고 긴 칼을 꽂겠다는 생각만 가득했다. 복수만 할 수 있다면 무슨 짓이든지 할 수 있을 것 같았다. 그런 생각을 하니 몸이 부르르 떨렸다. 김명수의 개소주가 담긴 압력탕기가 삐빅거리며 신호를 보냈다. 레인지의 불을 끄고 돌아서는데 아버지가 조용히 가게 밖으로 나가고 있었다.

"어디 가세요?"

"여행사엘 갔다오마."

"왜요?"

"돈을 되찾아야지."

"………"

아버지가 가게 밖으로 나갔다. 아버지를 향해 남편이 꾸벅 허리를 숙이는 게 보였다. 가슴에서 불길이 화라락 치솟았다. 당장 뛰어나가 대가리를 깨버리고 싶었다. 미자는 치밀어오르는 분을 삭이며 어떻게 복수할까 궁리했다. 뾰족한 수가 떠오르지 않아서 더욱 애가 탔고 화가 났다. 압력탕기의 뚜껑을 열어 개소주를 식히며 멍하니 앉아 있는데 김명수가 왔다.

"죄송해서 어쩌지요?"

"제가 약속시간보다 한시간이나 먼저 왔으니 죄송할 거 없습니다."

손바닥으로 부채질을 하고 있는 김명수한테 선풍기를 돌려놓는 순간 미자의 뇌리에 무언가가 스쳐지나갔다.

"커피 한잔 하시겠어요?"

미자는 용기를 냈다.

"커피 좋지요."

"잠깐만 기다리세요. 옷 좀 갈아입고요. 김군아, 김군아!"

미자는 옆집 백세건강원에서 또래의 종업원과 어울리고 있던 김군을 불러왔다.

"잠시 나갔다 올 동안 이거 좀 해놔!"

"어디 가시게요?"

"그건 알 거 없고."

미자는 얼른 세수를 하고 가게 안 내실로 들어가 작업복을 외출복으로 갈아입었다. 외출복이라고는 하지만 면바지에 하얀 티셔츠였다. 미자는 김명수와 함께 가게를 나왔다. 개골목을 빠져나오면서 뒤를 힐끗 보니 남편이 아이의 손을 잡고 천천히 뒤를 따르고 있었다. 개골목을 나오자마자 미자는 김명수의 팔짱을 끼었다. 김명수가 화들짝 놀라 팔을 움츠렸다. 미자는 김명수의 팔을 잡아 팔짱을 빼지 못하게 했다. 두 사람은 다정스러운 부부처럼 언덕 위에 있는 성남관광호텔을 향해 걸었다.

호텔 커피숍에 앉아 창밖을 보니 남편이 서성거리고 있었다. 미자는 마음을 더욱 독하게 먹었다. 보란듯이 김명수를 데리고 객실로 올라갔다. 영문도 모르는 김명수는 미자의 갑작스러운 행동에 당황했는지 옷을 벗지 않았다. 미자는 침대로 올라가 알몸을 얇은 홑이불로 가렸다. 김명수는 땀을 삘삘 흘리며 창가에 서서 담배를 피웠다. 미자는 두근거리는 가슴으로 김명수가 침대로 올라오기를 기다렸다. 담배를 재떨이에 눌러끈 김명수는 미자를 흘끔 쳐다보았다. 미자는 몹시 부끄러웠다.

"무슨 일이 있는 줄은 모르겠지만, 솔직히 좀 얼떨떨합니다."

"………"

미자는 옷을 벗은 것으로 심중에 담긴 뜻을 충분히 표현했다고 믿고 있다가 김명수의 말을 듣고는 얼른 이불을 잡아당겨 얼굴을 덮었다. 얼굴이 화끈화끈 달아올랐다. 남자라면 당연히 여자의 유혹에 넘어가야 한다고 생각했는데……

"죄송합니다."

김명수가 객실에서 나가자 미자는 홀로 남겨졌다. 보는 사람이 아무도 없었건만 알몸인 상태로는 침대 밖으로 나올 수가 없었다. 미자는 홑이불 속에서 오래도록 울었다.

4

퍼내고 퍼내도 마를 것 같지 않은 눈물이었건만 시간이 흐르자 서서히 말라갔다. 마른울음을 울던 미자는 주섬주섬 옷을 입고 창가에 섰다. 유리창 밖의 풍경에다 무심하게 눈길을 던졌다. 아스팔트를 뜨겁게 달구던 태양이 서산에 걸릴 무렵에서야 미자는 호텔을 나섰다. 가게에 오니 김명수가 주문한 개소주가 그대로 있었다. 김명수한테 미안했다. 전화를 걸려고 명함을 찾다가 말고 서랍을 닫아버렸다. 아버지는 깨진 돋보기를 쓰고 사진을 보고 있었다. 오래된 흑백사진 속의 여자가 환하게 웃고 있었다. 사진 속의 여자와 무언의 대화를 나누고 있는 듯한 아버지의 표정을 보니 또 화가 났다.

"김군아, 문 닫고 일찍 들어가자."

"예?"

"피곤하니까 쉬자고."

"그러지요 뭐."

김군이 가게를 정리하기 시작했다.

"아부지, 돈은 찾았어요?"

검버섯이 드문드문 피어 있는 아버지의 얼굴을 보며 물었다. 아버지는 대답하지 않았다. 사진을 빼앗을까 하다가 참고 미자는 다시 물었다.

"저녁엔 갈치조림을 먹고 싶구나."

아버지가 말했다. 푸우우, 미자는 한숨을 내쉬었다. 아버지의 엉뚱한 대답에 온몸의 맥이 스르르 풀리는 기분이었다.

"여행사 간 일은 어떻게 됐냐구요?"

미자는 신경질을 마구 부리며 되물었다.

"돈을 되찾아왔다."

"그 돈 주세요."

미자는 손을 내밀었다.

"없다."

"뭐라구요? 한두 푼도 아닌 돈을 찾았다면서, 없다니 말이 돼요?"

"반은 북한 어린이 돕기에 냈고 나머지는 그 사람 줬다."

"그 사람이라니요?"

"니 남편."

"아부지!"

미자는 고함을 버럭 지르며 벌떡 일어섰다. 손이 부들부들 떨렸다. 그 돈이 어떤 돈인가? 날마다 개를 잡아가며 번 돈이 아닌가? 홀로된 아버지가 불쌍해서 가게엘 나왔다가 어린 자식을 비롯해 모든 것을 잃었는데, 하필이면 그 인간한테 그 돈을 주다니…… 비록 많지 않은 돈이라고 해도 눈에 보이는 게 아무것도 없었다.

"미쳤어요, 미쳤어."

미자는 의자를 집어들어 가게 바닥에 내동댕이쳤다.

"난 미치지 않았다."

아버지가 나직하게 대꾸했다.

"그럼, 왜 그랬어요?"

미자는 입에 게거품을 물고 따지고 들었다.

"니 어미를 좋아했다. 흥남에 두고 온 어린 아내를 생각하며 평생 혼자 살겠다고 했는데 니 어미 때문에 그 약속을 어겼다. 고생은 많았지만 니 어미는 행복하게 살다가 죽었다. 좋아하던 사람과 함께 살았으니 말이다."

"엉뚱한 말 좀 하지 마세요. 지겨워 죽겠어요, 죽겠어!"

"흥남에 두고 온 그 사람하고는 함께 살지 못했다. 그걸 알아야 한다."

"그게 그 인간한테 돈 준 거하고 무슨 상관이 있냐고요?"

"따지지 말아라. 그냥 주고 싶었다."

이 말을 남기고 아버지는 돋보기를 주머니 속에 넣었다. 미자는 기가 막혀 고개를 외로 꼬았다. 그 바람에 가게 앞에서 손가락을 빨고 있던 남편의 아이가 눈에 띄었다. 얼른 밖으로 나가 살폈더니 남편은 보이지 않았다. 혹시라도 숨어서 가게를 보고 있지나 않은가 싶어 골목을 이 잡듯이 뒤졌다. 가게 앞으로 돌아온 미자는 사나운 눈길로 아이를 쏘아본 뒤에 문을 세차게 닫고 안으로 들어왔다. 벽에 세워져 있는 개 잡던 몽둥이로 가게를 몽땅 부수고 싶은 것을 억지로 참고 있는데 아버지가 조용히 일어서서 밖으로 나갔다. 그러더니 엉뚱하게도 아이를 데리고 들어왔다. 숨이 꽉꽉 막혔다.

"세상이 뜻대로만 된다면야 얼마나 좋겠냐. 김군아, 짜장면 하나만

시켜다오."

아버지는 의자에 앉아 아이를 꼭 끌어안았다. 미자는 아버지를 노려본 뒤에 가게 밖으로 나왔다. 백세건강원 아저씨가 좌판에 내놓았던 개고기를 냉장고에 넣고 있었다. 또 하루가 저물고 있었다. 미자는 구멍가게로 가서 소주와 새우깡을 샀다. 취하도록 마시고 싶었으나 취하진 않았다. 억지로 소주를 비운 미자는 다시 가게로 발길을 돌렸다. 가게를 정리하고 좀 쉬고 싶었다. 깊은 산속의 절에라도 가서 부처님 앞에 엎드려 그동안 쌓은 업보를 씻어달라고 빌고 또 빌면 꽉 막힌 숨통이 트일 것만 같았다. 가게로 들어가니 아버지는 아이의 입가에 묻은 시커먼 자장면 국물을 닦아주고 있었다. 그때 전화가 왔다. 노랑머리 김군이 전화를 받았다.

"저어, 사장님."

김군이 한껏 눈치를 보며 입을 열었다.

"왜애?"

"이촌동 대머리 사장님이 내일 새벽에 오신다고 하는데요?"

"………"

미자는 얼른 대답을 할 수 없었다. 또 개를 잡아야 하는 일이 끔찍했고 무서웠다. 김군은 송화기를 손바닥으로 가리고 미자의 입만 쳐다보고 있었다. 아버지가 조용히 일어나더니 아이의 손을 잡았다. 아버지의 손에 작은 손을 잡힌 아이가 고개를 돌려 미자를 쳐다보았다. 순진하고 맑은 눈동자였으나 겁에 질려 있었다.

"오시라고 해."

미자는 한숨과 함께 대답을 한 뒤 동그란 의자에 털썩 주저앉았다. 다시 한번 한숨을 푹 내쉬며 고개를 숙이는데 의자 아래에 사진이 떨어져 있는 게 보였다. 사진을 주워 찢으려다 말고 사진 속의 여자를 한참 들여다보았다. 빙긋 웃는 여고생의 얼굴은 한송이 목련처럼 예뻤다. 그러나 미웠다. 미자는 아버지가 앉았던 의자 위에 낡은 사진을 던져놓고 일어섰다.

—『창작과비평』 2000년 봄호

오늘도
무사히

명확한 답변을 않고 박검사가 벌떡 일어선다
눈앞이 캄캄해진다
그렇게 접대를 했는데도 모른 척한단 말인가

매운탕 값도 기어이 박검사가 낸다
가슴속에 납덩어리가 차곡차곡 쌓이는 기분이다
박검사와 헤어져 회사로 돌아오면서
영철은 박검사보다 위에 있는
동향의 선배들을 떠올려본다
이런 일은 후배보다 선배한테 말하는 게
훨씬 편한 법인데…… 후회가 꾸역꾸역 밀려온다

강남대로로 나오자 자동차들이 꼬리에 꼬리를 물고 서 있다.

대양그룹의 홍보이사인 김영철은 퇴근시간이 되자마자 도로가 막힐까봐 서둘렀다. 지하 주차장에서 차를 뽑아 나오자 이미 도로는 주차장으로 변해 있었다. 날이면 날마다 마주치는 체증이지만 그때마다 짜증이 난다. 어떻게 할까? 그냥 갈까? 강남대로를 지나고 지옥과 다름없는 영동사거리를 지나면 신사동에선 골목길로 빠질 수가 있었다. 재수없는 날에는 신사동 이면도로도 꽉 막혀 있기 일쑤였지만 압구정동으로 가려면 별달리 뾰족한 수가 없었다. 영철은 강남대로 사거리에 붙어 있는 대형전광판을 보며 체증이 풀리기를 기다린다. 요즘 한창 뜬다는 모델이 나와 톡톡 튀는 광고를 하다가 갑자기 화면이 바뀌더니 속보가 나오기 시작한다.

"지랄……"

속보를 본 영철은 기분이 팍 상한다. 마치 쉰 두부를 깨문 느낌이다. 네 거리에 있는 세 개의 전광판 모두가 똑같은 속보를 내보내고 있어서 더욱 배알이 꼴린다. 영철은 전광판에서 눈을 돌리기 위해 라디오를 켠다. 라디오에서도 무슨 큰 경사라도 난 것처럼 똑같은 속보를 내보내며 호들갑을 떨고 있다. 영철은 혀를 끌끌 찬 뒤 라디오를 꺼버린다. 마음 한구석에 먹구름이 끼더니 돼지 쓸개를 바른 젖꼭지를 깨문 듯 씁쓸하다. 입안이 깔깔했지만 창문을 내리고 담배를 찾는다.

"제기랄……"

흔하디흔한 것이 담배인데, 재떨이에 꽁초 하나 남아 있질 않다. 앞차가 두어 바퀴를 겨우 구르더니 또 멈춘다. 영철은 기어를 바꾸기가 싫어 브레이크에서 발만 뗐지만 차는 앞으로 굴러가질 않는다. 빵빵, 뒤차가 그 짧은 거리를 참지 못하고 경적을 울린다. 짜증이 석유 먹은 불길처럼 화라락 솟구친다.

"짜식, 방정맞기는……"

영철은 백미러로 뒤차의 운전자를 본다. 이미 어두워지고 있는데도 썬글라스를 쓰고 유리창에 팔을 기대고 휴대폰을 받는 모양을 보니 건방지고 성깔이 급한 작자라는 느낌이 든다. 운전하는 내내 휴대폰을 끼고 사는 사람을 영철은 항상 곱지 않은 시선으로 보아왔다. 남이야 어떻게 되든 자기밖에 모르는 인간일수록 자기 편한 대로만 세상을 산다. 아무래도 유턴을 해서 차병원 쪽으로 가는 게 나을 듯싶어 영철은 일차선 쪽으로 가기 위해 좌회전 깜박이를 넣고 살짝 끼여들기를 시도한다. 그랬더니 뒤에서 빵빵거리며 틈을 주지 않으려고 바짝 차간거리를 좁히고 든다.

"속도 줄이기는……"

뒤차가 양보를 해주지 않는 바람에 애를 먹은 영철은 간신히 유턴 차선으로 들어선다. 유턴 차선에서 신호를 대기하고 있는 차들도 만만치 않게 많다. 아무리 퇴근시간이라지만 자동차들이 한꺼번에 몰려나온 모양이었다. 시장선거 때만 되면 서울시의 교통문제를 획기적으로 해결하겠다는 공약이 나돌지만 선거가 끝나고 새로운 시장이 취임해도 도로는 여전히 개판이다. 기름 한방울 나지 않는 나라에 자동차가 이렇게 많다니, 정신이 있는 것인지 없는 것인지······

"집구석에 처박혀 있지, 개나 걸이나."

개나 걸이나, 아줌마나 아가씨나 모조리 차를 끌고 나오니 도로가 이 모양 이 꼴이라고 생각하고 있는데 옆차선에 있던 차가 대가리를 내밀며 들어오겠다고 깜박이를 켠다. 화들짝 놀란 영철은 자신도 모르게 빵빵거리며 차간거리를 좁혀 끼여들기를 못하게 막는다. 한치의 틈도 없이 거리를 좁힌 자신의 운전솜씨를 흐뭇해하고 있는데 휴대폰이 울린다.

"김영철임다. ······누고? ······아하, 미스 리? 무신 일이고? ······오늘이가? ······낼 간다고 안했나? ······하모, 하모. ······낼 주끼가? ······뭐라꼬, 니도 양심이 쪼매 있어라. ······페르가모 핸드빽? 그기 뭐꼬? ······이태리쩨? 간댕이가 부언나? ······내일은 꼭 준다꼬? 오늘은 안되나? ······된다꼬? 알았다. ······사줄 끼구마. ······낼 보자."

전화를 받느라 신호를 제대로 못 받았더니 뒤에서 난리를 피운다. 그래도 영철은 기분이 삼삼하다. 자주 가는 룸쌀롱에서 단골로 파트너를 했던 혜미가 마침내 준다고 했으니 박하사탕을 씹은 듯 속이 환해진다. 페르가모 핸드백이면, 백만원 넘는 명품이지만 그거야 법인카드로 해결하면 주머닛돈이 들어가는 것도 아니고, 비록 룸쌀롱에

나와 아르바이트를 하고는 있지만 스물하나의 발랄한 여대생이
니……

그동안 들인 공으로 생각하면 조금 늦은 감이 없지 않지만 어쨌든
가슴이 뛴다. 아무리 헬스를 다녀도 아랫배가 빠지지 않는 아내에 비
하면 혜미는 하늘에서 내려온 선녀라고 해도 좋았다. 마담의 귀띔에
의하면 혜미는 아직 이차를 한번도 나가본 적이 없다고 하니…… 영
철의 아랫도리가 불룩하게 솟았다.

백화점에서 핸드백을 사주고 양수리 쪽으로 빠질까? 한강을 보며
저녁을 먹고 근처 모텔에서…… 상상만 해도 입가에 머물고 있는 웃
음이 사라지질 않는다. 뛰어난 미모는 아니지만 잘 익은 복숭아처럼
봉곳한 젖가슴, 사과 반쪽을 엎어놓은 것처럼 착 올라붙은 엉덩이, 활
처럼 휘어들어간 날씬하고 탄탄한 허리, 백인 처녀처럼 미끈한 허벅
지와 기다란 다리는 사람의 애간장을 녹이기에 충분했다.

아파트에 도착해 초인종을 누를 때까지 영철은 기분이 좋아서 홀로
웃음을 실실 날렸다. 그런데 아내의 둔하고 굵은 목소리가 인터폰으
로 들리자 웃음이 싹 가신다.

"내다."

인터폰에다 퉁명스럽게 대꾸하자 긴 치마에 몽땅한 스웨터를 걸친
아내가 문을 연다. 아내도 이십대에는 미인이라는 소리를 들었는데
마흔 중반이 넘어서니 폭 삭아서 어디 한군데 봐줄 만한 곳이 없다.

"웬일이세요, 일찍?"

대답 없이 안방으로 들어가 양복을 벗자 아내가 뒤에서 옷을 받아
장롱에다 건다.

"밥묵자."

"일찍 들어올 줄 몰라서 저녁을 준비 못했는데……"

"밥통에 없나?"

"예, 씻고 쉬세요. 후딱 준비할 테니."

"알았다."

영철은 손발만 씻고 거실로 나가 텔레비전을 켠다. 아까 강남대로에서 보았던 속보가 계속 나오고 있다. 이젠 속보가 아니라 아예 특집방송을 하고 있다. 리모컨으로 채널을 바꾼다. 다른 채널도 긴급 편성한 특집방송을 하느라 야단들이다. 영철은 텔레비전을 끄고 탁자에다 리모컨을 집어던진다.

소파에 몸을 묻고 눈을 감는다. 눈을 감자마자 맨 먼저 정상무가 좋아서 떠드는 꼬락서니가 떠오른다. 지난주 회의에서 이 일에 대비해 주요 일간지의 광고지면을 전면통으로 확보해야 한다고 주장하는 것을 강력하게 반대한 사람이 바로 홍보이사의 직책을 맡고 있는 자신이었다. 다행히도 동향 선배인 사장이 현실성이 없다는 이유로 보류했는데…… 지금 와서 보니 다행이 아니다. 입안에 쓴 침이 고인다.

내일 아침 출근하자마자 신문을 펴들고 다른 회사들이 내보낸 광고를 보라며 게거품을 물 정상무의 얼굴을 잊기 위해 벽에 세워둔 퍼터를 들고 퍼팅연습을 한다. 지난주에 함께 필드에 나갔던 동향의 후배인 박검사는 참으로 싸가지가 없는 놈이었다. 골프를 끝내고 서울로 돌아와 술을 사줬는데 자기 파트너를 옆에 앉혀두고도 혜미를 집적거려 무지 불쾌했다. 검사만 아니었다면 의리도 모르는 놈이라고 따귀라도 올려붙이고 싶었지만 꾹 참았다.

"식사하세요."

아내의 말에 벽시계를 보니 일곱시가 넘었다. 베란다 쪽의 넓은 유리창을 보니 벌써 어둠이 몰려와 있다. 문득 대학 3학년인 딸 생각이 난다.

"겡미는?"

식탁에 앉아 수저를 들며 딸 경미에 대해 묻는다. 장남은 미국에 유학을 갔으니 당연히 없고, 딸도 보이지 않으니 저녁 식탁이 엄청 썰렁하다. 그나저나 딸애의 얼굴을 본 지도 거의 보름이다. 일요일에도 피차 집에 붙어 있질 않으니 얼굴을 마주칠 때가 별로 없었다.

"아직 들어올 시간이 아닌데요."

뚝배기에서 펄펄 끓고 있는 된장찌개를 식탁에 올리며 아내가 변명한다.

"시방 몇 시고?"

영철은 수저를 탁 놓으며 신경질을 버럭 낸다. 아내는 대꾸하지 않고 씽크대로 가서 설거지를 한다.

"안 묵나?"

다시 수저를 잡으며 아내한테 묻는다. 슬쩍 고개를 돌려보니 아내의 뒷모습이 어쩐지 안됐다는 느낌이 든다.

"묵자."

아내는 대답하지 않는다.

"안 묵을 끼가!?"

영철은 버럭 소리를 지른다. 잠시 후에 아내가 손을 닦고 앞에 앉아 수저를 들고 된장찌개에 담갔다가 뺀다.

"맨날 늦나?"

잔뜩 주눅이 든 아내를 보며 영철은 부드럽게 묻는다.

"그건 아니구요."

아내가 애써 변명한다.

"됐다 마, 묵자."

문득 경미와 동갑에다 같은 학년인 혜미가 떠올라 영철은 가슴이 서늘해진다. 다행히 혜미처럼 룸에서 아르바이트는 하지 않아…… 아니다. 영철은 입으로 수저를 가져가다 말고 고개를 갸웃한다. 혜미도 부모를 철저히 속이고 학교가 끝나면 룸쌀롱으로 출근하지 않는가. 밥맛이 뚝 떨어진다. 영철은 수저를 놓고 물을 마신다.

"왜요?"

아내가 놀라 눈을 동그랗게 뜬다.

"아니다. 묵자."

다시 밥을 먹으려고 하는데 경미의 귀가시간이 궁금해진다. 날마다 새벽 두세시에 들어온다면 룸에 나가는 것이 분명하다.

"몇시에 오는 기고?"

"예?"

"겡미 귀가가 대충 몇시냐고?!"

영철은 소리를 버럭 지른다.

"대, 대중없어요."

"대중 엄따니 그기 말이 되는 기가?"

"일찍 들어올 때도 있고 늦게……"

"치아라 마! 밤 열시가 통금이다."

밤 열시를 넘기기만 하면 다리를 확 분질러놓을 거라고 생각하며 영철은 된장을 듬뿍 떠서 밥에다 놓고 슥슥 비빈다. 앞에 앉은 아내가 풀이 죽어 가만히 앉아 있다. 눈가에 주름이 자글자글한 아내를 보니 더욱 신경질이 난다. 경미가 늦게 들어오는 것은 아내 잘못이 아니다.

세상이 그런 걸 어쩌겠는가? 맛있게 밥을 먹고 있는데 아내가 걱정스런 눈길로 바라보더니 티슈를 뽑아 건넨다. 영철은 티슈를 받아 이마에서 뚝뚝 떨어지는 땀을 닦는다.

"와?"

아내의 눈길이 계속 느껴지자 영철은 참지 못하고 고개를 든다.

"보약 한재 드셔야겠어요."

"보약? 내가 우째서?"

"땀을 비오듯 흘리잖아요. 몸이 허해진 거 같아요."

"됐다."

영철은 아내의 입을 막고 밥을 마저 먹는다. 그래도 이 세상에서 자신의 몸을 챙겨주는 사람은 아내뿐이다. 식탁에서 거실로 나온 영철은 담배를 물고 텔레비전을 켠다. 특집방송이 끝났는가 했더니 이번엔 좌담이다. 영철은 텔레비전을 끄고 소파에 깊이 몸을 묻는다. 담배를 깊이 빨았다가 내뿜는데 홀연히 페르가모 핸드백이 떠오른다. 혜미…… 그걸 먹겠다고 페르가모 핸드백을? 아깝다는 생각이 든다.

아니다. 페르가모 핸드백을 사주고서라도 혜미와 함께…… 그래 그건 그거고 이건 이거다. 영철은 담배를 끄고 안방으로 들어가 양복 안주머니에서 지갑을 꺼낸다. 지갑에서 수표 석 장을 꺼내 봉투에 넣고 도로 거실로 나간다. 주방 쪽을 슬쩍 보니 아내는 설거지를 막 끝내고 수건에다 손을 닦고 있다.

"봐라."

"커피 드실래요?"

아내가 주방에서 묻는다.

"됐다 마. 일루 온나."

영철은 오디오 씨스템을 켜고 막스 부르흐의 스코틀랜드환상곡 씨
디를 넣는다. 언젠가 가을, 막스 부르흐의 바이올린 협주곡을 들으면
서 낙엽이 흩날리는 국도를 느린 속도로 달린 적이 있었다. 옆자리에
앉은 사람은 물론 아내가 아니었다. 옆자리에 앉은 여자의 손을 만지
작거리면서, 가끔은 블라우스 속에 손을 넣어 젖가슴을 만지기도 하
면서, 호젓한 국도를 달리던 때가 있었다는 사실을 추억하면서 영철
은 눈을 감는다.

"왜요?"

아내가 머그잔을 들고 거실로 와 소파에 앉는다. 커피향이 코를 살
살 자극한다.

"받아라."

커피를 마시는 아내 앞으로 봉투를 민다.

"뭐예요?"

"받아라 마."

아내 손에 봉투를 쥐여주고 영철은 뭐 읽을 거리가 있나 싶어 거실
을 둘러본다. 아내는 봉투를 열어보더니 눈을 동그랗게 뜬다. 거실을
둘러보아도 그 흔한 에쎄이 한권 보이지 않는다. 기껏해야 젊은애들
이 보는 여성지만 한두 권 굴러다니고 있다.

"이게 뭔데요?"

"보면 모리나?"

"그거야 알지만, 왜냐구요?"

"그냥 주는 기다."

"왜요?"

"그냥이라 안카나?!"

영철은 벌떡 일어나 경미의 방으로 간다. 아내는 영문을 몰라 멍한 표정을 짓는다. 영철은 경미의 책상을 살핀다. 대학교재 외에는 읽을 만한 책이 한권도 꽂혀 있지 않다. 침대도 몸만 빠져나간 상태로 엉망이다. 남자친구가 보면 질겁할 정도로 너저분하다. 제 오빠처럼 미국으로 보내달라고 칭얼거리지만 요즘처럼 주가가 곤두박질치고 있을 때 보냈다가는 기둥뿌리가 뽑히기 딱 좋았다. 아이엠에프 초기만 해도 참 좋았는데…… 주식에다, 외환 차액에다, 증권사 이사로 있는 친구의 도움으로 내부자 거래정보로 샀던 주식이 뛸 때는 갈고리로 돈을 긁는 느낌이 들기도 했다. 하지만 지금은 대부분 깡통만 차고 있는 형편이다. 한가지 다행인 것은 벤처로 자리를 옮기지 않은 것이었다. 벽에 걸린 핸드백을 보니 까르띠에 상표가 붙어 있다. 까르띠에도 페르가모 못지않게 비싼 명품인데? 왈칵 화가 솟구친다.

"이 머꼬?"

"예에?"

"가시나아가?"

"왜요?"

"방에 가봐라! 그기 머꼬?"

소리를 버럭 지르고 난 뒤에 영철은 소파에 털썩 주저앉는다. 놀란 아내가 얼른 경미의 방으로 들어간다. 영철은 괜히 일찍 들어왔다는 후회가 밀물처럼 밀려든다. 사는 게 뭔지. 영철은 고이 간직하고 있던 발렌타인 30년을 꺼낸다. 한참 후에 나온 아내가 또 놀란 표정을 짓는다.

"얼음, 잔."

"안주는요?"

"됐다."

아내가 주방으로 가서 잔과 얼음을 챙겨온다.

"마실 끼가?"

아내가 도리질을 친다. 영철은 스트레이트로 한잔을 마신다. 비싼 술이라 역시 부드럽게 넘어간다. 선물로 들어온 것인데 그동안 괜히 아꼈다 싶다. 얼음물로 입안을 헹구는 동안에 아내가 리모컨으로 텔레비전을 켠다. 한시간 빠른 저녁뉴스가 나온다. 특집방송과 좌담에 이어 뉴스도 온통 한사람이 주인공이다. 다시 한잔을 마신다. 방금 전과 달리 술에 가시가 박힌 느낌이다. 발렌타인이 아니라 국산 싸구려 양주를 마시는 것처럼 술맛이 뚝 떨어진다.

"끄라 마!"

"왜요? 우리나라에선 처음 받는 상인데?"

"몬 끄나?"

"이이도 참."

"도고."

영철은 리모컨을 달라며 손바닥을 내밀었다. 아내는 입을 삐죽 내밀며 마지못해 리모컨을 손바닥 위에 올려놓는다. 영철은 시시껄렁한 일일연속극으로 채널을 바꾼 후 리모컨을 내려놓고 아내를 슬쩍 본다. 뉴스보다는 연속극이 더 어울릴 법한 아낙네가 같잖게 입을 쭉 내밀고 있다. 빈 잔에 술을 채우는데 아내가 뉴스로 채널을 바꾼다. 기분이 팍 상하는 참인데 직전(直前) 대통령이 나와 인터뷰를 한다. 가만히 있으면 중간이나 갈 텐데 좌충우돌 설치는 바람에 웃음거리가 자주 되는 사람이다. 영철은 그의 반응이 궁금해 아내를 타박하지 않는다. 상의 가치가 떨어졌다는 한마디로 논평을 끝낸다. 과연 그다웠다. 영철은 빙그레 웃는다. 혀끝에서 빙빙 돌았던 바로 그 말을 들으니 속이 다 시원하다. 이어서 국가안보가 실종되었는데 무슨 평화냐는 말도 덧붙인다. 옆에 서 있던 그 사람의 대변인 격인 박의원이 한마디를 거든다. 경의선을 복구한다고 했을 때도 괴뢰군의 남침 통로를 열어준 것이나 다름없다고 주장하던 정치인이었다. 그 말이 옳다고 생각하는 순간 전화가 온다. 아내가 탁자에 있는 무선전화기를 들고 귀에 댄다.

"예에, 맞는데요. ……뭐라구요?"

아내의 얼굴이 새파랗게 질린다.

"머꼬?"

"벼, 병무청 박상사라는 분인데."

"도고."

영철은 아내한테서 전화기를 건네받는다.

"여보시오. ……냅니다. ……머라꼬? 뱅무비리? 아니 그걸? ……검찰에서 수사를 시작했다꼬? ……그라모 우짤 끼고? ……머이라? 초동단계에서 빼? 고걸 말이라꼬 하나? 돈을 그만큼 처묵었으몬 주디를 꾹 다물든가 모가지를 매달든가 해야 안되나? ……머이라, 게좌 추적? ……빼도 박도 몬한다꼬? ……검사 이름이 체성호라꼬? ……야, 새끼야! 고걸 말이라꼬 하나? 니 죽을래? 머꼬, 끈킨나? 여보시오, 여보시오, 이런, 끈킨네."

영철은 전화기를 탁자에다 내던진다. 귀신도 모를 그 일이 터지다니. 군대를 가기 싫어하는 아들을 위해 병무청 징병관과 군의관한테 돈을 쓴 것이 걸리다니, 눈앞이 캄캄해진다. 병무비리 때문에 난리가 났던 작년에도 두 다리를 쭉 뻗고 잔 날이 하루도 없었는데, 좀 조용하다 싶으면 터지니…… 영철은 처리를 깔끔하게 못한 아내가 미워 눈을 세모로 뜨고 째려본다. 아내는 지은 죄를 알기 때문에 고개만 숙이고 있다. 영철은 술을 연거푸 들이켜면서 방법을 찾기 위해 머리를 굴린다.

"어떡해요?"

아내가 울상을 지으며 묻는다. 만약 이번에 제대로 처리하지 못하면 유학중인 아들은 재신검을 받아야 하고 무조건 군대에 끌려가야만 하는 것이다. 황금같이 아까운 시간에 공부만 해도 모자랄 판인데 군대에 끌려가 삼년 동안 푹 썩게 할 수는 없는 노릇이다. 들어간 돈도 공염불이 될 판에다 또 어떤 끔끔수를 당할지, 영철은 골치가 지끈지끈 아프다.

"당신 후배, 박검사라도 만나보는 게 어때요?"

아내의 말에 귀가 번쩍 뜨인다. 굼벵이도 구르는 재주가 있다더니…… 영철은 탁자 옆에 둔 명함철에서 박검사 연락처를 찾는다. 다행히 박검사는 검찰청 근처의 일식집에서 저녁을 먹고 있었다.

"술생각 엄나? ……있다꼬? 그럼 한잔 살낀게 우데서 만날꼬? ……지난번 우리 갔던 데 우떻겠노? ……아, 글마? 알았다. 당장 온나. ……알았다 안카나? 기다린데이."

영철은 전화를 끊고 긴 한숨을 내쉰다. 후배를 만나 창피한 일을 고백하고 청탁을 해야 하는, 체면 깎이는 짓을 하러 나가야 하니 가슴이 답답해진다.

"나가시게요?"

"그라모 우짜노?"

다시 양복을 입고 아파트를 나온 영철은 택시를 타고 선릉역 근처에 있는 룸쌀롱 아마존으로 간다. 아마존을 향해 가는 영철의 마음은 천근만근이다. 아들의 장래도 장래려니와 무엇보다도 병무비리를 저지른 파렴치범으로 몰리면 망신이다. 뇌물 주고 군대 뺀 것은 망신이 아니지만 걸렸다는 건 정말 큰 망신이다.

"산 넘어 마운틴이네."

홍보실의 신입사원이 입에 달고 다니는 이 말이 그저 농담인 줄 알았는데…… 영철은 아마존에 들어가자마자 마담을 불러 혜미를 찾는다. 박검사가 혜미를 원하니 미리 작업을 해두어야 했다. 마담은 혜미가 다른 방에 벌써 들어갔다고 한다.

"조마담, 아주 중요한 손님이야. 혜미를 데꼬 와."

"어머, 이사님이 말을 길게 하실 때도 있네?"

"됐다, 됐다. 우얄래, 혜미 없으면 그냥 갈 긴데?"

"그러면 따불 뛰게 되는데?"

"따불 안된다! 그라고 이차도 가야 하는 기라."

"글쎄요? 혜미가 이차를 갈까요?"

조마담이 고개를 설레설레 흔든다.

"그라모 우짜노?"

혜미가 사달라는 페르가모 핸드백을 떠올리며 영철은 조마담한테 도움을 청하는 눈길을 보낸다.

"걔가 글쎄 이차는 절대로 안 나가는 앤데."

"따따로 주면 안되나?"

"따따고 따따따고 그건 혜미한테 물어보시고, 술은 뭘로 할까요?"

"17년 있지?"

"당근이죠."

조마담이 엉덩이를 흔들며 룸에서 나간다. 영철은 죽 쒀서 개 주는 기분이 들어 자꾸만 언짢아지려는 걸 간신히 참는다.

"참, 끝내주는 러시아 애들이 있는데?"

조마담이 문틈으로 고개만 빠끔 내밀고 묻는다.

"됐다 마!"

"정말 예쁜 애가 있다니까요. 키도 아담하고, 카자흐스탄이 아니라 모스크바에서 온 앤데……"

"됐다 안카나!"

짜증을 내자 조마담이 혀를 날름 내밀고 돌아선다. 웨이터가 들어와 테이블 쎄팅을 끝내자 조마담이 혜미를 데리고 들어온다.

"어머, 오빠!"

혜미가 거머리처럼 찰싹 붙어앉아 아양을 떤다.

"조마담 니는 쪼매 나가 있거라."

영철은 혜미와 빨리 합의를 하고 싶은 마음에 조마담을 쫓아내다시피 내보낸다.

"낼 온다더니? 혜미 보고 싶어 왔져?"

조마담이 나가자마자 기다렸다는 듯이 혜미가 볼에다 뽀뽀를 쪽 하며 교태를 짓는다. 영철은 볼을 손바닥으로 닦으며 혜미를 본다. 아깝다는 생각이 든다.

"사실은…… 중요한 손님이 있는데, 지난번에 봤지? 박검사라고 내 후배."

"무지 잘난 체하던 사람?"

"응, 그 사람 파트너 좀 해야겠다."

"싫어! 난 오빠 파트너잖아?"

혜미가 고개를 흔들며 눈을 흘긴다. 꼴에 정조를 지킨다고 앙탈을 부리는 게 귀엽다.

"파트너 해주면 페르가모 핸드백에 니가 원하는 거 사주꾸마."

"그래도."

혜미는 토라진 표정으로 잔에 얼음을 채운다. 하지만 아주 싫지는 않은 눈치다.

"그라고…… 이차도 부탁한다."

"오빠! 나를 뭘로 보는 거야?"

혜미가 얼음집게를 탁 놓더니 벌떡 일어선다. 이게 뭘 믿고 이렇게 큰소리를 땅땅 치나 싶었지만 영철은 곤두서는 신경을 꾹 누른다. 양손을 허리에 척 걸치고 흘겨보는 혜미를 달래 간신히 주저앉힌다.

"오빠, 나를 뭘로 봤어?"

혜미가 또 신경을 건드린다. '뭘로 보긴, 창녀 아니 술집 여자로 봤지'라는 말이 목구멍까지 올라온다. 다른 날 같으면 당장 쫓아내도 시원치 않겠지만 오늘은 우선 참고 봐야 한다고 마음을 다잡는다. 하찮은 술집 애들까지도 대가리에 올라타려고 드니 신세가 처량하긴 했지만 달리 도리가 없었다.

"싫으면 할 수 엄꼬. 그래도 이차를 나가면…… 한장 주께."

엄청 아까웠지만 비용을 아낄 수 없는 일이어서 영철은 무리하게 협상을 해본다.

"한장? 천만원?"

혜미가 한술 더 뜨고 나온다. 속에서 쓰디쓴 신물이 울컥 올라온다. 영철은 우롱차로 속을 달랜다.

"아니야? 그 정도는 되는 줄 알았지. 그렇다고 이차를 나가는 건 아니지만…… 오빠, 건배!"

혜미가 술잔을 건넨다. 영철은 속이 타던 참이라 얼른 받아 건배를
하고 입에다 톡 털어넣는다. 백만원인 줄 뻔히 알면서 어깃장을 박는
혜미가 얄밉다.

"이차는 절대로 안 나가요. 알지요, 나 이차 안 나가는 거? 오빠라
면 혹시 몰라. 내일 준다고 했으니까."

"받아라."

영철은 빈 잔을 혜미 앞에 내민다. 이만한 순정이라도 있어야 사는
맛이 있다 싶어 기분이 조금은 풀린다. 술을 마시며 싫다는 혜미의 젖
가슴을 두 번이나 만졌을 때, 박검사가 조마담과 함께 들어온다. 일식
집에서 전작이 많았는지 얼굴이 불콰한 박검사 옆에다 혜미를 앉힌
다. 박검사는 혜미가 앉자마자 허벅지에 손을 턱 올린다. 혜미가 싫은
표정을 짓는다. 가슴이 싸하다.

"한잔 받으세요."

혜미가 엎어놓았던 술잔을 뒤집어 들고는 박검사한테 내민다.

"이거 합환주냐?"

"어머, 급하시기도 해라."

혜미가 박검사 몰래 입술을 삐죽 내밀자 조마담이 얼른 장단을 맞
춘다.

"술잔이 너무 작아. 야, 폭탄주 좀 만들어."

"첫잔도 안 마시구 벌써요?"

조마담이 인터폰으로 맥주를 주문하며 박검사한테 묻는다.

"폭탄주나 회오리를 마셔야 마시는 거 같지. 이거 짜잔해서 마시겠
냐? 간에 기별도 안 가겠다."

웨이터가 맥주를 가져오자 혜미가 능숙한 솜씨로 회오리주를 만든다. 박검사는 단숨에 회오리주를 마시고는 혜미한테 빈 잔을 건넨다. 그렇게 몇순배 술잔이 돌자 박검사가 혀꼬부라진 소리를 해댄다.

"신작로 닦아놓으니 문둥이가 먼저 지나간다고, 고생고생해서 아스팔트 깔아놓으니 쎄단차 타고 달려? 쓰발 폼은? 안보는 휴지처럼 팽개치고 평화만 주장하면 장차 이 나라는 적화가 될지도 모르는데. 그 어느 때보다도 국가 안보가 중요한 이때, 쑈에 속아 간 쓸개 다 빼주고 있으니…… 게우 삼십만 표 차이로 그 자리를 차지하고서도 뻔뻔하게…… 광주사태 때보다 부마사태가 더 전쟁판 같았는데, 뭐, 민주? 아나 민주! 요샌 이민이라도 가야지 싶은 마음이 굴뚝 같애. 두고 보자고. 지금은 바닥에 엎드려 조용히 지내지만 다음 선거 때 보자고. 확 뒤집어엎을 거니까. 박통기념관? 그거 좋지, 좋아. 그런다고 미운 놈이 예뻐지나? 아부한다고 우리가 속나? 그러고 지 아들놈들은 깨끗한 줄 아는 모양인데, 천만의 말씀 만만의 콩떡! 아들놈들이 지 아부지 잡아묵는 날이 올 끼구마."

"이 뭐꼬? 주가는 날마다 곤두박질에다 겡제는 엉망이고."

영철은 박검사의 말에 맞장구를 치면서도 기회를 엿본다. 조마담과 혜미가 번갈아가며 들락거린다. 기회를 봐서 말을 꺼내긴 해야겠는데 박검사가 너무 취해 있어서 그것이 문제였다. 취한 사람한테 섣불리 말을 꺼냈다가 필름이 끊겼느니 하면서 나 몰라라 하면 아주 곤란했다. 이래저래 고민을 하고 있는데 조마담이 밴드를 데리고 들어온다. 밴드가 들어왔다 나가면 술판도 파장이어서 영철은 마음이 조마조마하다.

밴드에 맞춰 노래를 부르거나 춤을 추면서 박검사는 계속 혜미를 더듬는다. 혜미는 그때마다 싫은 기색을 보여 영철의 속을 태운다. 영철은 조마담을 껴안고 춤을 추면서 혜미를 어떻게든 꼬셔보라고 했지만 조마담은 혜미가 아르바이트로 나오기 때문에 자기 소관이 아니라는 말만 되풀이한다. 입이 바짝바짝 마른다. 마침내 밴드가 룸에서 나가고 한숨을 돌릴 즈음에 조마담이 계산서를 들고 들어온다. 박검사가 계산서를 돌려보내고 한병을 더 주문한다.

두 잔의 회오리주를 더 마신 박검사는 아예 길게 눕는다. 영철도 박검사의 강요에 못 이겨 회오리주를 계속 마셨더니 머리가 멍하고 띵했지만 정신을 차리려고 애를 쓴다. 술판이 끝났다는 것을 확인한 조마담이 계산서를 가지고 온다. 영철은 법인카드를 줘서 조마담을 내보내고 혜미를 본다. 혜미가 손가락 두 개를 펴 보인다. 두 장이면 이차를 가겠다는 뜻으로 알고 영철은 박검사를 본다. 몸도 가누지 못할 정도로 취했는데 혜미를 데리고 나가서 제대로 할지 의문이었다. 영철은 혜미한테 약간의 배신을 느끼며 고개를 끄덕인다.

"옷 갈아입고 올게요."

혜미가 생긋 웃으며 발딱 일어선다. 영철은 지금이 말을 꺼낼 때라고 생각해 박검사를 본다. 실망스럽게도 박검사는 코까지 골고 있다. 진작에 말을 했어야 하는데 미적거리다가 시간만 까먹고 허탕을 친 것이 아닌가 싶어 골치가 지끈거린다. 혜미가 옷을 갈아입고 들어왔는데 누가 보아도 재기발랄한 여대생이다. 혜미가 "오빠아"를 부르며 박검사를 깨운다. 박검사는 입을 쩝쩝거리며 선잠에서 깨어난다.

"오빠, 가요."

"응, 가야지."

속도 모르는 혜미가 비틀거리는 박검사를 데리고 룸에서 나간다.

영철은 닭 쫓던 개 지붕 쳐다보는 심정으로 허탈하게 앉아 있다가 일어선다. 조마담의 배웅을 받으며 아마존을 나오니 혜미가 아마존 위에 있는 러브호텔로 박검사를 끌고 들어간다. 마음이 찜찜해진 영철은 터덜터덜 걷는다.

다음날 아침, 영철은 쓰린 속을 안고 출근해서 눈도장만 찍고 곧장 싸우나로 직행한다. 박검사와의 일을 확실하게 마무리했어야 하는데 돈만 쓰고 헛지랄만 한 것이 아닌가 하는 걱정 때문에 싸우나에 앉아 있을 수가 없어 대충 머리만 감고 나온다. 싸우나 근처에 있는 북어해장국집에서 국물 몇수저로 쓰린 속을 달랜 영철은 후들거리는 걸음으로 다시 사무실로 간다. 사무실에 들어가자마자 중앙일간지에 광고지면을 미리 확보하지 못했다고 사장이 불같이 화를 내고 갔다며 차과장이 호들갑을 떤다.

현실성이 없다고 보류시킨 게 누군데, 이제 와서 책임을 떠넘기나 싶어 화가 난다. 화를 삭이며 다른 그룹에서 내보낸 일간지의 전면 통광고를 살피고 있는데 차과장이 회장님 전화라며 돌려준다. 영철은 눈을 감는다. 심호흡을 하고 공손히 전화를 받는다.

"예, 홍보이사 김영철임다."

"야 새끼야, 너 뭐 하는 놈이야?"

굵고 느린 음성의 욕설이 다짜고짜 귀를 뚫고 들어온다. 영철은 신문을 넘기면서 다른 그룹이 내보낸 광고의 카피와 사진을 건성으로 보며 욕을 듣는다. 이럴 땐 오직 한마디만 할 수 있을 뿐이다.

"죄송함다."

"너 누구 물먹일 일 있어? 그러고도 니가 홍보이사야? 예측이 안되면 무조건 잡아놓고 봐야지, 그것도 못해! 대가리 나쁜 것들은 정말…… 당장 사표 내!"

"죄송함다."

"다른 그룹의 반이라도 따라가면 좋다 이거야? 너 새끼야, 무슨 배짱으로 개기는 거야, 응? 그러고도 월급 받아갈 염치가 나? 문디도 낯짝이 있는 법이야, 알았어? 당장 사표 내!"

회장의 십팔번은 '당장 사표 내!'이다. 영철은 회장의 욕을 한 귀로 듣고 한 귀로 흘리면서 사회면을 읽는다. 기사도 온통 축하 일색이다. 경제면을 보니 그런데도 주가는 떨어져 있다. 고소하다는 생각을 하자 희미한 웃음이 입가에 매달린다.

"죄송함다."

회장이 뭐라고 욕을 했는지도 모르는데 영철은 한번 더 죄송하다고 마음에도 없는 말을 건성으로 한다. 조금 있으면 회장 혼자서 일방적으로 전화를 끊을 것이다. 잠시 뒤 회장이 전화를 끊자 속이 냄비처럼 달궈지더니 부글부글 끓기 시작한다. 영철은 부장과 과장을 불러 화풀이를 한다. 이사가 윗사람한테 당했으면 당연히 내려가야 마땅하다. 혼자 당하고 혼자 삭이면 조직의 기강이 잡히지 않는 법이었다. 부장과 과장이 똥 밟은 표정으로 물러가자 이번에는 영업이사 정상무의 의기양양해하는 얼굴이 떠오른다. 모르긴 몰라도 사장과 회장한테 속닥거리고 다니며 뒤통수를 칠 잔머리를 굴리고 있을 터였다.

그것보다도 더 급한 것이 있는 영철은 책상 위의 시계를 본다. 오전 열한시. 이 정도면 아무리 술에 절었어도 출근을 했어야 할 시간이다. 영철은 박검사한테 전화를 건다. 박검사가 팔팔한 목소리로 전화를 받는다. 검사들은 점심을 먹을 때도 폭탄주를 반주로 마신다더니…… 그만큼 술을 마셨으면 기어들어가는 목소리를 내기도 하련만

너무 팔팔하니 조금은 기가 죽는다. 해장으로 복매운탕을 사주겠다고
하니 민원인들하고는 점심을 먹지 않는 게 원칙이라며 뺀다. 가슴이
덜컹 내려앉는다. 민원인이 아니라고 통사정을 해서야 검찰청 근처에
서 점심약속을 받았다. 회사에서 나와 검찰청으로 가면서 별의별 생
각이 다 든다. 만약 박검사가 최성호 검사를 모른다고 하면 어쩌나?
박검사가 병무비리는 워낙 여론이 민감하기 때문에 안된다면 어쩌
나? 아예 파렴치범 취급을 하면, 혹시 은근히 봉투를 달라고 하면?
돈이 가장 편한데, 수표가 아니라 현찰로 주면 의심받을 여지도 없고
딱 좋은데…… 액수는 밝히지 않을 거지만 줘야 한다면 얼마를 줘야
하나?

　초원복집에서 매운탕을 다 먹을 때까지 영철은 말을 꺼내지 못하고
전전긍긍이다. 속이 답답하니까 먹히지도 않는다. 영철은 국물만 몇
수저 먹곤 내려놓았다. 박검사는 "어, 시원하다"를 연발하며 국물 한
방울 남기지 않고 매운탕을 뚝딱 해치운다. 폭탄주를 마시는 솜씨나
매운탕을 해치우는 솜씨에서 주력(酒歷)이 느껴진다. 회사생활을 하
면서 자신도 꽤나 마셨지만 박검사처럼 솜씨가 매끄럽진 못했다. 박
검사는 맥주로 입가심을 한 뒤에 담배를 빼물고 벽에다 등을 기댄다.
박검사한테서는 힘있는 자의 여유가 느껴진다.

　"김선배…… 할말이 있지요?"

　연기를 느릿하게 뿜어내면서 박검사가 묻는다. 영철은 자신도 모르
게 움찔했다가 박검사가 먼저 입을 여니 차라리 잘됐다는 생각이 든
다. 영철도 담배를 입에 문다.

　"거 시원시원하게 털어봐요. 뭐예요?"

　"그러니까……"

영철은 무척 조심스러워진다. 후배 대하듯이 막나갈까 아니면 검사니까 깍듯이 대접을 할까?

"그러니까 뭐요? 아 참, 답답하네. 없으면 그냥 일어서고."

"니 혹시 체성호 검사라꼬 아나?"

"누구요?"

"체성호 검사."

"사투리로 말고, 표준말로."

"체, 체, 최성호 검사 말이다."

"아하 최성호! 걔 대학도 고시도 2년 후밴데 왜요?"

"그, 그, 그기 마, 마, 말이다."

"더듬지 말고, 어물거리지 말고 딱부러지게 내용을 말하라니까 정말 답답하네."

박검사가 피의자 다루듯이 꽥꽥거린다. 영철의 얼굴이 삽시간에 붉어진다.

"뱅무비리에 관한 긴데."

"애새끼 돈 처바르고 군대 뺐구만? 아무튼, 아무튼 사회지도층 인사라는 작자들이란."

영철은 입이 열 개라도 할말이 없다. 박검사는 노골적으로 무시하는 눈빛을 보내더니 혀를 끌끌 찬다.

"얼마 줬소?"

"오천."

"참 나, 오천이 누구네 개새끼 이름인가? 김선배, 검사가 검사한테 뭘 부탁하기가 얼마나 힘든 줄 알아요? 후배라고 해서 함부로 부탁 못 합니다. 내가 부탁하면 꼭 빚진 느낌이거든. 지들이 알아서 해주지 않으면 그냥 모른 척 넘기는 게 관례죠."

저 말의 의도는? 안하겠다는 건가 아니면 돈이 든다는 건가? 영철은 갈피를 잡지 못하고 초조해진다. 박검사는 담배를 다 피우고 맥주로 입가심을 한다.

"자, 일어섭시다."

명확한 답변을 않고 박검사가 벌떡 일어선다. 눈앞이 캄캄해진다. 그렇게 접대를 했는데도 모른 척한단 말인가? 매운탕 값도 기어이 박검사가 낸다. 가슴속에 납덩어리가 차곡차곡 쌓이는 기분이다. 박검사와 헤어져 회사로 돌아오면서 영철은 박검사보다 위에 있는 동향의 선배들을 떠올려본다. 이런 일은 후배보다 선배한테 말하는 게 훨씬 편한 법인데…… 후회가 꾸역꾸역 밀려온다. 다시는 박검사 얼굴도 쳐다보지 않겠다고 작정하며 사무실로 들어선다. 자리에 앉아 착잡한 심정으로 담배를 피우는데 차과장이 전화를 돌려준다.

"예, 홍보실 김영철임다. 머라꼬? 주민등록번호? 740909 다시 10……"

아들의 주민등록번호를 불러주자 박검사는 당장 처리하겠다고 걱정 말라며 전화를 끊는다. '그래 니가 누꼬? 우리가 남이가?' 십년 묵은 체증이 쑥 내려가는 기분이 들어 콧노래가 절로 나온다. 혜미한테 페르가모 핸드백을 사주기로 한 날이었다.

—『실천문학』 2000년 겨울호

그토록
긴 세월을

어머니가 태연하게 물었다
방금 전까지만 해도 분명히
죽었던 양반이 멀쩡하게 살아서

앉아 있는 것이었다 무열은 허탈했고 화가 났다 들것을 가지고
뒤따라온 사람들을 제수씨가 돌려보내는 소리가 들렸다
손으로 만졌을 때만 해도
이마가 식고 있었는데 귀신이 놀라 자빠질 일이었다
무열은 어머니 앞에 편안한 마음으로

앉을 수가 없어 몸을 돌렸다
자식들을 감쪽같이 속여도 유분수지 목숨을 가지고 장난을 치는 것은
차라리 죽는 것보다 못했다

무열은 일요일인데도 새벽에 눈을 떴다.

일어나자마자 담배를 찾다가 그만두었다. 담배를 완전히 끊진 못하겠지만 최소한 줄이기는 해야겠다고 마음먹은 지가 아직 사흘을 넘기지 못했다. 무열은 화장실에 들렀다가 거실로 가서 골프가방을 열었다. 어제 집으로 배달된 혼마 파이브스타 금장쎄트 중에서 1번 드라이버를 꺼내 마른수건으로 부드럽게 닦았다. 손잡이 아래에 다섯개의 별이 순금으로 박혀 있는 근사한 골프채를 만지고 있자니 사는 게 이런 것이구나 싶을 지경이었다.

"내일은 십구번 홀까지 책임지겠습니다."

일식집 북해도에서 동양모자의 박사장이 은근하게 속삭였다. 혼마 파이브스타 금장쎄트도 박사장이 택배로 보내온 것이었다. 더구나 오늘은 하늘의 별따기만큼이나 부킹하기가 어렵다는 한강컨트리클럽의 필드를 밟아보는 날이었다. 씽글을 치는 준프로급의 김변호사도 아직 밟아보지 못한 처녀지가 바로 한강이었다.

물론 파이브스타 금장쎄트에다가 필드까지 나갔다 오는 댓가가 부담스럽기는 했다. 박사장이 제출한 제품을 2002년 월드컵 지정 모자로 선정하는 문제가 걸려 있는 골프채였다. 평가점수가 다른 제품에 비해 낮다는 말을 덧붙이는 박사장의 의도는 불을 보듯 뻔했다. 무열은 2002년 월드컵 지정 물품 선정위원인 산업자원부 양국장과 아삼륙으로 지내는 사이였다. 그걸 동양모자의 박사장이 귀신같이 알고 찾아온 것이었다.

아내가 꿀에 절인 대추차를 내왔다. 무열은 대추차로 입술을 축인 다음 자세를 잡고 1번 드라이버를 손에 쥐었다. 약간 낯선 느낌이 들었지만 그다지 싫지는 않았다. 무열은 유연한 자세로 스윙을 했다. 허공을 가르는 바람소리가 상쾌했다. 씽글을 칠 수만 있다면 고교 동기회에 나가서도 큰소리를 땅땅 칠 수 있으련만…… 시간이 없어서 연습도 제대로 못했고 필드에도 자주 나가지 못했더니 실력이 여전히 제자리걸음이었다. 고3때 반에서 가장 공부를 못했던 서울건설의 김사장은 벌써 씽글을 치고 있었다.

1번 드라이버를 넣고 퍼터를 꺼냈다. 문제는 퍼팅이었다. 씽글이 어려운 것은 그린에 올려놓고도 트리플 보기를 범하는 퍼팅 실력 때문이었다. 홀에 일 미터 가까이 붙여놓고도 번번이 두세 번씩 퍼팅을 하니 환장할 노릇이었다. 퍼터를 들고 거실에 굴러다니는 공을 살짝 건드리는데 전화가 부드럽게 신호를 울렸다. 무열은 박사장인가 싶어 얼른 수화기를 집어들었다.

"예에."

"나예요."

기대했던 박사장의 목소리가 아니라 동생 주열의 목소리였다. 무열은 양미간을 찌푸렸다. 수화기를 내려놓고 싶었다.

"식전부터 웬일이야?"

"어머니가 돌아가셨어요."

동생의 말에 무열은 짜증이 확 솟구쳤다.

"대체 몇번째야? 어머니도 너무한다 정말!"

"……이번엔 진짜 같아요."

짧은 침묵 끝에 동생이 입을 열었다.

"벌써 두번째야. 장난하는 것도 아니고 말이야."

"형, 그러는 게 아니유. 어머니가 형 때문에 얼마나 고생했는 줄 알면서 그래요? 그것도 혼잣몸으로."

입만 열면 '혼잣몸으로 고생' 운운하는 동생의 목소리가 싫어 무열은 수화기를 귀에서 멀리 뗐다. 정작 당사자인 어머니는 입을 다물고 있는데 동생이 나서서 그 말을 하는 것은 정말 싫었다. 무열은 왼손으로 퍼터를 가방 속에 넣었다. 혼마 파이브스타를 들고 필드에 나갔다간 구설수에 오르기 십상이었다. 아무래도 캘러웨이를 들고 나가야 할 것 같았다.

"나, 바빠! 다음에 연락해."

"이번엔 진짜야, 진짜라니까!"

동생의 목소리가 다급해졌다. 무열은 수화기를 얼른 내려놓았다. 담배에 불을 붙인 뒤 탁자에 놓인 골프잡지를 집어들었다.

"아침부터 재수없게……"

무열은 투덜거리면서 화장실로 향했다.

"무슨 전화예요?"

아내가 주방 쪽에서 물었다.

"어머니가 돌아가셨대."

"또요?"

"그러게 말이야."

무열은 화장실로 들어가 잠금장치의 꼭지를 눌렀다. 그 순간 머리털이 쭈뼛 섰다. 뭔가 섬뜩한 기분이 들었지만 '에이 아니겠지' 하면서 변기 위에 엉덩이를 걸치고 잡지를 펼쳤다. 그런데 글자도, 사진도 눈에 들어오지 않았다. 잡지를 펴놓고 생각에 잠겼다.

'정말일까? 아니겠지. 아닐 거야.'

어머니는 황학동 시장에서 김밥을 팔았다. 일흔하나의 나이인데도 하루도 거르지 않고 시장엘 나갔다. 그렇게 이사를 하라고 성화를 부려도 황학동 시장 근처의 썩음썩음하게 곧 무너지게 생긴 집에서 떠나질 않았다. 집도 꼴이 아니었다. 심지어는 다 쓰러질 지경인데도 못하나 제대로 박지 못하게 했다. 대문이랄 것도 없는 문짝 앞에서 자주 골목 끝을 바라보며 누군가를 애타게 기다리는 어머니를 볼 때마다 무열은 온몸에서 힘이 빠지곤 했다. 어머니가 기다리는 사람이 수련의 아버지가 분명하다는 짐작은 곧장 증오로 이어졌다.

작년이 칠순이었지만 서방도 없는 년이 잔치는 뭐냐며 단호히 도리질을 쳤다. 그것 때문에 무열은 어머니와 대판 싸웠다. 대기업의 이사가 어머니의 칠순잔치도 안한 불효자식이라는 말은 정녕 듣고 싶지 않았다. 전쟁 때 전사한 아버지를 어쩌란 말이냐며 대들었지만 어머니는 굵은 눈물을 흘리며 죽기 전에 꼭 할말이 있다고만 할 뿐이었다. 그러더니만 시장에서 김밥을 팔다가 하얗게 질린 얼굴로 집으로 돌아와 눕자마자 임종을 했다는 전갈을 받은 게 작년 봄이었다.

사무실에서 허겁지겁 달려갔더니 안방에 향이 피워져 있었다. 시집 간 여동생 수련도 와서 대성통곡하고 있었다. 무열은 열다섯살 터울 인 수련을 미워했다. 두살 터울인 주열은 확실한 동생이었지만, 수련 을 동생이라고 생각한 적은 단 한번도 없었다. 그것 때문에 무열은 지 금까지도 어머니를 흔쾌히 받아들이지 못하고 있었다. 수련은 불륜의 씨앗이었다.

"장례를 치르고 나면 다신 찾아오지 않았으면 좋겠다."

어머니의 영정 앞에서 무열은 수련한테 모질게 말했다. 그때 병풍 이 와장창 쓰러졌다. 모두들 소스라치게 놀라 앉은걸음으로 윗목으로 물러났는데, 쓰러진 병풍 저쪽에서 어머니가 몸을 일으키고 있었다. 아내와 제수씨는 비명을 지르며 밖으로 뛰쳐나갔고, 문상 온 손님들 도 혼비백산했다.

"물 좀 다오. 근데 수련이가 웬일이냐?"

손끝에다 침을 묻혀 머리카락을 매만지며 어머니가 말했다. 무열은 숨이 컥 막히는 충격에 정신이 하나도 없었다. 순경과 의사가 확인한 죽음이었는데 이렇게 멀쩡하게 살아날 수 있다는 게 믿어지지 않았 다. 무열은 헛구역질을 해대며 문설주에 머리를 기대고 있었고, 주열 은 병풍을 세우는데 수련은 병풍을 밟고 뛰어가 어머니를 껴안고 또 다시 울음을 터뜨렸다. 그런 식으로 어머니는 두 번 돌아가셨고, 두 번 살아나셨다.

'아니겠지, 설마······'

똑똑똑. 밖에서 누군가가 급하게 화장실 문을 두들겼다. 무열은 상 념에서 깨어났다.

"뭐 해요, 화장실에서? 내려오라고 전화가 두 번이나 왔어요."

아내가 문밖에서 소리쳤다. 무열은 그제야 자신이 여전히 변기에 앉아 있었다는 사실을 깨닫고 쓰게 웃었다. 세수를 마치고 나와 안방으로 가서 면바지에다 티셔츠를 입고 무테안경을 썼다. 아내도 벌써 옷을 갈아입고 화장대 앞에 앉아 있었다. 거울로 언뜻 보이는 흑장미 색의 루주에 눈살이 찌푸려졌다. 마흔다섯의 아내는 요즘 들어 몸치장에 더욱 열심이었다. 수영, 헬스, 골프까지 치는데도 아내의 아랫배는 좀체 빠지지 않았다. 아랫배가 나왔으면 옷을 헐렁하게 입어 가렸으면 좋으련만 어쩌자고 착 달라붙는 옷만 골라 입는지 알다가도 모를 일이었다. 거실로 나가자 아내가 따라나왔다.

"당신도 어디 나가?"

무열은 골프가방을 끌고 나가면서 아내한테 물었다.

"왜요?"

"어디 나가냐고?"

"어머! 내가 뭘 잘못했다고 신경질이야, 신경질은?"

"말하는 뽄새 좀 봐라? 어디 나가냐고? 묻는 말에 대답만 하란 말이야!"

"저도 약속 있어요."

"여자들이 약속은 무슨? 집에 있어!"

"어머, 어머! 왜 그래요 대체?"

"집에 있으라면 있어!"

무열은 문을 쾅 닫고 아파트를 나왔다. 주차장에는 박사장이 보낸 자동차가 와 있었다. 무열은 박사장이 기사까지 딸려보낸 자동차를 타고 서울에서 두 시간 거리에 있는 한강씨씨에 도착했다. 한강씨씨는 소문대로 특에이급의 골프장이었다. 코스 디자인도 피지에이급이었고 그린 공략도 까다로웠다. 가벼운 흥분이 시원한 바람처럼 가슴을 흔들었다. 캐디들의 미모도 다른 곳에 비해 단연 뛰어났다. 역시 한강이었다. 19홀 생각이 언뜻 떠올라 무열은 홀로 미소를 지었다.

첫홀의 티샷부터 상쾌했다. 허공을 가르며 45도 각도로 뻗어나가는 공을 향해 박사장이 "굿 샷" 하고 소리를 질렀다. 한 타에 오만원이 걸린 내기였기 때문에 무열은 최소한 트리플 보기는 면해야겠다는 생각으로 신중하게 쎄컨드 샷을 했다. 하지만 뚱뚱한 박사장은 페어웨이에도 공을 제대로 올려놓지 못했다. 알고 보니 박사장은 머리를 올린 지 겨우 일년이나 됐을 신참이었다. 애초부터 상대가 안되는 바람에 무열 쪽에서 먼저 내기를 그만두자고 제안했을 정도였다. 어느정도 실력이 엇비슷해야 공을 쳐도 재미가 있는데 노골적으로 접대하겠다고 나오니 오히려 불쾌했다.

두번째 홀부터는 따라다니는 캐디 보기에도 민망할 지경으로 공이 맞지 않았다. 러프에 빠지거나 워터해저드로 굴러떨어져 벌타가 이미 트리플 보기를 넘어서고 말았다. 공에 신경을 집중해야 하는데 자꾸만 동생의 전화가 마음에 걸렸다. 박사장은 페어웨이를 걸을 때마다 남북정상회담을 들먹였다. 무열은 개나 걸이나 정상회담, 정상회담 하고 있다고 속으로 비웃었다.

아홉 홀을 형편없는 성적으로 마친 뒤에 갤러리하우스로 올라가 휴대폰을 켰더니 음성메씨지가 두 개나 와 있었다. 나중에 들어온 것은 애인처럼 만나는 선릉역 아모레 비즈니스클럽의 조마담이었고 먼저 들어온 것은 동생 주열의 볼멘소리였다. 무열은 아침의 일도 있고 해서 집에 전화를 걸었다. 아무도 없는지 전화를 받지 않았다. 무열은 수첩을 뒤적거려 번호를 찾아내 동생한테 전화를 걸었다.

"어머니는 좀 어떠시냐?"

"영광이올시다, 바쁘신 분께서 친히 전화를 다 주시고."

"좀 어떠시⋯⋯"

무열은 수화기를 귀에 바짝 붙이고 이마를 찡그렸다. 여자의 대성통곡이 또렷하게 들렸다. 울음 속에 간간이 사설이 섞인 걸로 봐서 수련이 분명했다.

"무슨 일 있는 거냐?"

"정 궁금하면 와서 보시구랴."

주열이 일방적으로 전화를 끊었다. 무열은 수화기를 쳐다보다가 돌아섰다. 점심을 함께 먹지 못해 안타까워하는 박사장을 두고 무열은 신당동으로 갔다. 황학동 중고시장 바로 앞, 자동차도 들어가기 어려운 골목을 돌고돌아 들어가니 나무로 된 대문 옆에 사자밥이 놓여 있었다. 무열은 밑동이 썩어 달아난 대문을 통과해 시멘트로 덮어버린 작은 마당에 발을 올려놓았다. 마당에는 수련의 울음소리가 질펀하게 깔려 있었다.

수련의 울음에 행여라도 바짓가랑이가 젖을까 싶어 조심스레 마당을 건넜다. 얼른 신발을 벗고 방으로 들어갔다. 싸구려 향내와 대성통곡이 뒤섞인 방으로 들어가니 반야심경을 적어놓은 병풍이 세워져 있고, 그 앞에 어머니의 영정이 놓여 있었다. 무열은 우두커니 서서 수련을 쳐다보았다. 머리를 풀어헤치고 울고 있는 수련을 보니 불쌍하다는 생각에 앞서 짜증부터 솟구쳤다.

"어떻게 된 거냐?"

검은 양복에 검은 넥타이를 매고 영정 바로 앞에 앉아 담배를 뻑뻑

빨고 있는 주열한테 물었다. 주민등록증에 있는 사진을 확대해서 뽑은 영정 속의 어머니는 영락없는 김밥장수 할머니였다. 그 영정을 그대로 됐다간 회사 사람들이나 거래처 사람들의 구설수에 오르기 십상이었다. 본래 어머니는 빼어난 미인이었다. 처녀시절에 찍은 사진을 보면 갸름한 얼굴에 크고 맑고 검은 눈을 가지고 있어 누구나 반할 만했다. 울고 있는 수련은 어머니를 쏙 빼닮았다. 무열은 그게 더 기분 나빴다.

"어떻게 된 거냐고?"

"보시는 그대로유."

쳐다보지도 않고 비꼬듯이 말을 내뱉는 주열의 태도에 은근히 화가 났지만 무열은 꾹 참고 병풍 뒤로 갔다. 어머니는 깊은 잠에 빠진 표정으로 누워 있었다. 무열은 어머니 옆에 무릎을 꿇고 앉아 손바닥으로 이마를 짚어보았다. 이마가 아직은 미지근했다. 전에도 이런 적이 있었기에 무열은 이마에서부터 아래쪽으로 옮겨가며 어머니의 몸을 만졌다. 손으로 전해지는 어머니의 체온이 예전과 분명히 다른 느낌이었다. 몸이 아직 굳지는 않은 상태였다. 코밑에 귀를 붙여 숨을 쉬는가 살펴보았다. 숨을 쉬는 기적은 없었다.

"의사는 왔다간 거냐?"

"………."

주열은 대답 대신 담배꽁초를 재떨이에 거칠게 눌러끄고는 벌떡 일어섰다. 무열은 주열을 싸늘하게 노려보았다. 간신히 중학교를 졸업하고 막노동판만 전전하다가 철물점을 개업했다가 단번에 말아먹고 겨우 보일러 배관 십장을 하는 주열이 무열은 언제나 못마땅했다. 회사의 다른 이사들의 형제가 판사니 검사니 의사니 어디 부처의 국장

이니 할 때마다 무열은 자리를 피하곤 했다. 게다가 툭하면 눈알을 부
라리고 잡아먹을 듯이 달려들기까지 하니 정나미가 뚝뚝 떨어졌다.
어머니가 야간 고등학교라도 가라며 원서를 가져와도 나몰라라 하더
니만 지금에 와서는 되레 원망이었다.

"의사는 왔다갔냐고?"

무열은 버럭 소리를 질렀다.

"제에미, 똥싼 놈이 성낸다더니!"

"너 뭐라 그랬어?"

무열은 방문을 나서는 주열의 어깨를 잡아챘다.

"놔, 이거!"

주열이 무열의 손을 확 뿌리쳤다.

"너, 이 새끼!"

무열은 주열의 멱살을 움켜쥐었다.

"오빠아, 이러지 마, 응."

너무 울어서 코끝이 빨간 수련이 일어나 주열한테 매달렸다. 무열
은 주열한테 매달려 싸움을 말리는 수련이 더 미웠다. 단 한번도 정을
준 적이 없으니 당연한 노릇이었다. 무열은 수련이 때문이 아니라 이
렇게 무지막지한 놈과 실랑이를 하고 있는 자신이 싫어서 멱살을 풀
고 그만 방바닥에 앉아버렸다. 수련이 주열을 데리고 밖으로 나갔다.
무열은 방바닥에 굴러다니는 담뱃갑을 집어들었다. 담배를 피우며 집
에 전화를 해봤지만 허사였다. 아이들은 캠프를 갔고 아내는 또래의
여자들과 만나 수다를 떨고 있을 터였다. 쯧, 혀를 차며 플립을 닫자
마자 기다렸다는 듯이 휴대폰이 울렸다.

"여보세요."

무열은 퉁명스럽게 첫마디를 내뱉었다.

"뭐예요? 전화도 안 받고. 기다리고 있는데."

목소리로 보아 조마담이었다.

"전화 끊어, 바빠!"

하필 이런 때 전화를 하다니, 무열은 아예 휴대폰의 전원을 꺼버렸다. 그러고 보니 오늘이 조마담과 함께 퇴촌 쪽으로 드라이브를 가자고 약속한 날이었다. 한강씨씨에 간다고 흥분하는 바람에 약속을 까맣게 잊고 있었던 것이다. 오늘은 꼭 준다고 조마담 스스로 약속을 잡은 날이었다. 그동안 들인 공덕이 물거품이 되고 말았지만 이것도 운이려니 하면서 무열은 애꿎은 담배만 연신 피워댔다.

"언니이!"

부평 사는 작은이모가 수련의 손목을 잡고 방으로 들어와 그대로 엎어지며 통곡을 시작했다. 수련은 이모를 끌어안고 쌍고동으로 울어댔다. 무열은 이상하게도 슬프다는 생각이 들지 않았다. 억지로라도 슬퍼해야 하는데 눈물 한방울 나오지 않았다. 마음속에 들어 있는 증오가 그렇게 컸던가 싶어 스스로도 놀라고 있었다.

"언니이! 형부도 못 만나고 가면 억울해서 어떡해, 언니이! 이렇게 갈려고 못 먹고 못 입고 살았어? 불쌍해서 어떡해, 불쌍해서 어떡해. 우리 언니 그까짓 재산 모아두면 뭐 해? 그 인간이 뭐가 좋다고, 그 인간 뭐가 좋아 평생 청상으로 살아, 살기를! 그 인간이 알기나 해? 그 인간이 언니한테 새끼들만 줄줄이 딸려놓고 떠난 그 인간이 알기나 하겠냐고오? 언니, 일어나! 응, 일어나. 인제 그 인간 만날 수도 있다는데 왜 그냥 가? 억울해서 어떻게 가아! 나 같으면 못 가! 일어나 언니, 일어나 언니이!"

82

작은이모는 어머니의 영정을 붙잡고 아예 악을 써댔다. 덩달아 수련도 작은이모를 끌어안고 눈물을 펑펑 쏟아냈다. 방으로 들어온 주열은 영정 앞에 앉아 코를 팽 풀더니 손가락을 바지에 슥슥 닦았다. 무열은 그저 덤덤할 뿐이어서 손가락으로 방바닥에 낙서를 했다. 그러다 문득 어머니를 병원 영안실에다 모셔야겠다는 생각이 들었다. 날씨도 푹푹 찌는데 좁은 방에 모셔뒀다간 언제 썩어버릴지 모르는 일이었다. 거기에다 문상객들이라도 몰려오면 마당이 좁아 일을 치를 수가 없었다.

"나 좀 보자."

무열은 반쯤 몸을 일으켜 주열의 어깨를 살짝 쳤다.

"난 보고 싶지 않수다."

손을 반쯤 올렸다가 도로 내린 무열은 분통이 섞인 한숨을 길게 내쉰 뒤에 입술을 깨물었다. 상갓집에서 상주들끼리 싸우는 것은 불상놈의 짓이라 참아야 했다.

"좀 보자니까!"

무열은 목소리를 살짝 높였다.

"거 참 씨벌이네."

주열이 낮게 투덜거리며 돌아앉았다.

"그게 무슨 말이냐? 아무리 마음에 안 들어도 니 형은 맏상주다. 애비 없는 호로자식들이나 맏상주한테 대드는 거여!"

목소리가 갈라진 작은이모가 역성을 들었다. 무열은 마당으로 나갔다. 시멘트로 만들어진 마당에선 숨이 막힐 정도로 열기가 푹푹 올라왔다. 마당 구석에 있는 수돗가로 가서 꼭지를 비틀었다. 미지근한 물이 쏟아져나왔다. 세수를 한 뒤에 주머니에서 휴대폰을 꺼내 전원을 켜고 집에 전화를 걸었다. 여전히 아무도 전화를 받지 않았다. 플립을 닫고 안방을 향해 돌아서는데 갑자기 애비 없는 호로자식이란 말이 뼈에 사무치면서 코끝이 찌잉 울렸다.

기저귀를 차고 다닐 때부터 종종 들어야 했던 애비 없는 호로자식 소리가 지금처럼 새삼스러운 적이 없었다. 특별히 행실이 나쁘지도 않았는데 주열이 때문에 덤으로 그 소리를 들을 때마다 무열의 가슴에는 피멍이 들곤 했다. 동네 아이 중의 누군가가 그런 식으로 놀리면 주열은 반드시 그 아이의 머리에 구멍을 내곤 했다. 힘으로 안되면 뒤에서 병으로 찍어야 직성이 풀렸으니 원성이 자자한 것은 당연한 노릇이었다.

어머니가 처음 돌아가셨을 때 입었던 상복을 대충 둘둘 만 제수씨가 대문으로 들어오더니 수돗가에다 손에 들고 온 비닐봉지를 내던졌다. 비닐봉지가 찢어지면서 시뻘건 고깃덩어리가 튕겨나왔다. 문상객을 위해 음식을 해대는 것도 만만한 일이 아니었다. 제수씨가 아무리 억척스럽다고 해도 혼자로는 무리였다.

"어떤 년은 팔자가 더러워 허구헌 날 손에 물 마를 날이 없고, 어떤 년은 팔자가 좋아 물 한방울 안 묻히고 살까? 어이구, 덥기는 오사하게 덥네."

제수씨가 손바닥으로 이마의 땀을 훔쳐내며 고깃덩어리를 함지박에 던져넣었다. 옆에 서 있는 사람이 아주버니인 줄 알면서도 아는 척도 하지 않는 제수씨 때문에 무열은 도로 방으로 발길을 돌렸다.

"허긴 출세하면 눈에 보이는 게 없지. 연놈이 똑같아."

무열은 뒤꼭지가 간지러워 도무지 참을 수가 없어 발길을 멈췄다. 그렇다고 몸을 돌려 제수씨와 드잡이할 용기는 더더욱 나지 않았다.

무열은 한숨을 끄응 내쉬고는 방으로 들어갔다. 제수씨가 틀린 말을 한 것도 아니어서 밖으로만 싸돌고 있는 아내한테 화가 났다. 사실 아내가 있다고 해도 특별히 달라질 것은 없었다. 아내는 지갑에서 수표 몇장을 꺼내 제수씨한테 쥐여주고 나몰라라 할 게 뻔했다. 결국 제수씨가 시상통의 아줌마들을 모아다 음식을 준비할 터였다.

"종합병원 영안실로 모시자."

무열은 딱히 누구라고 정하지 않고 아까부터 생각하고 있던 것을 내놓았다. 하지만 아무도 대꾸하지 않았다. 말을 씹히자 무열은 속에서 불덩어리가 꿈틀거렸다. 무열은 목소리에 힘을 주고 똑같은 말을 반복했다.

"거긴 왜 가?"

작은이모가 눈물 콧물이 범벅된 얼굴을 바짝 쳐들고 되물었다.

"집이 너무 좁아…… 문상객을 맞기가 좀 그래서요."

"왜 꾸질꾸질해서 챙피허냐?"

"그게 아니구요."

작은이모가 요런 불효자식을 봤는가 하는 눈초리로 따지고 드는 바람에 무열은 기어이 어머니를 종합병원 영안실로 모셔야겠다는 결심을 굳혔다.

"부고를 해서 문상객이 찾아오려면 종합병원이 편해요. 거기다 주차장이 없으면 불편하고, 또 날씨도 푹푹 찌는데 제수씨 혼자 음식 준비하는 것도 그렇고."

"왜 경수 에미 혼자 음식을 준비해? 니 처는 뭐 허고?"

무열의 말에 작은이모가 아내를 걸고 나왔다.

"그 사람이 언제 일하는 거 보셨어요?"

"그러게 그게 사람이냐고? 지가 아무리 잘났어도 집안에 큰일이 생기면 소매를 걷어붙이고 나서야지. 돈이면 다 되는 거라고 생각하는 모양인데 그거 큰 오산이다 너. 모름지기 사람이라면 정이 있어야 한다, 정이. 니가 듣기론, 다 늙은 것이 무슨 강아지 풀 뜯어먹는 소릴 허느냐 할지 몰라도 사람살이에는 도리가 있고 경우가 있는 법이다."

"맞아요, 이모 말대로 난 나쁜 놈이에요. 불효자식에다 애비 없는 호로자식이라구요! 그래서 병원으로 모시겠다는 겁니다."

"니 엄니는 평생 이 집에서 꾸질꾸질하게 살며 너를 키웠다. 그게 낯 뜨겁고 챙피하면 아예 상복을 입질 말아라."

"제가 두 벌 입죠 뭐. 에어컨도 없는 집구석이라 찜통이긴 하겠지만……"

주열이 시큰둥한 말투를 위장하여 무열의 신경을 빠각빠각 긁었다. 무열은 화가 치밀어 견딜 수가 없었다. 마음 깊은 곳에서 오기가 발동했다. 아무리 불효자식으로 몰린다고 해도 자신은 분명한 맏상주였다. 어머니가 남긴 유산 같은 것에는 아무런 관심도 없었다. 어머니는 시장통의 노른자위 땅을 제법 많이 가지고 있었고, 건물도 두 채나 가지고 있어 한달 임대료만 해도 꽤 많은 알부자였다. 아내는 그 재산을 탐냈지만 무열은 단 한푼도 받고 싶은 마음이 없었다. 어머니는 알부자였지만 자신이나 자식들한테는 몹시도 인색했다. 무열은 오직 자신의 힘으로 오늘을 일궈내야만 했다.

"앰뷸런스 부르겠어요."

무열은 휴대폰으로 114를 불러 가까운 종합병원 영안실 전화번호를 알아낸 뒤 앰뷸런스를 불렀다. 무열은 구질구질한 것이 정말 끔찍했다. 그래서 대학까지 마치는 동안 단 한명의 친구도 집으로 데려온

적이 없었다. 돈이 있으면서도 시장통에다 좌판을 벌여놓고 김밥을 파는 어머니를 무열은 이해할 수도, 하고 싶지도 않았다.

"씨발, 누구 맘대로?"

주열이 거칠게 대들었다.

"내 맘대로."

무열은 이 말을 남기고 밖으로 나갔다. 주열과 대거리를 하고 싶은 마음은 털끝만치도 없었다. 그래봤자 상스러운 말만 들어 귀만 더럽히게 될 게 뻔했다. 마당으로 나온 무열은 집에 전화를 걸었다. 이번엔 다행히도 아내가 전화를 받았다.

"어딜 싸돌아다니는 거야! 여편네가 집에 있어야 할 것 아냐!"

"왜 그래, 당신?"

"왜 그래, 당시인? 당장 한대병원 영안실로 가!"

"영안실? 무슨 일 생겼어요?"

"여편네가 집에 없으니 일이 생겨도 모르지?"

무열은 바락바락 소리를 질렀다.

"그렇게 소리만 지르지 말고 무슨 일인가 말을 해요, 말을?"

"어머니가 돌아가셨어."

"또요?"

"또요? 그게 며느리가 할 소리야?"

"그게 뭐 제 잘못이에요?"

"주둥아리 닥치고 당장 병원으로 가! 우리도 곧 갈 테니까, 먼저 가서 수속 좀 밟아, 알았어?!"

무열은 플립을 탁 닫았다. 시멘트 마당에서 올라온 열기보다도 가슴 깊은 곳에서 올라오는 불덩어리가 숨구멍을 컥컥 막았다. 혀가 낙

엽처럼 바삭바삭하게 말랐다. 무열은 대문을 나와 골목을 휘적휘적 걸었다. 콜라로 목을 축이고 곧 올 앰뷸런스를 기다릴 요량이었다. 산다는 게 왜 이 모양인지, 어머니나 동생들만 아니었어도…… 무열은 주열이 그 잘난 철물점을 하다가 부도를 낸다고 질질 짜길래 대학 동기인 은행 지점장한테 하기 싫은 부탁을 해서 대출을 받게 해줬더니 대출 원금은 고사하고 이자 한푼 내지 않는 바람에 골치를 푹푹 썩여야 했다. 어머니는 그 많은 재산을 두고도 보증 한번 서주질 않은 자린고비였다. 그것 때문에 아내와 이혼을 하니 마니 하면서 대판 싸우기도 했다.

구멍가게에서 산 콜라를 마시고 있는데 앰뷸런스가 왔다. 골목이 좁아 들어올 수가 없어 운전기사와 남자 간호사가 들것을 가지고 무열의 뒤를 따랐다. 대문 가까이 가니 제수씨가 나와 대문 옆의 사자밥을 치우고 있었다. 이상하다는 생각이 들었지만 내처 마당으로 들어섰다. 무열은 뒤따라오는 사람들에게 안으로 들어오라는 손짓을 한 뒤에 방으로 들어갔다. 세상에?! 병풍 앞에 낯익은 얼굴이 앉아 손끝에다 침을 묻혀 머리카락을 매만지고 있었다.

"어디 갔다오는 거냐?"

어머니가 태연하게 물었다. 방금 전까지만 해도 분명히 죽었던 양반이 멀쩡하게 살아서 앉아 있는 것이었다. 무열은 허탈했고 화가 났다. 들것을 가지고 뒤따라온 사람들을 제수씨가 돌려보내는 소리가 들렸다. 손으로 만졌을 때만 해도 이마가 식고 있었는데, 귀신이 놀라 자빠질 일이었다. 무열은 어머니 앞에 편안한 마음으로 앉을 수가 없어 몸을 돌렸다. 자식들을 감쪽같이 속여도 유분수지 목숨을 가지고 장난을 치는 것은 차라리 죽는 것보다 못했다.

"앉거라."

무열이 문지방을 막 넘어서려고 하는데 어머니가 말했다. 소름이 쫙 끼쳤고 머리카락이 거꾸로 일어섰다. 무열은 문지방을 넘었다.

"앉으래두!"

어머니의 낮으나 단호한 목소리가 장딴지를 잡아챘다. 무열은 도로 방으로 들어가 어머니 앞에 앉았다.

"너무하신다는 생각이 안 들어요? 이게 뭐예요? 장난도 아니고 세 번씩이나?"

무열은 볼멘소리로 따지고 들었다.

"일부러 그런 것이 아녀. 그렇게 하자고 해도…… 되는 것도 아니 고. 내 맘대로 명줄을 놓았다 잡았다…… 할 수 있는 건 더더욱 아니 고."

기운이 하나도 없는 목소리로 어머니가 말을 느릿하게 이었다. 그 것도 짜증이 나서 무열은 벌떡 일어서고 싶었다.

"다시 사셨으니 이만 가겠습니다."

"할말이 있다."

어머니가 말했다. 무열은 어머니를 정면으로 쳐다보았다. 어머니의 얼굴은 핏기 하나 없이 창백했다. 등골이 서늘해지면서 식은땀이 줄 줄 흘렀다. 수련이 갑자기 어머니의 등뒤로 가더니 안마를 시작했다.

"물 한잔만 다오."

어머니가 기어들어가는 목소리로 말을 꺼내자 주열이 기다렸다는 듯이 벌떡 일어났다.

"니 엄니 말을 잘 들어라. 얼마나 억울하면 죽었다가도 다시 일어 났겠냐. 나라도 그러겠다. 아암, 그러고말고."

무열은 작은이모의 말에 고개를 외로 꼬았다. 주열이 냉수를 가져오자 어머니가 조심스레 한모금을 머금어 입술을 축였다. 무열은 담배 생각이 문득 간절해졌다. 방바닥에 굴러다니는 담뱃갑을 집었다가 도로 놓았다. 어서 빨리 이 방에서 나가고 싶은 마음만 굴뚝 같았다. 이 집에서 나가는 순간, 조마담을 불러내 술을 마시든지 19홀을 들락거리든지 해야겠다는 생각을 하며 무열은 어머니의 말을 기다렸다. 아니, 그 정도가 아니라 시멘트 바닥에 소주병이 깨지듯 그렇게 깨지고 싶었고, 왕창 망가져 오늘의 일뿐만 아니라 어머니를 몽땅 잊어야만 할 것 같았다. 안마를 하고 있는 수련을 보자 무열은 어머니가 더욱더 미워 견딜 수가 없었다. 수련이 때문에 무열은 어머니의 험난한 인생을 인정하지 못하고 오히려 증오에 가까운 감정을 가지게 되었다.

중학교 3학년이면 적은 나이가 아니었다. 잠결에 이상한 신음소리가 들려 눈을 떠보니 어슴푸레한 어둠속에 웬 사내가 어머니의 알몸 위에 올라 있었다. 어린 나이였지만 순간적으로 그것이 성교라는 것을 알았다. 무열은 마른침을 꿀꺽 삼킬 뿐 벌떡 일어나지를 못했다. 한번도 들어본 적이 없는 어머니의 행복한 신음소리를 들으면서 부들부들 떨어야만 했다.

자리를 박차고 일어나 사내의 옆구리를 발로 차버릴까, 고함을 지를까, 어머니를 부를까, 오줌이 마려운 것처럼 일어나 밖으로 나갈까, 주열이를 깨울까, 잠꼬대를 빙자해 방해를 할까, 그냥 말없이 벌떡 일어나 앉을까, 모른 척 불을 켜버릴까 등등의 온갖 상상을 했지만 아무 짓도 못하고 마른침만 삼킨 채 그 밤을 뜬눈으로 지새야 했다. 새벽 네시 통금이 해제되기 전까지 사내는 어머니의 몸 위에 두 번이나 더 올라갔다가 내려왔다. 어머니는 살가운 목소리로 사내의 몸을 끌어안왔다. 통금이 해제되자 사내는 살그머니 빠져나갔다.

아침이 밝았고, 무열은 어머니의 얼굴을 정면에서 쳐다보지 못했다. 그러나 어머니는 아무 일도 없었다는 표정으로 여느 날과 다름없이 행동했다. 무열은 어머니가 가증스럽게 느껴졌다. 밤이 왔고, 통행금지 싸이렌이 울리자마자 사내는 다시 방으로 들어왔다. 무열은 사내의 기척에 정신이 번쩍 들었지만 자는 척하고 누워 있었다. 어머니는 말없이 부스럭거리며 옷을 벗었고 그 사이에 벌거숭이가 된 사내는 어머니의 몸 위로 올라가 요동질을 쳤다.

그렇게 사흘이 지난 밤, 더이상 사내는 오지 않았고 어머니는 흐느껴 울었다. 시간이 흐르자 어머니의 배가 점점 불러왔고 동네 사람들의 손가락질 속에서 수련이 태어났다. 입만 열면 아버지가 얼마나 잘생겼고 또 인텔리였는지를 자랑하던 어머니가, 돌아오지 않는 아버지를 칭송하고 그리워하던 어머니가 다른 사내와 성교하던 그 순간을 무열은 영원히 잊지 못했다. 그후로 무열은 어머니를 버렸다. 아니 어머니한테서 버림받고 혼자 남겨졌다고 느꼈다. 어머니는 수련을 외삼촌의 호적에 올려놓고 애정을 쏟아부었다. 수련에 대한 어머니의 애정이 깊을수록 무열의 미움도 깊어만 갔다. 무열은 단 한번도 수련을 동생으로 받아들이지 않았다.

"놀라지 말아라. ……이제야 하는 말이지만, 니 아부지는…… 전쟁 때 돌아가시지 않았다."

이건 무슨 말인가? 무열은 또 헛소리겠거니 하면서 담뱃갑을 만지작거렸다.

"니 아부지는 북에…… 살아 계신다."

"예에!?"

무열은 소스라치게 놀랐다. 하지만 이내 고개를 흔들었다. 오히려 이건 또 무슨 장난인가 싶었다. 죽고 살아나기를 세 번이나 하더니 노망이 들어도 단단히 들지 않았다면 아예 정신이 나간 것이라는 생각이 들었다.

"에미 말이 믿기지 않겠지만…… 사실이다."

어머니는 물사발을 들어 입술을 축였다.

"언니, 십년 묵은 체증이 쑥 내려간 듯 시원하시겠수. 십년이 뭐야 오십년이지."

작은이모가 면수건으로 눈물을 찍어내며 거들었다.

"그게 무슨 말이에요, 대체?"

무열은 어머니와 작은이모의 말을 도무지 믿을 수가 없어 되레 역정을 냈다.

"수련아, 좀 눕자."

어머니가 숨을 몰아쉬며 비스듬히 몸을 숙였다. 수련이 얼른 어머니를 부축해 바닥에 가만히 누인 뒤 무릎으로 베개를 만들어 머리를 받쳤다. 수련은 어머니의 머리를 쓰다듬으며 하염없이 눈물을 흘렸다.

"큰애 니가 수련이를…… 미워한다는 거 다 알고 있다. 에미가 나쁜 짓…… 나쁜 짓을 했다고 생각했겠지. ……하지만 그게 아니다. 너 중학교 댕길 때…… 니 아부지가 왔었다. 간첩이 되어서…… 시장통에 불쑥 나타났는데…… 신고할 수가 없었다. 아무리 죽을 죄를 지었다고 해도…… 어쩌겠냐? 니들 아부진데."

어머니가 느릿느릿 말을 이어가고 있는데 난데없이 주머니 속에서 휴대폰이 울렸다. 몸을 반쯤 틀고 휴대폰 플립을 열었다.

"어디세요?"

"신당동."

"수속 다 끝냈는데 왜 안 오세요?"

"취소하고 집으로 돌아가."

"예에?"

"취소하고 집으로 돌아가라고오!"

"또예요?"

"그래."

"세상에, 세상에, 어머니도 참 너무하시네요."

"끊어!"

무열은 휴대폰 플립을 닫고 어머니를 건너보았다.

"니 아부지 이름은 이자 동자 호자 이동호다."

이동호, 호적등본에서 봤던 이름이었다. 붉은 선의 '×' 표시 아래 멋들어진 펜글씨로 남아 있던 '李東浩'. 그 이름의 주인공이 북에 살아 있다니, 무열은 떨리는 손으로 담뱃갑에서 담배를 꺼내 물었다. 작은 이모가 불을 붙여주었다.

"그때, 딱 사흘을…… 잤다. 북으로 무사히 돌아갔는지…… 에취, 에에취, 담배 좀. 연기가 맵다. ……그후로 지금까지 소식이 없다."

무열은 담배를 끄고 무릎걸음으로 어머니 앞에 바싹 다가갔다.

"요번 팔일오 때 이산가족을 만나게 해준다고…… 해서 혹시나 하고 기다렸는데, 북에서 보낸 명단에 니 아부지 이름은…… 없더라. 그동안 니 아부지가 죽었다고 한 것은…… 니들 때문이었다. 빨갱이 자식으로 찍히면…… 살기 어려운 세상 아니었냐? 그래서 숨겼다. 내 평생 소원은…… 니 아부지를 만나…… 재미나게 살아보는 것이었다. 한번 살아보는 게…… 소원이었다. 그래서…… 안 먹고, 안 입고, 안 쓰고 살았다. 언젠가는 이 집으로…… 그때처럼 불쑥 니 아부지가 찾아올 것만 같아서…… 수련아, 물 좀."

수련이 어머니 앞에 있던 빈 사발을 들고 밖으로 나갔다.

"제발 부탁이니…… 수련이 미워하지 말아라. 쟈도 니들만큼이나…… 불쌍허다."

무열은 눈을 감았다. 약간 쉰 듯한 김밥을 억지로 먹여 식중독에 걸리게 했던 일, 연탄집게로 때려 이마를 꿰매게 했던 일, 엉뚱한 핑계로 수련의 따귀를 때렸던 일, 학생운동을 한다고 머리를 가위로 잘라버렸던 일, 교도소에 면회 한번 가지 않았던 일, 결혼식에도 출장을 핑계로 가지 않았던 일 등이 주마등처럼 뇌리를 스치고 지나갔다. 그런데도 수련은 커다란 눈망울에서 원망의 눈물만 뚝뚝 흘릴 뿐 어머니한테 고자질하거나 반항하지 않았다. 수련이 물을 가지고 들어왔다. 주열이 어머니의 몸을 일으키자 수련이 사발을 입술에 갖다댔다. 어머니는 물을 아주 조금 마셨다.

"바쁠 텐데…… 일 봐."

"괜찮으시겠어요? 병원으로 모실까요?"

"아녀, 아녀. ……그냥 이대로 쉬고 싶어. 어여 가."

"바쁘지 않아요."

무열은 이 말을 할 때는 주열한테 미안했다. 다음주에는 주열을 불러내 맥주라도 한잔 해야겠다는 생각이 불현듯 들었다.

"가, 쉬고 싶어. 수련이 너도 가. ……힘들다, 뉘어다오."

주열이 조심스레 어머니를 뉘었다. 어머니가 양미간을 찌푸리며 짧은 신음을 토해냈다. 무열은 입술을 살짝 깨물었다가 몸을 일으키며 말했다.

"그럼 쉬세요."

"그려, 어여 가."

천근만근 무거운 가슴을 안고 무열은 신당동 236-14번지의 대문을 나왔다. 골목을 빠져나가다가 탯줄을 끊은 집을 한번 돌아보았다. 곧 삭아서 무너질 지경의 낡은 슬레이트 지붕이 눈을 아프게 찔렀다. 지붕의 슬레이트만이라도 새로 갈아야 할 것 같았다. 눈길을 거두고 골목을 빠져나오는데 갑자기 앞이 캄캄해지더니 숨통이 꽉 막혀왔다. 무열은 걸음을 멈추고 벽에 손을 짚고 한참을 서 있었다. 그러다가 한번도 그 몸의 실체를 만져보지 못한 사람을 향해 간절하게 "아부지" 하고 불렀다. 숨통이 스르르 열리는 기분이 막 들려는 순간, 주머니 속에서 휴대폰이 울렸다.

"여보세요."

"오빠?"

"누구?"

"오빠, 나 수련이야."

그러더니 곧장 설움에 북받친 울음이 이어졌다. 난감했다. 전화로 수련과 통화하기는 처음이어서 무열도 어쩔 줄을 몰랐다.

"수련아, 왜?"

"엄마가, 엄마가 방금…… 방금 돌아가셨어."

"뭐!?"

무열은 휴대폰을 오른손에서 왼손으로 옮겨쥐고 귀에 바짝 붙였다. 무열의 귓속으로 주열의 굵은 울음소리와 수련의 가느다란 울음소리가 파도처럼 밀려들고 있었다.

—『황해문화』 2000년 가을호

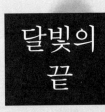

달빛의 끝

달빛은 농염했다
농로 위에 쏟아져내리는 달빛을 보면서
천천히 자동차를 몰았다

작은 다복솔 숲을 지날 때였다 시퍼런 인광燐光 두 개가 다복솔 숲에서
농로로 뛰어들었다 윤애는 급하게 브레이크를 밟았다
쿵 무언가의 무게가
윤애의 온몸으로 전달되었다 끼이익
자동차가 비명을 지르며 멈췄다 몸이 앞뒤로 흔들렸다
윤애는 운전대에 얼굴을 묻고
놀란 가슴을 다스렸다 무언가가 둔탁하게 자동차에 부딪치는

둔탁하다기보다는 아주 묵직했다 조심스레 문을 열고 나와보니 들고양이 한마리가
앞바퀴 앞에서 부르르 떨고 있었다
느낌이 발끝에 여전히 남아 있었다

밤하늘은 깊고 푸르렀다.

깊고 푸른, 밤의 바다 한가운데에 천계산(天階山)이 넓고 긴 자락을 거느리고 서 있었다. 천계산 정상인 천계봉 위에는 보름달이 두둥실 떠올라 은빛 가루를 뿌리고 있었다. 은빛 가루는 천계산과 주변의 평야 위에 함박눈처럼 내렸다. 1번 국도 양옆에 줄지어 늘어선 버즘나무의 넓은 잎사귀 위에도 은빛 가루가 하염없이 쌓이고 있었다.

이대로 달려간다면 삼십분 이내에 고향집에 닿을 수 있으리라. 까맣게 잊고 살았는데 일이 터지고 난 뒤부터 윤애는 새삼스레 고향집이 그리워지기 시작했다. 비록 지금은 아무도 살고 있지 않지만 꼭 한번은 가보고 싶었다. 그렇게 마음을 정하고 서울을 떠나왔건만 고향집이 가까울수록 발걸음이 무거워지는 느낌이었다. 윤애는 속도를 줄이고 천계산 아래의 들녘을 바라보았다. 모내기를 끝낸 논마다 보름달이 하나씩 들어 있었다. 들판 사이로 하얗게 빛나는 농로(農路)가 다복솔 숲을 휘어져 감돌아 뻗어 있었다. 서두를 것은 없었다. 여태 앞만 보고 살아왔으니 조금쯤 여유를 부리는 것도 좋겠다는 생각이 들었다.

윤애는 강물처럼 하얗게 흐르고 있는 농로로 들어섰다. 농로 위로 자동차가 느리게 달리자 달빛이 해묵은 먼지처럼 풀썩풀썩 일어났다. 차창을 열었다. 서늘한 밤공기가 반소매의 팔에 휘감겼다. 자동차를 멈췄다. 고속도로를 타고 내려오는 동안 한번도 휴게소에 들르지 않아서 그런지 눈이 쿡쿡 쑤셔왔다. 오른손 엄지와 검지로 코허리를 꾹꾹 누르며 피곤한 눈을 달랬다. 잔뜩 긴장을 하고 과속으로 질주한 탓에 온몸이 뻑적지근했다.

국도에서는 경찰들이 빨간색의 막대 플래시를 휘두르고 있는 것이 아득하게 보였다. 김제로 빠지는 톨게이트에서부터 갈림길마다 임시검문소가 설치되어 있었다. 뿐만 아니라 무장한 전투경찰들이 천계산 자락을 들쑤시며 수색작전을 펼치고 있었다. 여기까지 오는 동안에 여러번 검문을 당한 윤애였다. 자동차를 멈추면 경찰은 그저 시늉으로만 차 안을 스윽 살피고는 트렁크를 열라고 했다. 트렁크를 살핀 경찰이 진행하라는 손짓을 하면 윤애는 얼른 차창을 올리고 재빨리 가속 페달을 밟아 임시검문소를 벗어나곤 했다. 농로 주변에 광활하게 펼쳐진 논에서 개구리들이 와글와글 합창을 하고 있었다.

라디오를 켰다. 프로그램 진행자가 여고생과 전화로 수다를 떨고 있었다. 보조진행자까지 합세해 헛소리를 보태며 낄낄거렸다. 별로 웃기지도 않은데 그들은 까르르 깔깔 숨이 넘어가도록 웃었다. 윤애는 쓴침을 삼킨 뒤 담배 한개비를 꺼내 입에 물었다. 광고가 끝나고 빠른 곡조의 노래가 흘러나왔다. 네온싸인 휘황한 도시의 거리에서나 어울리는 빠른 박자의 노래였다. 윤애는 천계산에다 시선을 던졌다. 달빛을 받아 짙은 녹색의 실루엣으로 더욱 도드라져 보이는 천계산이 푸른 어둠속에 아득하게 잠겨 있었다. 광활한 평야지대에서 불쑥 솟아나 수많은 연봉을 거느리며 원평과 태인을 지나 칠보로 뻗어가다가 쌍치를 지나온 내장산 줄기와 만나 회문산으로 연결되는 산이었다. 천계, 하늘로 올라가는 계단이다. 천계산이라는 이름에는 평야지대에서 흙과 함께 살아온 가난한 농투성이들의 소망이 담겨 있다고 했던가?

"경찰은 탈옥수 신창호를 또 놓쳤습니다. 주민의 신고를 받고 김제 은곡리 빈집에 은신하고 있는 탈옥수 신창호를 연행하려고 했으나 격투 끝에 놓치고 말았습니다. 신창호는 가벼운 부상을 입고 천계산 쪽으로 도주했다고 합니다. 뒤늦게 경찰청 기동타격대와 전투경찰을 동원하여 천계산 일대를 에워싸고 수색하고 있습니다. 이번에도 경찰은 공조수사를 하지 않아 신창호를 놓친 것으로 드러났습니다. 깡드쉬 IMF 총재가 우리나라의 금융위기에 대해……"

윤애는 라디오를 꺼버렸다. 담배필터가 입술 끝에서 축축하게 젖어 있었다. 손가방을 뒤졌다. 어느 구석에 처박혔는지 라이터가 쉽게 손가락에 걸리지 않았다. 화장품 쌈지를 들어내자 라이터는 약봉지 아래에 박혀 있었다. 담배에 불을 붙였다. 보험 쎄일즈를 하면서 남편 몰래 배운 담배의 이력도 벌써 이년이나 되었다. 허공으로 흩어지는 담배 연기를 따라 움직이던 윤애의 눈동자가 보름달과 마주치자 딱 멈췄다. 휑한 눈동자 속에 보름달이 고스란히 담겼다. 고향집 마루에서 보던 그 보름달인가?

100

윤애의 고향집은 천계산의 남쪽 사면 깊은 골짜기에 자리잡은 춘곡 (春谷)이었다. 어른들이 봄골이라고 부르던 골짜기에 가장 먼저 피는 꽃은 당연히 진달래와 개나리였다. 윤애는 봄골에 피어오르던 연분홍의 진달래와 노란 개나리를 생각하며 담배를 깊이 빨았다. 지금쯤 뒷산의 기슭에는 진달래가 한창이고 봄골의 방죽엔 개나리가 바람에 꽃잎을 날리고 있으리라. 생각해보면 고향집 마루에서 쑥떡이나 개떡을 먹으며 보름달을 구경하던 열살 무렵의 그 시절이 차라리 행복했다.

그때 개구리 울음소리가 일제히 그치더니 발걸음 소리 하나가 저벅저벅 다가왔다. 소름이 쫙 끼쳤다. 가슴이 한순간에 오그라들었다. 백미러로 보니 어떤 사내가 빠른 걸음으로 다복솔 숲에서 불쑥 튀어나와 걸어오고 있었다. 윤애는 재빨리 시동을 켜고 차창을 올렸다. 귀신보다 산 사람이 더 무섭다더니, 다리가 후들후들 떨려 페달을 찾지 못했다. 간신히 가속 페달을 찾아 힘껏 밟았다. 그러나 엔진소리만 요란할 뿐 앞으로 나가지 못하고 자동차는 끼이익 비명을 질렀다. 싸이드 브레이크가 잠겨 있는 줄도 모르고 윤애는 식은땀을 흘리며 가속 페달만 계속 밟았다. 자동차는 꽁무니만 들썩거렸다.

똑똑똑. 뒤에서 다가온 사내가 기어이 차창을 손가락으로 두들겼다. 명치끝이 서늘해졌다. 달빛 아래서 보는 사내의 얼굴은 밀랍처럼 창백했다. 윤애는 얼른 문을 잠갔다. 점퍼를 걸친 사내는 몸을 굽히고 서서 무어라고 말을 했다. 달빛을 등지고 선 사내의 얼굴이 빛을 잃고 거무튀튀하게 보였다. 혹시라도 유리창을 부수고 문을 열까봐 손가락 하나 들어올 정도로 차창을 내렸다. 사내가 그 틈에다 손가락을 턱 걸쳤다. 윤애는 미간을 찌푸렸다.

"담배 한개비만 얻을 수 있을까요?"

전라도 사투리가 전혀 없는 사내의 말투는 의외로 착 가라앉아 있었지만 태도는 왠지 모르게 불량했다. 가까운 동네 사람이 아니란 것이 확실하자 윤애는 다리가 덜덜덜 떨렸다. 인적이 드문 길에서 불쑥 낯선 사내를 만나게 된 것도 겁나는데 더구나 가까운 동네 사람이 아니라니.

"없어요."

윤애는 뾰족하게 대꾸했다. 사내가 고개를 젖히고 허허 웃었다. 심장이 콩알만하게 졸아들었다. 사내는 차창에다 머리를 쿵 박고 그대로 서 있었다. 윤애의 팔목에서 소름이 투둑 돋았다. 사내가 주먹으로 유리창을 쳐버릴 것만 같았다. 윤애는 여차직하면 자동차를 몰고 달려나갈 태세로 운전대를 잡은 손에 힘을 잔뜩 주었다.

"아, 그래요. 그런데 손가락 사이에 끼여 있는 것은 담배가 아니고 뭡니까?"

그제야 윤애는 손가락 사이에서 생담배가 타고 있다는 것을 깨달았다. 담배를 재떨이에 비벼끈 뒤 떨리는 손으로 담배를 갑째 유리창 틈으로 내밀었다. 그러자 사내는 염치없이 불도 요구했다. 말없이 라이터도 건네줬다. 사내가 라이터를 켰다. 라이터불에 비친 사내의 얼굴은 붉게 부풀어 있었다. 담배 끝을 바라보는 눈초리는 허전한 듯하면서도 날카로워 보였다.

"고맙수다."

이 말을 남기고 사내는 터벅터벅 달빛을 밟고 걸어가더니 걸음을 멈추고 1번 국도를 한참 동안 바라보았다. 1번 국도에는 붉고 푸른 등을 반짝거리며 경찰차가 오락가락하고 있었다. 사내는 도랑을 건너 논두렁으로 들어섰다. 사내가 허적허적 걸어가는 논두렁 끝에는 또 다른 다복솔 숲이 있었다. 다복솔 숲에는 달빛을 받아 더욱 스산하게 보이는 세 개의 무덤이 담겨 있었다. 무덤 주위에는 구부정하게 올라간 적송(赤松) 몇그루가 칠흑의 그림자를 바닥에 깔고 서 있었다. 사내는 다복솔 숲으로 사라졌다. 사내가 보이지 않자 윤애는 다시 시동을 껐다. 너무 긴장한 탓인지 다리에 힘이 하나도 없었다. 이런 상태로 운전을 하다가는 농로 옆의 도랑으로 처박힐 것만 같았다.

오늘 오후에 윤애는 마침내 서울을 떠났다.

여고를 졸업하고 대학 진학을 위해 올라온 후로 삶의 모든 것이 고스란히 담긴 서울이었다. 달래네 고개를 오르면서 윤애는 가속 페달에 힘을 주었다. 적당히 붐비는 오후 다섯시의 고속도로를 윤애의 자동차는 곡예하듯이 달렸다. 장대를 양손에 들고 줄 위를 사뿐사뿐 걷는 사람을 볼 때마다 윤애는 오줌이 마려워 미칠 지경이었다. 한걸음만 잘못 내디뎌도 중심을 잃고 떨어질 것만 같은, 아무런 안전조치도 없이 오로지 장대와 발바닥의 감각에만 의지해 외줄을 타고 건너는 곡예. 윤애는 무사히 외줄을 건너고 싶었다.

윤애는 자동차에 인형처럼 담겨 고속도로를 질주했다. 아무런 생각도 없이 멍하게 질주하다가 불쑥불쑥 정속으로 주행하는 자동차를 만나면 튕겨져나가듯이 추월했다. 추월할 도로가 없으면 갓길로도 달렸다. 그러다 갓길에 주차되어 있는 구난차와 충돌 일보 직전까지 간 적도 있었다. 아슬아슬하게 구난차를 피해 3차선으로 들어서자 달려오던 트럭이 고무 타는 냄새를 피우며 브레이크를 잡았다. 윤애는 그러거나 말거나 엄청난 속도의 탄력을 줄이지 않고 1차선으로 접어들었다.

아무래도 좋았다. 이대로 달려나가다가 예기치 못한 상황과 정면으로 맞닥뜨려 사고가 난다고 해도 피하지 않을 작정이었다. 피하다니, 오히려 그렇게 되기를 간절히 원하고 있었다. 계기판 바늘이 백사십에서 백오십을 오르내리고 있었다. 곡선으로 휘어진 곳을 만나 가속 페달에서 발을 떼면 눈금을 가리키던 바늘이 툭툭 떨어졌다. 원심력이 약화되면 다시 오른발에 힘을 주었다. 속도계의 바늘이 쑤욱 올라가 자리를 잡았다.

고속도로 위에 자동차들이 점점 많아지고 있었다. 윤애는 어쩔 수 없이 속도를 줄였다. 언제나 일정한 속도를 유지하며 달리고 싶었건만 세상은 그것을 허용하지 않았다. "야 이년아, 세상은 니 맘대로 되는 것이 아녀"라고 아버지는 말했다. 내 맘대로? 세상에 대해서 맘대로라니. 그건 아니었다. 윤애는 간절하게도 마음껏 살고 싶었다. 마음껏 살기 위해, 당당하고 화려하게 살기 위해 윤애는 앞만 보고 달렸다. 속도를 줄이는 것은 용납할 수 없었다.

사고라도 났는지 꽁무니에서 경고등을 반짝이며 자동차들이 서 있었다. 도로는 금방 주차장처럼 변했다. 어느 순간 윤애의 삶도 그렇게 속도를 잃고 있었다. 징조는 아무렇지도 않게 왔다. 계약자가 전화를 걸어와 두 달이나 입금이 되지 않았다며 항의를 하는 정도로. 윤애는 가볍게 그 문제를 처리했다. 그리고 사흘 뒤 그런 항의 전화가 또 걸려왔다. 이번에도 윤애는 약간의 착오가 있었다며 상냥하게 설명하고는 계약자의 교육보험 구좌의 허물어진 틈을 메웠다.

집에서 나올 때 "엄마, 어디 가세요?" 하고 초등학교에 갓 입학한 딸애가 물었다. 윤애는 "그냥 바람 좀 쐬고 올게"라고 대답하고 나왔다. 그냥, 그냥. 이것만큼 확실하면서도 어정쩡한 대답이 없다. 아무런 이유도 없이 말 그대로 그냥 집을 떠나 서울에서 멀리 벗어나고 싶었다. 서울을 벗어난다고 특별히 달라질 것은 없지만 그냥…… 하지만 이번엔 그냥이 아니었다.

거의 한달 동안 윤애는 아파트에 갇혀 빈둥거렸다. 씽크대 개수통에는 음식 찌꺼기가 묻은 그릇이 산더미처럼 쌓여 있었고, 화장실 앞에는 걸레가 말라비틀어져 있었다. 마음으로는 저것들을 치워야지 치워야지 했지만 무엇 하나 손에 잡히는 것이 없었다. 그러다가 오늘 오후 발작처럼 벌떡 일어나 샤워를 했다. 샤워를 끝내고는 공을 들여 아주 야하게 화장을 했다. 하늘색 씰크 블라우스를 입고 소매 끝과 겨드랑이에 프랑스제 향수를 몇방울 떨어뜨렸다. 향내가 아찔하게 퍼져나갔다. 마지막으로 은회색의 정장을 입고 현관으로 나갔다. 자기 방에서 혼자 숙제를 하고 있던 딸애가 언제 나왔는지 눈을 동그랗게 뜨고 쳐다보았다.

"일찍 오세요, 엄마. 무서워요."

딸애가 울먹이는 표정으로 말했다. 빚쟁이들이 아파트로 몰려와 윤애의 머리를 휘어잡고 벽에다 쾅쾅 찧어대던 순간들을 딸애는 생생하게 보았다. 빚쟁이들이 왔다가면 아파트는 엉망진창으로 변했다. "니년 주제에 원목? 오크 좋아하네!" 하면서 빚쟁이들은 작년에 산 장롱도 칼로 그어버렸다. 윤애는 현관문을 닫으려다 말고 딸애의 검고 예쁜 그러나 두려움에 질린 눈동자를 들여다보았다.

"그래."

딸애의 눈동자를 오래도록 바라볼 수가 없어 윤애는 고개를 돌렸다. 아파트를 나왔다. 내일이면 집달리가 와서 차압딱지를 붙일 아파트였다. 썰렁하게 큰 아파트에 딸애 혼자 두고 밖으로 나오려니 발이 떨어지지 않았다. 윤애는 주차장에서 남편한테 휴대폰으로 잠시 집을 비울 테니 일찍 들어와 딸애를 봐달라고 부탁했다. 남편이 무어라 볼 멘소리를 질렀지만 일방적으로 휴대폰의 뚜껑을 닫아버렸다. 그런데 지금 딸애의 목소리가 달빛을 타고 들려오는 느낌이었다.

"무서워요."

아파트에 혼자 남아 있을 딸애가 자꾸만 눈에 밟혔다. 그리고 붉은 딱지들도 어른거렸다. 어떻게 해서든지 그것만큼은 막고 싶었다. 아파트는 경제적 가치 이상의 의미가 있는 곳이었다. 비록 네모반듯한 시멘트 구조물에 잠겨 있는 공간이긴 하지만 아파트라고 불리기 전에 한 가족의 삶이 꾸려지는 가정이었다. "무서워요"라고 말하던 딸애의 목소리가 달빛을 타고 흘렀다.

윤애도 무서웠다. 무서운 속도로 정상을 향하여 올라가던 엘리베이터가 갑자기 고장을 일으켜 추락할 때처럼. 며칠 전부터 부쩍 추락하는 엘리베이터에 갇혀 있는 꿈을 꾸었다. 사타구니 사이로 오줌을 지리며 공포에 바들바들 떨던 꿈. 현실의 무엇을 이야기하려고 잠을 방해하며 찾아오는 것일까, 꿈은? 남편은 딸애를 잘 키울 것이다. 약간 위선적이긴 하지만 생활의 꽉 짜여진 틀을 벗어나면 불안 초조의 기색을 보이는 평범한 남자니까. 딸애를 생활의 틀에 맞춰 길러낼 것이다. 모험을 시도하지 않는 남자니까 그것만큼은 안심이었다.

농로는 하얗게 빛나고 있었다. 하얗게 빛나는 농로 위로 개구리의 합창소리가 와글와글 쏟아지고 있었다. 길섶에는 개망초 몇포기가 달빛 속에서 흐느적거리고 있었고 천계산 쪽에서 귀촉도가 붉은 울음을 토해내고 있었다. 봄골에 있는 고향집으로 가기 위해서는 농로를 빠져나가 1번 국도를 타고 천계산을 서쪽으로 휘돌아 남쪽으로 내려가야만 했다. 재작년까지만 해도 친정 부모가 살던 곳이라 낯선 곳은 아니었다. 친정 어머니가 자궁암으로 돌아가시자 홀로 된 아버지는 고향을 버릴 수밖에 없었다. 아버지는 당신의 전답을 동네의 젊은이한테 빌려주고 서울로 올라와 오빠한테 몸을 의탁했다. 고향집은 지금 텅 비어 있을 터였다. 아무도 몰래 고향집으로 들어가리라.

푸른 어둠에 휩싸인 다복솔 숲을 헤드라이트가 스윽 핥고 지나갔다. 은은한 달빛을 받으며 잠을 자던 새들이 강렬한 불빛에 놀랐는지 푸드덕 날갯짓을 하며 허공을 향해 날아올랐다. 새들한테 미안했다.

"미안해서 어쩌니?" 하고 윤애는 말했다. 수화기 저편에서 여고동창이자 대학동창인 종희가 하염없이 울고 있었다. 입이 열 개라도 할 말이 없었다. 다만 미안해서 어쩌니,라고 되뇌었을 뿐이다. 심성이 착해서 모진 말은 못하고 그저 우는 것으로 하소연을 대신하는 수화기 저편의 종희가 안쓰러워서 윤애는 막막했다. 미안하다는 말은 아무것도 해결해주지 못했다. 윤애한테 보증을 서줬다가 아파트를 날리고 이혼 직전까지 몰린 종희였다. 윤애는 수화기를 끝까지 들고 있을 자신이 없어 방바닥에 가만히 내려놓았다.

달빛은 농염했다. 농로 위에 쏟아져내리는 달빛을 보면서 천천히 자동차를 몰았다. 작은 다복솔 숲을 지날 때였다. 시퍼런 인광(燐光) 두 개가 다복솔 숲에서 농로로 뛰어들었다. 윤애는 급하게 브레이크를 밟았다. 쿵. 무언가의 무게가 윤애의 온몸으로 전달되었다. 끼이익. 자동차가 비명을 지르며 멈췄다. 몸이 앞뒤로 흔들렸다. 윤애는 운전대에 얼굴을 묻고 놀란 가슴을 다스렸다. 무언가가 둔탁하게 자동차에 부딪치는 느낌이 발끝에 여전히 남아 있었다. 둔탁하다기보다는 아주 묵직했다. 조심스레 문을 열고 나와보니 들고양이 한마리가 앞바퀴 앞에서 부르르 떨고 있었다.

들고양이는 갓난아기처럼 아주 갸날프게 울었다. 눈동자에서 파란 불이 타오르고 있었다. 섬뜩했고 무서웠다. 윤애의 다리가 후들후들 떨렸다. 파란 불꽃은 섬광처럼 타오르더니 점차로 스러지기 시작했다. 어느 순간 들고양이는 지독한 냄새를 풍기며 똥을 질펀하게 쌌다. 그러더니 뒷다리를 쭉 뻗으며 파르르 파르르 진저리를 쳤다. 윤애는 손바닥으로 얼굴을 감쌌다. 잠시 뒤에 손바닥을 얼굴에서 떼고 들고양이의 몸을 가만히 쳐다보았다. 등허리 부분이 손바닥만큼 벗겨져 있었다. 죽음이 고양이한테 손을 내미는 순간은 아주 짧았다. 고양이는 마지막으로 몸을 떨더니 죽음의 손을 잡았다.

갑자기 정적이 몰려왔다. 귀에 쟁쟁하게 울리던 개구리 울음소리도 귀촉도의 붉은 울음도 들리지 않았다. 죽음의 순간을 목격하다니, 막막했다. 윤애는 들고양이를 농로의 길섶에다 옮겼다. 아직도 따뜻한 온기가 남아 있었다. 방금 전, 자동차를 통해 윤애의 몸으로 전해지던 묵직한 느낌이 바로 들고양이의 무게라니. 생명의 마지막 순간이 실린 무게라 그토록 묵직했는지도 몰랐다. 윤애는 고양이의 주검 앞에 한참 동안 쪼그리고 앉아 있었다. 몸집으로 보아 고양이는 아직 어린 녀석이었다.

고양이가 튀어나온 다복솔 숲에서 여러 마리의 고양이들이 절규하듯이 울기 시작했다. 무섬증이 밀려왔다. 머리카락이 쭈볏쭈볏 섰다. 윤애는 얼른 자동차로 돌아와 문을 잠갔다. 운전대에 팔을 걸치고 그 위에 얼굴을 묻었다. 삶의 마지막 순간에 격렬하게 경련을 일으키던 들고양이의 작은 몸집과 시퍼런 인광이 떠올랐다. 달빛을 받아 더욱 선명했던 푸른 인광. 그것은 절망이라기보다는 경악에 가까운 들고양이의 마지막 몸부림이었다.

가끔씩 국도를 달리다가 자동차 바퀴에 수없이 짓이겨진 들고양이의 시체와 예기치 않게 맞닥뜨리는 경우가 있었다. 운전대를 돌려 피하기엔 너무 늦어버린 그 순간, 자동차 바퀴는 들고양이의 찢어지고 뭉개진 몸 위를 덜커덩 넘어갔다. 덜커덩. 발끝으로 생생하게 전해져 오는 들고양이의 질감이 매우 섬뜩했다. 덜커덩. 그것은 들고양이의 영혼을 밟고 넘는 소리였다. 그러나 어쩔 것인가 이미 넘어버린 것을.

이미 넘어버린 것, 지나와버린 것을 돌이킬 수는 없다.

"주제넘게 설치지 말고 살림이나 잘해!"

남편이 말했다. 보험회사에 나가고 싶다고 말을 꺼내자 남편은 돌부처처럼 돌아앉았다. 남편은 아침에 배달된 신문을 저녁에 읽고 있었다.

"당신 월급으로는 못 살아요. 생활비도 빠듯해요."

목소리를 높여 따지고 들었다. 남편이 신문을 내려놓고 윤애를 노려보았다. 소심한 남자였다. 중매로 만나 연애를 할 때만 해도 그렇게 소심한 성격의 소유자인 줄은 몰랐다. 서글서글한 눈매에 예의범절도 깍듯했다. 시계추처럼 정확하게 움직이는 것도 장점으로 보였다. 남편은 도로 신문을 집어들었다. 통장으로 입금되는 남편의 월급으로는 정말이지 먹고살기에도 빡빡했다. 살림살이를 하는 윤애의 손이 크기도 했거니와 손에 쥐는 남편의 월급이 너무 작아서였다. 자재과에서 근무하는 남편은 거래처로부터 접대를 받는 위치에 있으면서도 그 흔한 봉투 하나 챙겨오지 않았다. 윤애는 융통성이라곤 실오라기만큼도 없는 남편을 이해할 수 없었다.

"당신 월급이 뭐 꽤 많은 줄 아나본데…… 난 그걸로 못 살아요."

상여금이 입금된 달에도 어렵기는 마찬가지였다.

"내 월급이 어때서? 연봉 이천이 적은 돈이야? 알뜰살뜰 살림을 할 생각은 않고, 바람만 잔뜩 들어서. 월급 타령 말고 집안청소나 제대로 해. 이게 뭐야, 이게. 빨래는 산더미처럼 쌓여 있지, 걸레는 말라비틀어져 있지, 양말은 여기 한짝 저기 한짝, 한 걸음 내디딜 때마다 발바닥에 쩍쩍 달라붙는 건 뭐야 대체. 살림도 제대로 못하는 여자가 뭐 보험설계사야? 아나 보험!"

과장 진급에서 두 해나 연거푸 떨어진 남편이 눈에 파란 불을 켜고 윤애를 몰아세웠다. 윤애도 쌍심지를 돋우었다. 결혼해서 지금까지 옷 한벌 번듯하게 사입은 적이 없었다. 기껏해야 칠십만원짜리 베르사체 정장이 최고였다. 그것도 바겐쎄일을 하는 바람에 간신히 살 수 있었다.

"살림이 뭐 어때요? 쥐꼬리만한 월급으로 이만큼이나 살고 있는 것도 다행인 줄 아세요. 누구 덕으로 살고 있는지도 모르는 빙충이가."

"뭐? 이게 잔뜩 허영기만 들어가지고."

남편이 벌떡 일어나 손을 쳐들었다. 윤애는 고개를 세워 뺨을 남편이 쳐든 손바닥 아래에 갖다댔다.

"쳐! 쳐봐! 치란 말이야!"

윤애는 악을 바락바락 썼다. 놀이터에서 돌아온 딸애가 이 광경을 보고는 새파랗게 질리더니 울음을 터뜨렸다. 윤애는 딸애한테도 고함을 질렀다. 그러자 딸애가 더욱 자지러졌다. 윤애는 딸애의 엉덩이를 손바닥으로 철썩철썩 때렸다.

"뭐 하는 거야 지금!"

남편이 버럭 화를 내며 딸애를 감싸안았다. 남편의 눈에서는 살의가 번들거렸다. 윤애는 대꾸하지 않았다.

"맘대로 해, 맘대로."

딸애를 감싸고 방으로 들어가며 남편이 체념 섞인 그러나 역증이 가득한 목소리로 소리를 질렀다.

침묵 속에 앉아 윤애는 전세로 살고 있는 스물다섯 평짜리 연립주택 내부를 둘러보았다. 구질구질했다. 딸애의 낙서로 그림판이 된 지저분한 벽지와 천장의 싸구려 형광등이 야유를 보내는 느낌이었다. 윤애는 고개를 가로저었다. 근사한 집에서 우아하게 꾸며놓고 살고 싶었다. 남편만 믿고 산다면 그런 날은 결코 없을 터였다. 윤애는 옷을 갈아입고 집을 나왔다.

곧장 백화점으로 간 윤애는 신용카드로 정장 두 벌을 샀고, 친구한테 돈을 빌려 날마다 다른 분위기를 연출할 수 있도록 소품을 여러개 샀다. 프로가 아름답다,라는 광고 카피처럼 이 일을 멋지게 해낼 작정이었다. '억척스럽게'는 아니었다. 억척은 가난한 여인의 생활력을 말하는 표현이어서 싫었다. 윤애는 억척스럽게 일을 하고픈 마음은 없었다. 다만 프로답게 한치의 빈틈도 없이 일을 해나가고 싶었다. 주로 직장인들을 상대로 하는 보험인만큼 더욱 프로다워야 했다.

응애애 응애애 응애애.

길섶 저편에서 들고양이 울음소리가 들렸다. 길섶을 보니 무언가가 낮게 엎드려 움직이고 있었다. 머리카락이 거꾸로 서는 느낌이었다. 들고양이들은 갓난아기처럼 울었다. 윤애는 귀를 쫑긋 세웠다. 기분 나쁜 그 울음소리는 길섶에서 들려왔다. 어서 이 자리를 떠나고 싶었다. 어떤 고양이였을까? 어미를 잃은 새끼, 새끼를 잃은 어미, 암컷을 잃은 수컷, 수컷을 잃은 암컷, 그것도 아니면 가족 중의 하나? 되돌아가 들고양이를 묻어주는 게 도리일까? 하지만 겁이 났다. 달빛 속을 자동차는 미끄러지듯이 달렸다. 서울에서는 좀체로 만나기 힘든 요요한 달빛이었다. 손을 내밀면 손금까지 환히 보일 정도로 밝았으나 들고양이 울음소리 때문에 귀기스러웠다.

윤애는 되도록 빨리 들고양이를 잊고 싶었다. 그 들고양이한테 가족이 있다면 정말 미안했다. 하지만 어쩔 것인가. 이미 지나간 시간이 돼버린 것을. 어서 빨리 농로를 빠져나가 새로운 길로 들어서고 싶었다. 농로는 새로운 다복솔 숲을 끼고 왼쪽으로 활처럼 휘어져 있었다.

둥그렇게 휘어진 곡선 도로를 빠져나오니 무언가 비스듬히 농로를 막고 있었다. 가까이 가보니 경운기였다. 윤애는 자동차에서 내려 경운기를 살펴보았다. 조금만 신경을 썼으면 다른 자동차들이 충분히 교차해 나갈 수 있었을 텐데. 경운기는 심술궂게 농로 위에 비스듬히 버려져 있었다. 경운기를 길섶으로 밀어보았다. 경운기는 꿈쩍도 하지 않았다. 난감했다. 다시 힘을 썼지만 소용없었다. 이마 위로 흘러내린 머리카락을 손가락으로 쓸어올리면서 윤애는 달을 쳐다보았다. 천계산 위로 둥실 떠오른 달이 고단한 눈동자에 잡혔다. 한때는 보름달처럼 우아하고 환하게 살았던 적이 있었다. 지갑에는 언제나 빳빳한 지폐와 수표가 그득했고, 통장에는 얼마든지 융통할 수 있는 현찰이 기다란 숫자로 찍혀 있었다. 윤애는 잘나가는 고객들과 골프도 치러 다녔다.

"굿 샷" 하고 김부장이 손뼉을 쳤다. 연습장에서 몇달을 보내고 필드로 처음 나왔더니 윤애는 생각처럼 공을 잘 칠 수 없었다. 그러나 가슴이 탁 트였다. 세계물산의 김부장은 멋지게 늙어가는 남자였다. 생명보험과 개인연금에 가입한 우량고객이었고, 자기 부서의 직원들도 윤애한테 보험계약을 하라고 소개까지 해주는 등의 친절을 베푼 사람이었다. 필드로 나간 첫날 윤애는 서울로 올라오다가 김부장과 러브호텔에 들어갔다. 김부장의 유혹에 넘어간 것이 아니라 윤애가 먼저 유혹했다. 다른 뜻은 없었다. 그저 다른 사람과 섹스를 하고 싶었을 뿐이다.

남편 아닌 다른 사람과는 처음이었다. 남편의 진부한 섹스에 비해 김부장은 때로는 거칠고 때로는 부드럽게 윤애를 공략했다. 윤애는 김부장의 등짝에 세 번이나 손톱자국을 냈다. 한 번의 섹스에 세 번의 오르가슴은 처음이었다. 섹스가 이렇게 마술적이고 새롭다는 걸 그때 처음 알았다. 남편은 전희의 시늉만 내다가 성급하게 삽입하는 사람이었다. 그러나 김부장은 거칠게 공략할 때도 결코 서두르는 법이 없었다.

김부장을 사랑한 것은 아니었다. 그저 오후의 햇살을 차단한 러브호텔의 자주색 커튼 속에서 육체를 조금 나누었을 뿐이다. 수중에 돈도 많고 아파트도 순조롭게 매입되자 윤애는 교외로 자동차를 몰고 나가는 시간이 많아졌다. 북한강이 내려다보이는 고풍스러운 강변의 까페에 앉아 슈베르트를 듣거나 흘러간 추억의 팝송을 들었다. 까페에 혼자 앉아 담배를 피우고 있노라면 애인이 필요하다는 생각에 젖곤 했다. 김부장처럼 가정이 있는 늙은 남자가 아니라 언제든지 불러낼 수 있는 젊은 남자와 조용히 그러나 뜨겁게 연애를 하고 싶었다. 하지만 상처가 예비되어 있는 연애는 싫었다. 상처를 주고받지 않는, 그런 깔끔한 연애라면 몰라도. 하지만 애인은 생기지 않았다.

살아가면서 좋은 일은 가뭄에 콩 나듯이 드문드문 왔지만 나쁜 일은 한꺼번에 몰려왔다. 농로를 가로막고 있는 경운기를 윤애는 물끄러미 바라보았다. 1번 국도를 바로 코앞에 두고 후진할 생각을 하니 아득했다. 후진으로 거의 오릿길을 나가기란 결코 쉬운 일이 아니었다. 윤애는 주저앉아 울고 싶었다.

"그러게 내가 뭐랬어?"

막다른 골목에 몰린 윤애를 보며 남편이 말했다. 넘어진 사람을 일으켜세워주지는 못할망정 팔짱을 끼고 서서 약을 올리는 꼴이라니. 손톱을 세워 남편의 얼굴을 할퀴어버리고 싶었다.

자동차로 돌아온 윤애는 운전대에 얼굴을 묻고 가만히 앉아 있었다. 앞은 포기하고 뒤로 가야 하는데 엄두가 나질 않았다. 손가방을 뒤져 담배를 찾았다. 봉지에 담긴 작은 타원형의 알약들만 손가락에 만져졌다. 어디에도 담배는 없었다. 그러다 문득 사내한테 갑째로 담배를 내준 기억이 났다. 쓴웃음이 배어나왔다. 윤애는 눈을 들어 앞유리창을 바라보았다. 고장난 경운기 위로 달빛이 쏟아지고 있었다.

다시 발걸음 소리가 들렸다. 논두렁에서 올라온 아까의 사내가 고개를 약간 숙이고 달빛을 밟으며 다가오고 있었다. 사내는 자주 1번 국도를 쳐다보면서 달빛을 발끝으로 툭툭 걷어차며 걷고 있었다. 사내는 윤애를 흘깃 보더니 그냥 지나쳤다. 앞유리창으로 보니 사내의 머리와 등에 달빛이 쏟아져 하얗게 부서지고 있었다. 사내는 경운기를 지나 몇걸음을 옮기더니 문득 멈춰섰다.

사내는 주머니에서 담배를 꺼내 물더니 불은 붙이지 않고 고개를 들어 천계산을 바라보았다. 아마도 보름달을 보는 모양이었다. 윤애도 사내의 시선이 향하는 곳으로 눈길을 옮겼다. 보름달은 서쪽으로 조금 기울어져 있었다. 천계산 자락을 스치듯 지나치며 뻗어나간 국도에는 아직도 검문검색이 계속되고 있었다. 달무리가 둥그렇게 보름달을 감싸고 있었다. 사내가 담배에 불을 붙였다. 담배연기가 허공으로 퍼지자 냄새가 고소하게 코를 자극했다. 흡연욕이 강렬하게 일어났다. 윤애의 시선은 사내의 입에서 기세좋게 타오르는 담뱃불로 모아졌다. 사내가 돌아섰다. 윤애는 눈을 감았다.

"너 하는 짓이 물가에 앉은 어린애 꼴이다"라며 인감증명서를 내주던 아버지가 혀를 끌끌 찼다. 간신히 돌리고 돌리던 카드마저 꽉 막히자 윤애는 일수쟁이를 찾아갔다. 인감증명서 한통이면 돈을 내준다는 말에 오빠네 집에 있는 아버지를 찾아가 졸랐다.

"제발 분수껏 살아라. 이게 뭐냐, 이게?"

동사무소 앞에서 아버지가 말했다. 인감증명서를 가방에 넣은 윤애는 뒤도 돌아보지 않고 일수쟁이를 찾았다.

모든 것이 너무 쉬웠던 게 탈이었다. 윤애의 통장으로 입금되는 계약자의 보험료를 임시변통한다는 것이 그만 어긋나기 시작했다. 이번에는 갑의 보험료로 을의 보험을 막고, 다음에는 을의 보험료로 병의 보험을 막고, 또 다음에는 병의 보험료로 정의 보험을 막고, 그 다음에는 정의 보험료로 갑의 보험을 막았다. 그 일은 다달이 되풀이되었다. 그러던 어느 순간 누구의 보험료로도 해결할 수 없는 지경에 와버렸다. 성실하게 영업하면서 고객관리도 잘하는 다른 설계사들이 부러웠다.

급하게 아파트를 처분하려고 내놓았지만 회사에서 융자를 받을 때 저당권 설정을 해두었던 것이 걸림돌이 되었다. 아파트는 팔리지 않았고 이자는 눈덩이처럼 불어났다. 모든 것이 정지상태에 빠졌다. 고객들의 항의 전화가 빗발쳤다. 회사 모르게 일을 처리하자니 숨이 컥컥 막혔다. 다섯 개의 카드로 현금써비스를 받아 간신히 해결했지만 다음달에 몰려올 카드빚이 문제였다. 다시 통장에 입금된 보험료에 손을 댔다. 밀린 보험료와 이자를 지불하기 위해 카드를 할인했다. 그러나 오래지 않아 그동안 쌓아올린 모든 것들이 한꺼번에 붕괴했다.

"이럴 줄 몰랐어?"라고 남편이 말했다. 이미 남편의 월급에도 은행에서 차압이 들어간 뒤였다.

다시 눈을 떴을 때 사내는 저만치 앞서서 걸어가고 있었다. 그런데 앞을 가로막고 있던 경운기가 농로 아래에 처박혀 있었다. 윤애는 시동을 걸려고 열쇠를 돌렸다. 그러자 그르렁거리며 엔진이 비명을 질렀다. 시동이 걸려 있는 줄도 모르고 열쇠를 또 돌렸다는 엔진의 항의였다. 싸이드브레이크를 내리고 자동차를 부드럽게 운전했다. 이대로 직진하면 곧장 1번 국도였다. 앞에서 사내가 터벅터벅 걷고 있었다. 윤애는 사내 옆에 자동차를 세웠다. 고맙다는 인사를 해야 한다고 생각했다.

"타세요."

"고마워요"라고 해야 하는데 엉뚱한 말이 튀어나왔다. 윤애는 조수석 문의 잠금장치를 풀어놓고 사내를 보았다. 사내는 머뭇거리지도 않고 조수석에 탔다. 사내한테서 밤이슬 냄새와 흙냄새가 진하게 풍겼다. 사내가 막상 옆자리에 앉아 있으니 괜히 태웠다는 생각이 들었다. 그러나 이미 사내는 타버린 뒤였다. 쓸모없는 후회. 후회는 언제나 뒤늦게 오는 법이었다.

"어디까지 가세요?"

윤애는 감정을 싣지 않고 사무적으로 물었다. 시선은 여전히 앞을 향하고 있었다. 옆에 앉은 사내를 애써 무시하겠다는 자세였다. 사내가 누군지, 어떤 사람인지 궁금하지도 않았다. 사실 궁금하지 않은 것은 아니었지만 굳이 물어볼 필요는 없다고 생각했다. 자동차의 빈자리에 잠깐 동승한 사람일 뿐이었다.

"가는 데까지 갑니다."

사내의 목소리는 착 가라앉아 있었다. 이상한 남자였다. 어쩌면, 탈옥수? 설마, 아니겠지 싶었다. 뉴스에 탈옥수는 천계산 쪽으로 달아났다고 했다. 그런데 이 사내는 천계산의 반대편에 있지 아니한가. 그래도 사람의 속을 손에 쥐듯이 알 순 없는 노릇이어서 윤애는 경계의 자세를 늦추지 않았다.

"목적지가 애매하군요. 깊은 밤에 혼자 다니는 것도 그렇고."

윤애는 은근히 사내를 떠보았다.

"오라는 데도 없고 갈 곳도 없으니까요. 허기사 오라는 곳이 딱 한군데 있긴 한데, 죽으면 죽었지 그곳으로는 안 돌아갈 거니까 말할 필요도 없고. 그러고 보면 댁도 깊은 밤에 혼자 다니는 건 마찬가지 아니요?"

오히려 사내가 날카롭게 되물었다. 윤애는 뜨끔했다.

"………"

뭐라고 반발을 해야 하는데 말문이 꽉 막혔다. 농로에서 빠져나와 1번 국도로 들어섰다. 십리 정도를 달렸을까 임시검문소의 빨간 불빛이 뱅글뱅글 돌아가는 게 보였다. 사내가 부스럭거렸다. 뭘 하는가 싶어 흘깃 옆을 보니 사내가 점퍼 주머니에서 안경을 꺼내 걸쳤다. 고작 안경일 뿐이었는데도 사내는 딴사람처럼 보였다. 안경을 쓰고 머리카락을 매만진 다음 사내는 차창에 팔목을 걸쳐 손바닥으로 턱을 받치곤 눈을 감았다. 임시검문소에 가까이 가자 경찰이 중앙선에 서서 막대 플래시로 정지신호를 보냈다. 윤애는 헤드라이트를 끄고 경찰 앞으로 다가갔다. 경찰은 막대 플래시로 윤애와 사내를 슬쩍 비추더니 트렁크를 열어달라고 말했다. 윤애는 트렁크를 열었다. 경찰은 트렁크를 살피더니 곧장 닫고는 앞으로 진행하라고 신호를 보냈다. 임시검문소를 벗어나자 윤애는 속도를 높였다. 1번 국도와 천계산 근방에는 경찰이 요소요소에 배치되어 있었다.

"무슨 일이 있나? 밤도 깊은데 경찰이 왜 이리 많지요?"

윤애는 사내와의 어색한 침묵이 싫어서 입을 열었다.

"글쎄요."

사내가 말끝을 얼버무렸다. 뭔가 낌새가 이상했다. 강원도를 여행하다가 봤던 '홀로 가는 저 등산객 간첩인가 다시 보자'라는 구호가 떠올랐다. 순간 이 남자 혹시 간첩이 아닐까 하는 생각도 들었다. 차라리 간첩이라면 얼마나 좋을까. 윤애는 거액의 보상금을 생각했다. 떨리는 마음으로 사내를 다시 한번 쳐다보았다. 사내도 윤애를 보았다. 두 사람의 눈이 서로 얽혔다.

"아까 낮에 라디오를 들으니 탈옥수를 잡으려다 놓쳤답니다."

묻지도 않았는데 사내가 상황을 설명했다. 방금 전의 글쎄요, 와는 딴판이었다. 윤애는 대거리를 않고 검은 아스팔트 위로 쏟아지는 달빛을 보며 운전에 열중했다. 국도변의 버즘나무의 큼직한 이파리에 달빛이 머물러 반짝거렸다. 그러다 문득 사내를 괜히 태웠다는 생각에 빠지곤 했다. 윤애는 1번 국도에서 벗어나 천계산을 휘돌아나가는 서쪽 도로로 접어들었다.

얼마를 달렸을까? 슬쩍 옆자리를 보니 사내는 차창에 기대어 자고 있었다. 가늘게 코까지 골고 있었다. 윤애는 서해(西海)와 천계산으로 빠지는 삼거리에서 잠시 머뭇거리다가 남쪽 길로 방향을 잡았다. 이 길로 십분 정도만 달려가면 봄골로 가는 좁다란 비포장도로가 나올 터였다. 봄골로 들어가는 길목에서 사내를 깨워 내려줄 요량으로 운전을 계속했다. 오래지 않아 춘곡리라는 이정표가 나왔다. 윤애는

118

자동차를 세웠다.

"내리세요."

사내의 어깨를 흔들었다. 어헉, 사내가 비명을 질렀다. 깜짝 놀라 윤애는 사내의 어깨에서 손을 뗐다. 사내가 윤애를 쳐다보았다. 사내의 눈에서 파란 인광이 너울거렸다. 아까 농로에서 보았던 들고양이의 눈이었다.

"뭐야? 이게 죽을라고!"

갑자기 사내가 윤애의 목을 조르기 시작했다. 이 사내가 왜? 자동차를 빼앗으려고, 아니면 강간? 윤애는 경악했다. 허우적거리며 손톱을 세워 사내의 몸을 할퀴며 밀어냈다. 사내는 더욱 억센 힘으로 윤애의 목을 졸랐다. 사내의 엄지와 중지가 식도와 기도를 한꺼번에 움켜쥐었다. 윤애는 캑캑거리며 발버둥을 치다가 어느 순간 몸에서 힘을 빼버렸다. 머리가 팽그르르 돌며 몸이 축 늘어졌다. 머릿속이 하얗게 비워지더니 곧 캄캄해졌다. 편안했다.

"감히 여기가 어디라고 오는 거야. 뻔뻔스럽게" 하고 상복을 입은 오빠가 고함을 지르며 윤애의 따귀를 때렸다. 하나도 아프지 않았다. 뺨에 오빠의 손바닥이 선명하게 찍혔다. 윤애는 아버지의 영정을 일별하고는 돌아섰다. 영안실을 천천히 나오는데 "윤애야, 윤애야" 하고 누군가가 불렀다. 돌아보니 검은 옷을 입은 아버지였다.

"나하고 함께 가자."

아버지가 윤애의 손을 잡았다. 얼음장처럼 차디찬 손이었다. 윤애는 깜짝 놀라 손을 뺐다. 아버지가 서운한 표정을 지었다. 순간, 이건 꿈이라는 생각이 들었다. 아버지한테 끌려가면 죽는다는 느낌에 윤애는 뒷걸음질을 쳤다. 방금 전까지 생생하게 존재했던 영안실은 사라지고 아버지는 하얀 여백의 공간을 배경으로 서 있었다.

"아버지는 돌아가셨잖아요."

윤애는 울먹이며 물었다.

"그래, 함께 가자. 너도 어차피 내 뒤를 따르려고 했지 않으냐?"

"싫어요."

"가자."

아버지는 윤애의 손을 잡고 하얀 여백 속으로 들어가려고 했다. 윤애는 사람들한테 도움을 청하려고 했으나 말이 나오질 않았다. 입밖으로 말만 나오면 되는데……

철썩철썩. 누군가가 뺨을 때리는 느낌이었다. 눈을 떠보니 아까 그 사내였다. 윤애는 소스라치게 놀라 사방을 둘러보았다. 사내가 운전을 하고 있었다. 목울대가 지끈지끈 아팠다. 뒷골이 멍했다. 윤애는 다시 눈을 감고 지금의 상황을 이해하려 애썼다. 옷매무새가 특별히 흐트러지지 않을 걸 보니 다른 일은 생기지 않은 모양이었다. 그런데 언제 조수석으로 옮겨졌는지 통 기억이 나질 않았다.

"어디로 가는 거예요?"

"나도 잘 모릅니다. 여기가 어딘 줄도 모르고, 어디로 가야 하는지도 모르고요."

윤애는 사내가 무서워 그만 입을 다물었다. 다만 이정표가 나타나기만을 기다렸다. 사내가 목을 졸랐다는 생각이 들자 다리가 후들후들 떨렸다. 윤애는 사내의 옆얼굴을 슬쩍 쳐다보았다. 무표정했다. 무표정이 더 무서웠다.

"가위에 눌렸던가봐요?"

한참 만에 사내가 차분한 말투로 물었다. 정말이지 알 수 없는 사내였다.

"예."

대답을 하는 사이 '순창 44km'라는 이정표가 버즘나무 사이로 나타났다가 뒤로 멀어졌다. 봄골 입구에서 너무 멀리 와버렸다.

"차를 돌렸으면 좋겠어요."

윤애는 용기를 냈다. 입안이 바짝 타들어갔다. 사내가 윤애를 흘깃 보았다. 이대로 계속 엉뚱한 곳으로 가면 어쩌나 싶었다. 방금 전의 일도 있고 해서 가슴이 쿵쾅쿵쾅 뛰었다. 문득 '왜 이 사내를 두려워하지?' 하는 생각이 들었다. 아직도 무언가를 두려워하는 마음이 남아 있는 게 이상했다. 이미 강을 다 건넜는데 강을 두려워하다니. 윤애는 몸을 조이고 있던 긴장을 풀었다. 희망이 없으면 두려움도 없다. 그런데 아까는 왜 그랬을까? 하지만 따지지 않기로 했다.

"그럽시다."

사내는 차를 돌렸다. 능숙한 운전솜씨였다. 윤애는 계기판에 있는 시계를 보았다. 새벽 한시를 훨씬 지나고 있었다. 사내가 속도를 높이자 속도계의 바늘이 쉽게 올라갔다. 사내는 어둠에 잠긴 국도를 질주했다. 그때 계기판에 휘발유 주입 표시등이 켜졌다. 연료가 거의 바닥났다는 경고였다. 주유소를 만나지 못하고 사십 킬로 정도만 달리면 연료가 떨어질 터였다. 사십 킬로면 봄골 가까이 갈 수는 있었다. 십여분 정도 달리니까 주유소가 나타났다. 그러나 간판에 불이 꺼져 있었다. 연료에 신경을 쓰지 않은 것이 실수였다.

"고객들한테 항의가 많이 옵니다. 이걸 어쩔 겁니까? 아니 어떻게 했길래 회사로 보험료가 입금되지 않은 겁니까? 이것 보세요, 김윤애씨. 뭐라 말을 해야 할 거 아닙니까? 죄송하다면 답니까? 당장 회사에다 입금하고 고객들 보험 모조리 살려놓으세요. 이건 공금횡령에 속하는 중대한 범죄입니다."

소장이 펄쩍 뛰며 말했다. 간신히 막아내고 있었는데 작은 구멍으로 솔솔 물이 새더니 한꺼번에 둑이 터지고야 말았다. 밀린 이자와 원금 때문에 은행에서나 회사에선 하루가 멀다하고 독촉장이 날아들었고, 고객들은 아우성이었다.

윤애는 머리에 손가락을 박고 팔로 얼굴을 감쌌다. 지나간 시간의 일이라면 그 어떤 것도 떠올리고 싶지 않았다. 제발, 까맣게 잊어버린다면 얼마나 좋을까. 푸르르 떨며 엔진이 꺼졌다. 자동차는 과속으로 달리던 관성으로 앞으로 나가고 있었다. 엔진이 꺼지면 운전대가 움직이지 않아 무척 위험했다. 사내가 가까스로 자동차를 정지시켰다. 다행히 예상한 대로 봄골로 가는 길이 멀지 않았다.

"그럼."

사내한테 고개만 끄덕여 인사를 하고는 미련없이 자동차를 버렸다. 윤애는 손가방을 메고 버즘나무 가로수 아래를 걸었다. 보름달은 서해 쪽으로 많이 기울어져 있었다. 이렇게 자동차를 버리고 걷게 될 줄은 꿈에도 몰랐다. 농로로 들어설 때만 해도 모든 것이 계획대로 순조로웠다. 농로에서 사내를 만난 이후로 자꾸만 계획이 어긋났다, 지금까지도. 왜 사내는 갑자기 목을 졸랐을까? 어떤 사람일까? 사내가 담배를 피우며 말없이 윤애와 동행했다. 멀리 천계산에서 귀촉도가 구슬프게 울었다. 왜 따라오느냐고 묻지 않았다.

달빛에 젖은 하얀 길 위에 발을 올려놓았다. 사내도 달빛을 밟았다. 봄골로 가는 비포장 산길이었다. 윤애는 그만 피식 웃고 말았다. 보름달이 아무리 환하다고는 하지만 깊은 밤이었다. 낯선 사내와의 우연한 동행도 그다지 나쁘지 않다는 생각에 말없이 달빛을 밟으며 걸었다. 봄골로 들어가는 길 양편으로는 천계산 자락이 펼쳐져 있었다. 산기슭에는 은사시나무가 달빛을 받아 물결처럼 흔들리고 있었다.

"담배 좀 주시겠어요?"

봄골 앞에 있는 작은 방죽 위에서 윤애는 걸음을 멈췄다. 방죽 위에서는 물안개가 뭉게뭉게 피어나고 있었다. 사내는 얼른 주머니에서 담배를 꺼내더니 제 입에 한개비를 물고 나머지는 윤애한테 넘겼다. 윤애는 담배를 가방 속에다 넣었다. 물안개는 천계산으로 스멀스멀 올라가고 있었다. 방죽 한가운데에 보름달이 빠져 있었다. 보름달 위에서 붕어들이 파문(波紋)을 일으키며 물 위로 튀어올랐다.

"아무리 생각해도 아까는 왜 그랬는지 모르겠어요. 내가 특별히 잘못한 것도 없었는데."

윤애가 손으로 목을 만지며 물었다. 이유를 묻지 않고 그냥 넘어가자니 기분이 찜찜했다. 어쨌든 사내는 사람을 죽이려 들지 않았는가.

"죄송해요. 몽롱한 상태에서 잠시 착각을 했던가봐요."

사내의 대답이 충분한 것은 아니었다. 윤애는 착각이라는 말을 그냥 믿기로 했다. 사내는 무언가에 쫓기고 있는 게 분명했다. 사내는 입술을 잘근잘근 씹다가 담배를 깊이 빨았다가 내뿜었다.

"저 산 이름이 뭐지요?"

사내가 가리키는 손가락 끝에는 천계산 맞은편에 우뚝 솟은 산이 걸려 있었다.

"오른쪽 산이 회문산이고 왼쪽 산이 엽운산이에요."

보름달은 회문산과 엽운산의 중간에 걸려 있었다.

"보름달이 참 예쁘네요."

윤애가 말했다.

"제목은 잘 생각나진 않지만, 어떤 책을 봤더니 보름달에는 절정과 쇠락이 한꺼번에 담겨 있다고 합디다. 어찌 보면 쇠락의 기운이 더 느껴지기도 한다고도 했구요. 달이 없는 그믐에는 쇠락과 절정이 한꺼번에 담겨 있다고 했는데, 잘 모르겠네요. 보름달도 언제까지나 보름달이겠어요. 오르막에서 거꾸로 서면 그게 내리막이지요."

사내가 독백처럼 말했다. 이런 말을 할 것 같지 않은 사람인데 뜻밖이었다. 정말이지 열 길 우물 속은 알아도 한 길 사람 속은 알 수 없었다. "야, 이년아, 내 돈 내놔!" 하고 고함을 지르며 득달같이 달려온 사람은 세계물산의 김부장이었다. 윤애는 사내의 얼굴을 찬찬히 살폈다. 수염이 거뭇거뭇한 얼굴이었지만 나이는 서른 안팎으로 보였다. 뺨 위의 상처와 깊은 눈동자가 사내의 삶이 결코 쉽지 않았다는 것을 보여주고 있었다. 눈동자를 볼 수 없어 아쉬웠다. 보험영업을 하면서 윤애는 많은 사람을 만났고, 대개는 눈동자로 상대방을 파악했다. 사람의 눈동자에는 그 사람의 인생이 담겨 있게 마련이었다. 사내가 담배꽁초를 손가락으로 튕겨냈다.

"그렇다면 그믐에는 절정의 기운이 더 느껴지겠네요?"

방죽에 빠진 보름달에서 회문산과 엽운산 사이에 두둥실 떠 있는 보름달로 시선을 이동하며 윤애가 물었다.

"쇠락할 그 무엇도 더이상은 남아 있지 않은 밤이 그믐이니까요. 그러게 그믐이 지나면 초생(初生)이라고 하지요."

말을 끝낸 사내는 돌맹이 하나를 주워 방죽 속의 보름달을 향해 던졌다. 풍덩 소리를 내며 돌맹이는 보름달을 맞혔다. 보름달이 흔들리면서 여러개의 동그라미를 만들어 물 위에 띄웠다. 윤애는 가방 속에 손을 넣어 알약을 만지작거렸다. 사내는 깊은 침묵에 잠겨 방죽 속의 보름달을 바라보다가 가끔씩 돌멩이를 던져 파문을 일으켰다. 윤애의 가슴속으로 파문의 동그라미가 밀려들었다. 윤애는 봄골로 발길을 옮겼다. 사내도 뒤를 따랐다. 길섶에는 민들레가 하얀 홀씨를 잔뜩 매달고 땅에 뿌리를 내리고 있었다. 멀리 무논에서 개구리들이 자지러지듯 울음을 토해내다가 멈추곤 했다.

"빠삐용 알지요?"

사내가 물었다. 스티브 맥퀸이 절벽에서 바다로 뛰어내릴 때 뒤에서 구경하고 있던 더스틴 호프만의 도수높은 안경이 생각났다. 그리고 나비 문신도.

"나비 문신이 생각나요. 그런데요?"

윤애가 되물었다.

"주인공이 무죄를 주장하자 판사가 그럽디다. 너한테는 생을 탕진한 죄가 있다고. 생을 탕진한 죄야말로 가장 큰 죄지요. 하지만, 에이, 관둡시다. 영화는 영화고 현실은 현실이니까."

사내가 갑자기 입을 닫았다. 보통 사람과는 확실히 다른 데가 있었다. 그게 뭔지는 정확히 모르지만. 사내는 입을 굳게 다물고 천천히 걸었다. 사내의 침묵에 윤애도 깊은 침묵으로 응답했다. 봄골의 옛집이 점차 가까워지고 있었다. 윤애의 발길에 민들레 한송이가 차였다. 서로 엉겨 탁구공처럼 생긴 민들레 홀씨가 낱낱의 개체로 분리되어 달빛에 실렸다. 달빛은 민들레 홀씨를 싣고 길섶에 덤불로 몰려 있는 찔레 더미 쪽으로 흘렀다. 하얀 찔레꽃이 달빛을 받아 은빛으로 빛나고 있었다. 사내가 찔레꽃 한송이를 뚝 따서 입에 넣었다. 자신에 대해 어떤 것도 묻지 않는 사내가 고마웠다. 봄골이 천계산 자락에 납작 엎드려 있는 게 보였다. 마침내 봄골로 온 것이었다. 손가방 속에 들어 있는 알약을 생각했다. 윤애는 사내한테서 자기와 비슷한 삶의 냄새를 맡았다.

고향집에 마침내 도착했다는 생각이 들자 윤애는 명치끝에 숯불 한덩이가 올려진 기분이었다. 자신도 모르게 감정이 북받쳤다. 윤애는 길섶에 쪼그리고 앉아 어깨를 들썩였다. 사내는 고개를 들어 회문산과 엽운산 위의 보름달을 쳐다보았다. 윤애는 정말이지 이렇게 삶의 막다른 길을 걷게 되리라고는 생각해본 적이 없었다. 사내가 윤애의 어깨에 손을 얹었다. 사내의 손은 따뜻했다. 윤애는 말없이 사내의 손을 밀어냈다.

"고마워요."

윤애는 사내의 작은 위로에 고마움을 표시했다. 사내가 빙그레 웃었다. 윤애는 봄골을 향해 천천히 걸었다. 이제 몇세대 남지 않은 마을로 들어서자 인기척을 알아챈 개가 컹컹컹 짖어댔다. 한 마리가 짖자 나머지 개들이 일제히 합창을 해댔다. 윤애는 쓰러진 폐가 하나를 지났다. 떨어진 문짝이며 깨어진 장독대, 마당에 웃자란 잡초들 위로 달빛이 처연하게 쏟아지고 있었다. 마을엔 사람이 살고 있는 집보다 폐가가 더 많아 보였다. 윤애는 지붕은 사라져 없고 담벼락만 남은 외양간을 돌아 옛집으로 들어갔다. 사내가 조용히 뒤를 따랐다.

윤애의 옛집도 폐가였다. 마당 가득 뒤엉켜 자라고 있는 잡풀을 헤치고 걸었다. 종아리에 밤이슬이 흠뻑 묻었다. 윤애는 쪽마루에 앉았다. 창호지가 너덜너덜 날리는 문짝, 메워진 우물가에 나뒹구는 확독, 뚜껑이 없는 항아리들, 반쯤 무너진 광이 거기에 있었다. 사내가 담배 한대를 피우더니 꽁초를 마당의 잡풀 위에다 던졌다. 사내는 집안의 여기저기를 살피더니 마당으로 내려섰다.

"그럼 이만."

사내가 가볍게 목례를 하고 돌아섰다. 사내의 등뒤로 달빛이 쌓이고 있었다. 순간 윤애는 코끝이 찡했다. 어디로 가는 것일까? 마땅히 갈 곳도 없어 보이던데…… 사내를 잡고 싶었다. 그러나 윤애는 사내가 고샅길을 빠져나갈 때까지 망연히 마루에 앉아 있었다. 사내의 발걸음 소리가 멀어져 들리지 않자 윤애는 방으로 들어갔다. 달빛이 비치지 않아 방안은 컴컴했다. 윤애는 구석에 쪼그리고 앉아 가방을 열었다. 손바닥에 알약을 올려놓았다. 분홍색의 길쯤한 알약을 삼키면 곧 잠에 빠져들 터였다. 그리고 다시는 깨어나지 않으리라. 소주라도 한병 사올 것을, 또 괜한 후회가 찾아왔다.

괜찮아. 우물은 메웠지만 수도꼭지가 있으니까.

윤애는 마당으로 나와 장독대 옆의 확독으로 갔다. 뒤집어진 확독 옆에 수도꼭지가 있었다. 천계산 골짜기의 샘에 호스를 묻고 끌어온 물이었다. 꼭지를 비틀었다. 물이 쏟아졌다. 윤애는 안심하고 마루로 올라갔다. 수면제를 마루 끝에 놓고 하염없이 마당을 쳐다보았다. 아무렇게나 자란 잡풀 위로 달빛이 떨어져내리고 있었다.

윤애는 안방으로 들어갔다. 달빛 한줄기가 따라 들어왔다. 그래도 어둠침침했다. 탯줄을 끊은 방이었다. 그 방이라고 생각하니 목이 메었다. 윤애는 구석에 쪼그리고 앉아 하염없이 울었다. 죽고 싶지 않았다. 살고 싶었다. 그러나 아무런 방법이 없었다. 많은 사람들의 얼굴이 뇌리에 떠올랐다가 스러졌다. 그리고 마지막으로 보름달처럼 가슴에 떠오르는 얼굴 하나가 있었다. 딸이었다. 딸한테 미안했다. 그래도 아빠가 있으니 다행이었다.

몸이 으슬으슬 떨려왔다. 어떻게 여기까지 왔는지 꿈결처럼 느껴졌다. 윤애는 한참 동안 그렇게 앉아 있다가 마루로 나왔다. 더이상 미적거릴 순 없다고 결심했다. 입술을 꼭 깨물고 알약을 손에 쥐고 마당으로 내려섰다. 고개를 들어 하늘을 쳐다보았다. 문득 담배가 생각나 도로 마루에 걸터앉았다. 손가락 사이에 담배를 끼우고 깊게 빨아들였다가 내뿜었다. 실오라기처럼 가느다란 연기가 달빛 속으로 스며들고 있었다. 담배는 저 홀로 타고 있었다. 오래지 않아 불이 지나간 자리에 재가 기다랗게 생겼다. 그러더니 툭 끊어져 풀 위에 떨어졌다. 윤애는 담뱃재처럼 그렇게 조용히 가고 싶었다. 필터까지 타들어가자 담뱃불이 꺼졌다. 윤애는 일어섰다.

약을 털어넣고 수도꼭지에 입을 대고 목구멍으로 넘겼다. 아무렇지도 않았다. 윤애는 마루로 올라갔다. 보름달이 엽운산을 지나 서쪽으로 가고 있었다. 윤애는 안방으로 들어가 벽에 기대어 앉았다. 흙이 주르륵 떨어져내렸다. 얼마나 쪼그리고 앉아 있었을까. 윤애는 깨진 구들장 위로 털썩 넘어졌다.

보름달이 엽운산을 넘어갈 즈음 사내가 윤애의 폐가로 들어섰다. 사내는 사방을 두리번거리더니 재빠르게 방으로 들어갔다. 방안에는 윤애가 쓰러져 있었다. 사내는 윤애의 코끝에 귀를 대보더니 윤애의 몸을 흔들었다. 사내가 흔드는 대로 윤애는 흔들렸다. 사내는 윤애의 블라우스를 풀어헤치고 가슴에 손바닥을 올려놓았다. 사내는 고개를 절레절레 흔들다가 윤애의 가방을 뒤졌다. 가방 속에서는 휴대폰과 하얀 봉투와 지갑과 다이어리와 화장품 쌈지가 나왔다. 사내는 하얀 봉투를 들고 마루로 나왔다. 얼굴을 찡그리며 봉투에 적힌 글을 읽었다. '사랑하는 딸, 지혜에게'라고 적혀 있었다. 봉투를 열고 유서를 꺼냈다가 도로 집어넣었다.

안방으로 다시 들어온 사내는 지갑을 뒤졌다. 지갑 속에는 몇장의 지폐가 들어 있었다. 사내는 지폐를 꺼내 주머니에 챙기고는 다이어리와 휴대폰을 들고 다시 마루로 나왔다. 다이어리에는 볼펜이 꽂혀 있었다. 볼펜을 들고 다이어리를 폈다.

'인생에는 숱한 오솔길이 있습니다'라고 썼다. 사내는 뭔가 마음에 들지 않는 듯 고개를 가로저었다. 볼펜으로 자신이 썼던 문장 위에 까맣게 덧칠을 해버렸다. 그리고 다시 한 문장을 만들어냈다.

'돈은 고맙게 쓰겠습니다. 그 밤의 동행이.'

사내는 다이어리를 덮었다. 휴대폰을 들고 119를 눌렀다. '통화권 이탈'이라는 표시만 나올 뿐 불통이었다. 윤애의 축 늘어진 몸을 흔들어보았다. 윤애의 가슴에다 귀를 대보았다. 사내는 밖으로 나왔다. 고샅길을 떠돌던 작은 발바리가 이빨을 드러내며 짖어댔다. 그러자 마을의 다른 개들도 덩달아 짖기 시작했다. 삽을 들고 논으로 나가던 늙은 농부가 고샅길을 내려오다가 사내를 보더니 깜짝 놀라 뒷걸음질쳤다.

사내는 농부의 눈길을 잡아끌며 윤애의 옛집으로 슬며시 들어갔다. 윤애는 여전히 구들장이 빠진 방에 쓰러져 있었다. 사내는 말려올라간 윤애의 치맛자락을 끌어내렸다. 고샅길 쪽에서 사람들이 웅성거리는 소리가 들렸다. 보름달이 엽운산 아래로 떨어질 찰나였다. 사내는 뒷문으로 나와 달빛의 끝을 밟고 걸었다. 달빛의 끝에 먼동이 묻어나고 있었다.

—『당대비평』1999년 봄호

부용산

고인수 선생은
노모의 팔과 다리를 주무르면서
침착하게 후배를 말렸다 과연 그랬다

노모의 얼굴에는 평화로운 미소가 번져 있었다
나는 그때 혈관 속의 피가
바싹 마르는 듯한 강렬한 그 무언가를 느꼈다
무엇이 나를 그토록 떨리게 하는지
나는 뚫어져라 시신을 응시했다 그리고 느낄 수 있었다
그 무언가는 한 인간이 소멸하는 순간에 지어낸 불멸의 사랑이었다는 것을

나는 길게 숨을 몰아쉬었다

막혔던 것이 뚫리는 기분이었다 그러곤 비로소 나만의 소설을 쓸 수 있을 거라는
예감에 다시 한번 진저리를 쳤다

왕시루봉으로 올라가는 길엔 여전히 지난 계절의 눈이 쌓여 있었다.

동남쪽의 기슭에서 서북쪽의 기슭으로 산허리를 돌아 걸어가면 어김없이 눈밭이 펼쳐졌다. 눈밭 위로 얼어붙은 발자국의 길이 있었다. 숲속에 둥그스름하게 들어앉은 무덤도 눈에 파묻혀 있었다. 무덤 주변의 눈밭에는 세 갈래의 까치 발자국이 어지럽게 찍혀 있었다. 적막한 겨울 숲속, 무덤을 덮은 눈 위에 삶의 자취를 남겨놓고 허공을 향해 날아올랐을 까치들. 그러나 설화(雪花)가 덮인 이 숲속은 적막에 휩싸여 있었다. 나는 사방을 두리번거렸다. 까악, 깍. 적요를 깨며 우짖는 소리만 환청으로 들릴 뿐 까치는 보이지 않았다.

까악, 깍.

무슨 뜻일까? 흔히들 울음소리로 알고 있는 새의 언어가 궁금했다. 사랑한다고, 미워한다고, 어서 돌아가 아기새를 돌보라고, 이제쯤 이

별하자고, 먹이를 찾아 먼길을 떠나겠다고, 혹은 그리워 죽겠다고, 그것도 아니면 더 높이 날겠다는 뜻? 그리고 내 가슴 깊은 곳에서 울리는 '까악 깍'은 또 무엇이었는가?

잔설이 풍요롭게 남아 있는 삼월의 지리산은 깊었다. 왕시루봉으로 올라가는 능선 좌우로 소나무며 참나무들이 설화를 가지마다 무겁게 매달고 있었다. 어떤 가지는 눈의 무게를 이기지 못해 줄기에서 갈라져 찢어진 것들도 있었다. 산의 서북쪽 사면을 가득 채우고 있는 눈꽃숲을 흔들며 산꿩 한마리가 날아올랐다. 그 소리에 놀란 눈꽃들이 몸을 흔들었다.

눈가루가 부서져 허공에 날렸다. 잠시 걸음을 멈추고 산꿩의 날갯짓과 허공에 날리는 눈가루를 응시했다. 산꿩이 떠난 자리에서 부서져내리는 눈가루가 은빛으로 빛나더니 곧 고운 무지개로 변했다. 한뼘도 안되는 작은 무지개는 바로 눈앞의 허공에서 출렁거리더니 지상으로 떨어져내렸다. 작은 무지개는 햇살을 견디지 못하고 소멸했다.

내 정신을 기대고 있던 세계가 무너져내릴 때, 나도 흔들렸다. 무너지는 세계보다 먼저 폭발하는 내 영혼의 가여움이라니. 무지개가 사라진 허공을 응시하며 소멸하는 것들의 아름다움에 대해 생각했다.

지지 않는 꽃이란 없다.

무릇 모든 식물들은 목숨을 걸고 꽃을 피워올리고 수정이 끝나면 분분하게 꽃잎을 떨구어버린다. 꽃잎이 떨어지지 않으면 영혼의 결정체인 열매가 맺지 않는 법이다. 영혼의 결정체라니, 식물한테도 영혼이 있던가? 열매는 영혼의 결정체라기보다는 유전자의 결정체일 것이다. 딱딱한 껍질이나 가시에 덮여 종족의 먼 미래를 담고 있는 열매, 그 속에는 생명이 있다. 그래서 영혼의 결정체라 불러도 그다지

틀린 표현은 아닐 터.

소멸하지 않는 꽃은 다음 세대의 꽃에 대해 재앙이다. 그걸 알기 때문에 꽃은 피었다가 곧 진다. 불멸의 사상, 불멸의 사랑, 불멸의 생명력, 불멸의 진리는 소멸하지 않기 때문에 재앙이다. 나도 한때는 불멸을 추구했다. 그리고 불멸은 상처가 되었다. 불멸이 상처라면, 소멸 또한 상처이리라. 불멸과 소멸에는 경계가 있으면서 경계가 없다. 나는 그 경계에 서성거리는 사람이다. 경계에 서성거린다는 것이 무엇인지에 대한 적확한 언어를 나는 알지 못했다.

나는 혼자였다.

감내하기 힘든 상처의 시간들을 막 통과해온 사람이었다. 명색이 작가라는 이름을 달고 있었지만 나는 정신적 공황에 시달리고 있었다. 이번 여정은 육체를 괴롭고 힘들게 만들어 정신을 단련시키려는 의도에서 비롯되었다. 지난 몇해, 나는 문학적으로나 인간적으로 실패했다. 생계를 위해 매문(賣文)을 했으며, 매문을 변명하면서 나를 믿던 사람들의 신뢰를 깨버렸다. 매문은 그러나 생계마저도 책임지지 못했다. 그리고 길 바깥에서 떠돌았다. 그 실패에 대해 후회하지 않는다. 이미 나를 통과해간 시간은 다시 돌아오지 않을 것이다. 다만 실패를 가혹하게 견뎌내고 싶을 따름이었다.

성삼재에서 지프차를 얻어타고 남원에 도착하니 밤이 깊어 있었다. 전주에 있는 후배한테 전화를 걸었다. 후배는 깜짝 놀라더니 당장 전주로 오라고 고함을 꽥꽥 질렀다. 남원역으로 가서 기차에 올라 전주에 도착하니 자정이 가까웠다. 후배가 역에 마중나와 있었다. 후배는 성급하게도 당장 술을 마시자며 나를 잡아끌었다.

포장마차에서 꼼장어를 안주로 소주를 마시기 시작했다. 본래 주량이 많지 않은 나였지만 그날따라 후배가 주는 대로 냉큼냉큼 잔을 비웠다. 후배는 잔뜩 독이 올라 뭔가에 대해 열심히 말을 하고 있었다. 하지만 나는 한 귀로 듣고 한 귀로 흘려보냈다. 그러다 필름이 끊겨버렸다. 다음날 눈을 떠보니 여관의 침대 위였다. 후배는 집으로 갔는지 보이지 않았다. 속이 쓰리고 아팠다. 급작스런 산행의 뒤끝이라 온몸이 결리고 쑤셨다. 몸도 끈적거렸다. 싸우나에 가서 땀을 쪽 빼고 싶었다.

배낭을 한쪽 어깨에 걸치고 여관방을 나섰다. 후배한테는 고속버스 터미널에서 전화를 할 작정이었다. 후배는 여전히 재야(在野)에 몸을 담고 있었다. 녀석도 정신적 공황에 빠진 적이 있었다. 후배나 나나 그것을 비껴갈 방법을 알지 못했다. 그리고 아무도 가르쳐주지 않았다. 여관을 나오니 햇빛이 눈을 찔렀다. 나는 손등으로 햇빛을 막아내며 주변을 두리번거리다가 싸우나 간판을 보고 두어 걸음을 뗐다.

언제 왔는지 후배가 앞을 가로막았다. 후배와 함께 싸우나를 하고 나와 남부시장 언저리에서 콩나물국밥으로 술에 찌든 위장을 달랬다. 우리는 말없이 걸어 경기전으로 들어가 자판기에서 커피를 뽑아 마시며 이런저런 이야기를 나누었다. 이야기 끝에 후배가 가방 속에서 노란 봉투를 하나 꺼냈다. 읽어보고 좋으면 소설로 썼으면 한다는 말과 함께. 후배는 여전히 내가 좋은 작가가 될 수 있다는 헛된 믿음을 가지고 있는 모양이었다.

집으로 돌아온 나는 노란 서류 봉투를 열었다. 그 속에는 초등학교 오륙 학년용 공책이 들어 있었다. 침을 묻혀가며 연필로 썼는지 글씨가 진한 것도 있었고 흐릿한 것도 있었다. 연철(連綴)로 기록된 문자들이 공책 위에서 애벌레처럼 꿈틀거렸다.

1

또 십년이 흘러갓꼬 나는 아흔이 대얏다.

아흔이 대얏어도 늘것다고는 뼝아리 눈물만치도 생각 안치만 하로 이틀이 다르다. 뒤안으 댄장을 뜨러 가기에도 숨이 찬게. 숨만 차간디 물팍도 어저끄허고는 딴판이여. 맴은 너를 낳던 스무살 새각시 쩍인디 몸뚱아리는 그게 아닝게비여. 니 동생인 저그쟈도 쉰이 낼모렝게 무신 헐말이 잇것냐. 뼈마디가 댓속맹이로 비엇쑹게 심이 날로 떨어지는게비여. 청춘은 워디로 가고 백발만 와 잇는 거신지. 이러코롬 중얼거림서 살다봉게 아흔이 대얏다. 세월이 무정허고 시상이 야속쿠나. 허기사 나사 뜨신 디서 잠서 끄니끄니 짐이 무럭무럭 나는 따순밥 먹음서 하로하로럴 여삼추맹키로 지다림서 살엇따. 근디 니가 냉골방으서 찬밥뎅이 묵고 사는 생각만 허면 에미 가슴이 인두로 지지는 거맹키로 찌쩌지고 아픈 거슬 어느 누가 알것냐. 이날 입때꺼정 밥을 목구녁으 넹김서 산 거또 모다 너 지달리니라고 그런 거이다. 애타게 지둘린 세월이 알것냐 시상이 알것냐 동기 육친이 알것냐. 너허고 나배끼는 암도 몰른다. 요러코롬 폭삭 늘거감서도 멋 땀시 어금니 앙 물고 사럿긋냐. 늬 아부지허고 늬 남동생들꺼정 잡아묵은 시상이 머시 좋아서. 그저 눈구녁으 흐기 들어가기 전에 너를 한번 보것다는 맴으로 간저리 간저리 빔서 버팅 거시다. 다행이 사우가 장모 알기를 친에미처럼 알아각꼬 집도 절도 읍는 나를 바다저쑹게 그나마도 목숨 부지허고 너를 지다리고 잇는 거시다. 그 뼈마디에 사무친 이약을 니 동생인 저그쟈도 몰른다. 넘들은 허기 존 말로 죽지 못혀 산다고 허드만 나는 아녀. 죽지 못혀서 산 거시 아녀. 너를 지달림서 목심을 지킨 거시여. 그릏게 너도 노픈 담빼락 아내서나마 기언씨 살어야는 거시 여. 목심은 하늘으 달렸다만 인력으로도 히보는 디꺼정은 히보는 거시 여. 긍게 모다들 몸이 조틀 안허면 벵원으 안 가드냐. 사행선고 받 은 새끼를 두고 시상으 어떤 에미가 눈을 가믈 쑤 있다냐? 늬 아부지 나 늬 동생들은 나보담 먼저 다시 못 올 질을 떠났지만 행여라도 너는 그러면 안되는 거시여. 너를 내 푸메 아녀보들 못헌다는 생각언 꿈이 도 히보들 안혓따.

2

요새는 하로이틀 사이로 심이 팽긴다. 심 다 팽기고 헛껍닥만 남기 전에 너헌티 펜지로 다 못헌 이약을 헐라고 허는디 잘 댈랑가 몰르것 따. 니가 내 푸메 앵겨 이 공책을 익는다믄 여한이 읎것지만, 만으 하 나 천으 하나 못 근다면 어찌야나 시퍼서 연필에 침 무쳐감서 요로코 롬 시사럴 늘어놓게 그리 알거라이.

생각허믄 야속혀서 눈물이 앞을 개린다. 글도 다른 펜으로 생각허 먼 늬 아부지가 늘거 말년에 내 육신 의탁허라고 뱃속에 씨를 담거노 은지도 몰르것따. 이승만이허고 코쟁이놈덜이 단독루다 나라를 맹 글자 산으로 드러간 늬 아부지가 정읍 거멍바우〔黑岩里〕럴, 긍게 국 사봉서 두견이가 애간장을 타도록 울어제끼는 지픈 바메 이슬을 털고 방으로 성큼 들어서더랑게. 너도 아다시피 거멍바우가 어떵 곳이냐? 넘덜이 머시냐 그, 남한의 모스끄바라고 속색이던 유명짜한 민주부락이 아녔냐. 너는 진작으 대가리가 굴것다고 산 사람이 대얏꼬, 늬 남동생도 정읍농고서 동맹휴학을 주동허다 잽혀간 뒤엿쌍게.

그건 글고, 두견이 울음이 질펀한 그 바메 늬 아부지가, 불쑥 방으로 들어서등만 시근 밥 한뎅이만 이쓰믄 달라고 허드라. 삼부자가 바끄로만 나도는 집구석의 시근 밥이 어디 잇쓸라디여? 호롱불 한나 키도 모터고 사시나무맹이로 오들오들 떨고 안젓는디 늬 아부지가 문으 이불 걸고, 호롱불으 심지 나리고, 불키고 허드랑게. 시상으 어떤 년이 지 서방 왓는디 시근 밥 한딩이럴 못 차리것냐? 그 지픈 바메 굴뚝서 연기나고 불티 날리먼 넘들이 알랑개비 뒷집 위원장 어르신 댁으서 시근 밥 한딩이럴 얻어다 상얼 봤니라. 고거시 이 한 만흔 예펜네가 서방님헌티 올린 마지막 밥상인 주른 낭중으사 아럿다. 지금 생각혀도 맴이 에리고 에려서 똑 죽것따. 그러코롬 새복질을 떠난 사램이 가막소서 총살당혀버렷으니, 그럴 주를 아랏으믄 무신 짓을 히서라도 뜨신 밥 혀서 드리는 거신디. 글도 늬 아부지가 마지막 가는 질이 에미 뱃속으다가 한점 씨라도 뿌리고 간 거시 지금 늬 여동생잉게 고맙기도 험서 야속허기도 허다. 저그갸가 아니엇쓰믄 오늘 입때꺼정 사라 너를 지달릴 쑤나 이썻것냐?

늬 아부지가 총살당허고 늬 동생헐라 가막소서 나오자마자 족청놈덜헌티 몽뎅이찜질을 당허고 핏똥을 쌈서 주것쌍게 아주 숭악헌 시절이엇따. 말이 숭악헌 시절이라는 거시제 몸뎅이로 당헐 적으 고거시 어뜨케 필설로 다 대것냐? 제우 가갸거겨한질라 포도시 아는 예펜네가 머슬 여그다 옴기것냐. 인자는 늘꼬 늘거 기억까징 가물가물헌디.

여그 노송동(전주시 남노송동) 저그갸의 방에 업퍼저 잇쓸랑게 지린봉

〔麒麟峰〕서 우는 두견이 소리가 한도 끝또 읍씨 에미 가슴을 뒤집어 놓는구나. 어쩌자고 두견이는 저리도 울어쌓는디야. 어쩌자고. 아녀. 글도 니가 여그와 앵기기만 헌다면 나는 암시랑토 안타.

3

참 그적 시한은 징글징글허게 추엇따. 날 한질라 꽁꽁 어러부튼 엄동시한에 족청 놈덜언 몽뎅이를 들고 떼로 몰려댕김서 사램 떼레주기능게 일엿쌍게. 안 그려도 똑 뱃까죽이 등떠리에 부틀 시상이엇는디. 나는 어찌 대앗뜬 사려야 힛쌍게 거멍바우를 도망쳐나왓따. 애를 나아야 히쌍게. 사흘에 피죽 한그륵을 못 묵어도 뱃속의 씨는 국사봉맹키로 불룩 나왓쓰니 어쩔 거시냐. 어찌어찌혀서 시암바데〔井海里〕에 잇는 빈집으로 숨어들엇따.

옛날에 한가락허던 지주집엿능 모냥인디 아무리 지애집이라고 혀도 사람의 지운이 읍쌍게 문짝도 떨어저 덜렁거리고 구들장도 폭삭 주저안자 잇더랑게. 가마니떼기 주서다 방바닥으다 깔고 문짝으도 걸어각꼬 제우 바람 피허는 시늉만 혓따. 동냥치맹키로 꾸미고, 아녀 꾸밀 것또 읍썼지, 그냥 깡통만 차면 동냥치엿쌍게. 그 날리통의 배를 맹꽁이맹키로 내밀고 밥그륵을 들고 댕기는 것도 참 넘살시런 일이엿지. 시암바데서 이주암 고라당(골짜기)을 봄서 너히 삼부자 생각을 엔간히도 만히 혓따. 저 고라당서 총질을 험서 보급투쟁을 뎅겻따고 늬 아부지가 헌 말이 이썼쌍게 절로 고개가 돌아가더랑게. 이주암 고라당서 정읍 읍내꺼정 하루 밤새에 뎅겨왓당게. 산 사람덜은 호랭이맹키로 눈에 불을 키고 댕겻겟거니 허는 생각이 들더라. 을매나 배를 고 랏쓰믄 그리 혀쓸꼬.

해필이믄 설 다 되아서 섣딸 그믐께에 저그갸가 문을 열고 나오는 거시엇따. 문고리다 새내끼 하나 걸고 그걸 잡고 용을 썼따. 새내끼가 삼신끈이엇따. 삼신끈을 잡꼬 아무리 용을 써도 무긍게 웁쓰니 심이 지대로 쓰지것냐. 낭중엔 그저 새내끼를 입에 물고 이빨이 뭉그러지도록 심을 주고 또 줘따. 이주암 고라당을 휩쓸고 내리온 바람이, 새끼 일혼 암호래이맹키로 싸납디싸나운 바람이 핏물에 저즌 치매 자락을 들추고 내 몸을 후려치던 그런 바미엇따. 두 다리는 처마 끄테 매달린 고드름맹키로 꽁꽁 어러부틋꼬 시근 땀을 삐죽삐죽 흘리는 이마는 화롯불맹이로 후끈허니 달엇써도 좀체 저그갸는 나오덜 안는 거시여. 워낙 못 무거놓게 저그갸도 심이 웁썼을 티지. 날은 호랭이 물어가도록 춥제, 양수는 볼써 터져 가마니떼기가 축축허제, 치매 자락은 피떡이 대앗제, 새내끼 잡은 팔뚝으설랑 심이 자꼬 빠지제, 물팍으설랑 맥이 풀리제 허는디 저그갸헐라 나오덜 안흐니 기냥 칵 쎄를 물고 죽고 잡더랑게. 글다가 나도 모르게 혼절을 힛는갑더라. 낭중으사 발미테서 머신가가 빽빽거리고 우는 소리에 제우 눈을 떠봉께 여즉 탯줄도 안 끈은 핏뎅이 한나가 있는 거시여. 후딱 새내끼에 묵거둔 손목아지를 풀고 피떡이 된 치매 자락으로 핏뎅이를 대충 닥아냄서 봉게로 가시내여.

그 고생을 함서 나코봉게 가시내라니, 그 자리서 팍 어퍼불고 잡더랑게. 고추라도 달고 나왓쓰믄 저 시상으로 가버린 늬 아부지헌티 덜 미안헐 거신디. 글도 어쩔 거시냐, 나헌티 온 사램인 거슬. 가새도 웁는 처지라 이빨로 태를 끈코 저즐 물럿따. 염치불구허고 비럭질을 험

서 댕게서 그렁가 저지 쬐끔은 나오능가 이냥 빨아제끼더랑게. 어린
핏뎅이도 살고 자픈가 시퍼 눈물이 아플 개릴라고 허는 거슬 제우 마
것따. 늬 아부지가 총살당혓따는 소식을 드른 후로 나는 울지 안키로
혓따. 운다고 한번 저 시상으로 가부린 사램이 돌아를 오것냐, 당장에
처지가 나서를 지것냐. 아무리 달구똥 거튼 눈물을 뚝뚝 흘림서 우러
도 무정헌 시상이 달라지덜 안터라는 거슬 펄써 겡험히부러쑹게. 가
막소서 늬 아부지를 차저각꼬 소달구지다 실코 거멍바우로 옴서 겔심
허고 맹서혓따. 사램이 주거 몸이 식자 워디서 나왓는지 보리알만헌
이들이 허여케 머리를 뒤더펏는디 함박눈을 홈빡 디집어쓴 거 한가지
드라. 근디 자세히 봉께로 고것들이 사러서 꾸물거리는 거시여. 하이
고, 징상마저서 싸리비찌락으로 쓰러내긴 혓지만 꿈에 보까 끔찍혓
따. 세 방의 총탄을 마즌 왼짝 가슴팍으선 굳어버린 핏물이 짜욱허고
총구멍 아니서는 구데기덜이 디엉켜 잇드라. 어금니를 꾹 깨뭄서 전
뎌야 헌다고 손토베 손바닥 살저미 배기도록 주머글 꽉 쥐엿따. 늬 아
부질 부용산으다 무듬서 그때부텀 울지 안키로 속다짐을 수천수만 번
이나 힛따.

미억국은 고사허고 콩나물 대가리도 읎는 처지가 대농게 어린 거슬
안고 가마니떼기으 안저 몸얼 풀장게 억쟁이 무너지더라. 아랜목이
자글자글 끌토록 뜨신 방으 누엇쓰믄 그러코롬 서럽진 안흘 터인디.
저그갸를 나코 사흘 동안을 꼼짝읍씨 누엇따가 이러다 굴머죽능가 시
퍼서 그냥 들처업꼬 비럭질을 나섯따. 아무리 날리통이라고 혀도 명
절이라 그렁가 밥그륵을 내밀면 매몰차게 내치는 사램들이 벨라 읎써
천행이엇따. 그러케 비럭질을 댕기다봉게 나도 모리게 거멍바우 우덜
집꺼정 가게 대앗따. 싸리 울타리를 허러 군불을 몽창 땜서 거멍바우

로 돌아왓따는 표시를 내앗따. 족청놈덜헌티 마자주거도 여그서 마자죽것따는 겔심을 헝게 한나도 무습지 않더랑게. 사램의 맴이랑게 참 요상시럽드마이. 군불을 땡게 가마소티서 물이 펄펄 끌터라. 뜨근 물을, 맹물이긴 혀도 한 바가지 마싱게 어한이 좀 풀리더라.

글고 자글자글 끌는 방으 들어가 몬지냄새가 폴폴 나는 이불 속으 누엇떠니 극락이 따로 읍떠라. 그러코롬 한참을 누어 이쑹게 누군가가 조심스럽게 문고리를 땡기는 거시여. 족청놈덜이라먼 문짝이 떨어저 나갈 정도로 차고 들어와껏찌 헛지침을 험서 조심을 허것냐 시퍼 노글노글 녹아내리는 모믈 이르켜세우고 안젓따. 설사 밀쩡이 왓따고 혀도 주거도 내 집서 죽것따는 겔심을 구친 뒤라 맴이 펭안허더랑게. 근디 들어오는 사람을 봉게 느그 고모여. 비록 댕기다 마럿지만 여고문의 들어갓따 나온 사람이라 그때적 말로 인떼리엿제.

우덜 두 사람은 그동안 못다한 이약을 주고바듬서 한참을 우럿시야. 글다가 낭중으사 느그 고모가 저그쟈 이름을 뭇더랑게. 안직 삼칠일도 안 지낸 떡애기라 이름이 읍따고 헝게 느그 고모가 한참을 생각 허더라. 그러더니만 인선이라는 이름을 지어주더라. 성이 고씬게 이름도 딱 조타며 뜻푸리를 혀주등만. 높을고에 어질인에 착할선이라고 험서 높고 어질고 착허게 살람서 저그쟈의 삐쭉 마른 볼따구에 입을 쪽 마추더라. 아무리 그려도 제 핏줄이 질이란 걸 아럿따.

그러코롬 이따가 미억이라도 한줄기 마련허것따고 집을 나서는디 족청놈덜헌티 몽뎅이찜질을 당혀서 물팍이 절딴낫담서 쩔룩쩔룩 거러가더랑게. 물팍이 구부러지질 안헝게 뻐쩡다리로 것는 거시엇따. 그걸 봉게 절로 눈물이 쏘다질라고 허는 거슬 제우 마것따. 으쩌다 조흔 시상을 살들 못허고 요런 숭악헌 시상으 살게 대얏는지. 아닌말로 늬 아부지나 늬 동생은 자익을 혀쌍게 가막소에서 사행을 당허고 몽뎅이에 마자 주것따고 치드라도 우덜은 머냐 십떠라.

내가 이런 마를 힛따고 혀서 혹여나 서운케 생각 마러라. 지금도 고 때를 생각허믄 어찌 사럿는지 감감해지니께.

4

늬 아부진 참 조흔 사램이엇따. 열아홉살 머거서 열야달쌀인 늬 아부지헌티 시집을 갓는디 그런 헌헌장부가 따로 읍떠라. 초례청으 슬 때꺼정은 어찌 생깃는가 돌아서는 뒷모습도 보덜 못혓는디 첫날바메 봉께로 내 맘에 쏘옥 들더라. 늬 아부지는 까끈 밤맹키로 잘생긴 얼골에 널씬한 기골을 가진 전문학부 학상이엇따. 나사 소핵교도 들어갓다만 나온 몸이라 무식허기 짜기 읍썼는디 늬 아부진 인떼리엿따. 그려도 나를 무시허들 안코 참 정나게 혔니라. 시집이라고 와봉께 소작얼 부치고 살더라. 늬 할아부지는 소작얼 부치고 살망정 아들헌티만큼은 못 배운 한얼 푸러얀담서 공부럴 계속허라고 허셧꼬, 늬 아부지는 학비 도라고 손 함번 안 내밀 정도로 가정교사 노릇얼 험서 전문핵교에 댕기셧따. 그러케 한달얼 상게나 방학이 끈나 느이 아부진 경성으로 갓다. 글더니 얼마 대도 안혀서 핵교를 안 마치고 만주로 가부럿따고 허드라. 경성서도 몰래 동닙운동을 허고 이썼등게비여. 글자 개만또 못헌 고등계 행사들이 우덜집얼 참새 방앗간 드나들디끼 험서 늬 할아부지럴 족첫따. 늬 할아부지헌티 펜지 한통도 냄기지 안코 만주로 가쌍게 까깝허기는 우덜도 마찬가지엿따.

니가 뱃속에 읍썼다면 당장 만주로 늬 아부지를 차자가고 시펏지만 차머야 혓따. 부부가 머시다냐? 에러운 일도 심든 일도 함께허는 거시 부부 아니것냐. 바깥사람은 바끄 일을 봄서 시상을 사는 거시고, 안사람은 안의 일을 험서 바깥사람을 보이덜 안케 도와야 헌다고 나는 생각혓따. 늬 아부지가 딴 거또 아니고 동닙운동을 헌다는디 안사람이 뜨신 밥이라도 혀주는 거시 도리 아니것냐. 늬 할무니 그렁께 나헌티는 시어머이 대는 어른헌티 살째기 여쩌봤등만 혼잣몸도 아닝게 도라올 때꺼정 지달리라고 허드라. 허기사 배가 산몬당맹키로 불른 새각시가 절라도서 만주꺼정 가는 거시 시운 노릇은 아닐 꺼시구만.

암튼 늬들 아부지는 일자무식헌 나럴 무시허덜 안혓따. 그거만 히도 을마나 조흔 일인지 모런다. 비록 동닙운동 허네, 농민 시상 맹그네 험서 그 머시다냐 거시기헌 사상으 빠지긴 혓찌만 말이여. 호강을 험서 살진 못혀써도 암시랑토 안혓따. 가뭄으 콩 나드시 얼굴만 삐쭉 내밀고 가도 난 조아쑹게. 늬들 아부지가 씨앗을 본 거또 아니고, 노름에 미쳐서 나돈 거또 아니랑 거슬 알고 이써쑹게. 그럼 대얏지 멀 또 바라것냐. 늬 아부진 그러케 살다가 가신 거시다. 늬 아부지는 사러 생저네 나헌티 노래 한 자리를 불러주곤 힛따. 제목은 먼지 몰르긋꼬 가사만 쬐끔 생각나는디 마즐랑가 몰르긋따.

부용산 오릿질에 잔디만 푸르러 푸르러

솔밭 사이로 회오리 바람 타고

간다는 말 한마디 읍씨 너만 가고 마랏꾸나

피어나지 못한 채 붉은 장미 시드럿꾸나

부용산 오릿질에 하늘만 푸르러 푸르러.

5

어제 밤, 늬 아부지가 나럴 차자와썼따. 나는 폭삭 늘근 할망군디 늬 아부진 여즉꺼정 점디점드라. 글도 얼매나 반가운지 몰랏따. 늬 아 부지가 고생이 만타며 내 소늘 잡는디 가심이 벌렁벌렁허드랑게. 금 서도 주근 사람이 으쩐 일이냠서 무럿따. 굿떠니 늬 아부지가 좋은 디 가 이쏭게 가자며 소늘 잡아끌드라. 근디 잠결에도 따러가면 난 죽는 다, 요런 생각이 들더랑게. 매몰시럽게 소늘 뺌서 나 안 갈라요 히번 짓따. 내 가심속 천질 만질 지픈 고세 니가 이썼능게비여. 글다가 자 메서 깻는디 여엉 기분이 요상시럽더랑게. 늬 아부지가 생시맹키로 누네 삼삼허더라.

넘덜은 너럴 간첩이라고 부르지만 나는 아녀. 너는 간첩이기 저네 내 아들이여. 이 세상에 하나배끼 읍는 내 아들이여. 막말로 간첩이면 어떠냐. 간첩이라도 너는 내 아들인 거슬. 지난 십년 저네도 너를 내 보내준다고 어뜨케 히서든 전향서를 쓰게 허라고 말을 허드라. 면회 럴 가서 말을 끄냉게 니가 폴짝 띠엇찌야? 전향이라니 말도 안된담 서. 너는 간첩이 아니라 통일 일꾼이라고 혓지. 근디 어찌것냐 나는 니 말을 미쩌만 넘더른 안 믿는 거슬.

인공이 끈나고 휴전이 대야써도 너는 도라오덜 안혓따. 거멍바우서 이사럴 가지도 못허고 나는 하염읍씨 너럴 지달렷따. 사네서 너랑 항 꾼에 동무허든 사람드른 4·19혁맹이 나자 가막소서 풀려나오등만 너 한티서는 아무런 열락이 읍썼따. 사럿는지 주것는지도 알 수 읍는 하 로하로엿따.

글다가 5·16이 나자 풀려낫든 니 동무드리 또 잽혀갓따. 거멍바우서 농사럴 짐서 살든 김머시기도 새복으 형사덜헌티 끌려가쑹게. 김머시기는 겔혼꺼지 혓는디 그러코롬 댄 거시엇따. 속으로 지픈 한숨을 내쉼서 니가 읍써 다행이라고 생각을 혓따. 근디 형사드리 드리닥치더니 너럴 차떠라. 주것는지 사럿는지도 모르는 사람이라고 혀도 막무가내엇따. 또다시 숭악헌 시상이 닥친 거시엇따. 형사드른 한 해으 두어 번썩 불쑥불쑥 도채비맹이로 차자왓따.

근디 해필이면 그리 숭악헌 시상 속으로 니가 왓따. 후퇴허는 인민군을 따라 북으로 갓따가 십 몇년 마네 왓따고 너는 나럴 잡고 달구똥거튼 눈물을 흘렷따. 니가 오믄 겡찰서다 신고허라고 형사들이 겁을 주고 갓찌만 나는 그러덜 못혓따. 그러코롬 하로 밤도 지대로 못 지내고, 뜨건 밥도 해멕이기 전으 너는 떠낫꼬 나는 가심얼 조림서 하로하로를 지내야 혓따. 니가 왓따가고 한달이나 대얏을까. 너는 잽히고 마럿따. 이런 이약이야 나보담도 니가 잘 알 거시다. 나도 신고 안헌 죄로 가막소럴 갓따 와쑹게.

재판을 받고 너는 사형수가 대얏따. 참 기가 맥히더라. 간첩의 에미라고 손꾸락질을 바듬서 사는 거슨 암것또 아녓써. 저그쟈도 간첩의 누이라고 직장도 구허들 못허고 험한 시상을 사럿따. 자석이 사형당허기를 지달리는 에미의 심정은 또 오죽힛긋냐. 시상서 질로 나쁜 거시 간첩질이라는디. 그저 정지간이다 정한수럴 떠노코 손바다기 발바닥 대도록 비는 도리배끼 읍썼따. 조왕신이 돌봤능가 사형을 지다림서 사는디 무기징역으로 감형대엇따는 통보를 바덧따. 살다봉께 그러코롬 조흔 일도 잇더라.

6

은제나 무니 열리까이. 너헌티 무니 열리기나 허까이. 나는 아흔이고 너는 이른인디. 고로코롬 폭삭 늘것는디, 벵들고 늘거부럿는디 니가 머슬 어쩐다는 거시여. 니가 고로콤 무선게비여 대한민국은. 궁게 노픈 다마네 꼭꼭 처바가뒀쩨. 머슬 어쩐다고.

7

전향을 히쓰믄 진자게 나와쓸 거슬. 그께잇 놈오 종이 쪼가리가 머시 그리 대단허드냐. 너도 그러치만 저 사람들도 그타. 그거슬 반다시 바더야 징역도 까까주고 내보내주기도 허것다는 심뽀는 머시다냐. 종이 쪼가리를 그러코롬 애지중지허는 뽄새가 내 차암 얼처기 읍써서. 에미 애간장이 녹꼬 노가 피가 보타도 종이 쪼가리가 그러코롬 중혀? 진자게 눈에 흐기 드러가야 마땅헌 에미가 요로코롬 폭삭 늘또록꺼정 속을 달달 보까야 허는 거시여? 인자는 늘거 너 면회도 가덜 못허고 골골거리는디. 제우 연필에 침 무쳐가며 여그다 신세한탄이나 허는 거시 고작이여 시방은.

글고 꼭 한마디 허자. 간처비 머시 그리도 자랑이여 자랑이. 너는 자랑잉게 조타고 혀도 니 누이 저그쟈는 머시냐. 간첩의 누이라고 취직은 고사허고 손꾸락질 당험서 어둔 고세서 넘으 눈 피혀감서 사러야 혀떤 저그쟈는 머시냐고오 잉. 다행히 짜기 이써서 겔혼은 혓따.

사우가 차케서 오갈 디 읍난 나럴 모시느라 안헐 고생도 수테 헛따. 너 땀시 댕기던 직장서 무담시 쬐껴남서도 원망 한번 안터라.

겔국엔 시장서 니야까럴 끄러야 헛따. 대학꺼정 댕긴 사람이 배차 허고 무수럴 시꼬 시장으 서는 거또 시운 이른 아니엇따. 나는 쥐구녕 이라도 이쓰믄 드러가고 자펏따. 간첩의 매제가 댄 거시지만 입이 무 근 사람이라 일언반구럴 안터라. 너 땀시 맘 고상 몸 고상이 이만저만 이 아니엇따. 근디 너는 머시냐. 종이 쪼가리 하나 때미 놉고 노픈 다 마네 가쳐 이쑹게 그리 조터냐. 이 에미 야속타 허들 마라.

8

초저녁으 한 수꾸락 띠엇떠니 자미 쏘다지등만, 깜박 누늘 부쳤다 띠엇더만 토웅 자미 다시 오덜 안는구나. 초저녁으 벵든 달구 새끼맹 키로 모가지를 꾸벅거리다가 바미 지프믄 말쌍헌 거시 늘근이덜인게 비다. 잠을 이루지 못허고 뒤채기다가 구신처럼 일어나 손구락에 치 믈 발라 헝크러진 머리를 다듬꼬 안자 이런저런 생가게 빠지는 거시.

한점의 헬육도 남기덜 못허고 총각으로 청춘을 다 보낸 너를 생각 허먼 내 가슴이 찌저진다. 그거시 다행이라는 생각도 들지만 사람으 로 생겨나쓰믄 종자는 뿌리고 가야 허능게 도리 아니것냐 시퍼 맴이 짠허다.

십년 저니엇따. 섣딸에 엄청시런 사멘이 이썼는디 거멍바우 사는 김머시기도 그 속에 이썼등게비여. 인공시절에 사네서 잽혀가 광주서 재판얼 바꼬 사렷떤 징역이 꼽박 십년 가차이 뒹게 합혀서 이십칠년을 살고 나온 거시여. 김머시기의 마느래는 딴 디로 시집은 간 거슨 아니엇찌만 그동안 면회 한번도 가덜 안헌 모양잉게비고. 나도 드른 이약이다.

둘 사이 딸이 이썼능갑등만. 마느래는 딸헌티 아부지가 주것따고 험서 모지락시럽게 혼자 사럿던 거시여. 첨엔 그런 사람인 줄 모르고 겔혼을 힛것지. 근디 뱃속에 씨만 담거노코 빨갱이로 잽혀가부러쑹게 을매나 놀랏것냐. 부부지간의 정도 부녀지간의 정도 끈어버린 거시 당연헌 일이엇따. 누구럴 탓헐 일도 아니지. 아암 아니고말고. 암튼 김머시기는 가막소서 나오긴 혓지만 갈 디가 읍썼따. 오란 디도 읍꼬 갈 디도 읍는 거시 을매나 서러운 신센지 니가 아냐. 안직언 모릴 거시다.

목구녁이 포도청이라고 산 이베 거미줄을 칠 순 읍썼응게 김머시기는 머시라도 헌담서 서울로 갓따. 흑염소를 내리는 지베서 일을 도움서 근근이 풀칠은 험서 하로하로를 사는디 핏줄이 땡게서 피가 보짝보짝 타드라는 거시여. 으찌것냐 핏줄이 땡기는 거슬. 여그저그다 연통을 너타봉게 어찌어찌 혀서 전화번호를 아럿단다. 당장으 전화럴 힛더니 마느래 허는 말이 당신은 볼써 주근 몸잉게 그러케 알고 끈차고 허드란다. 다시는 차찌 안헐 텅게 딸내미 얼굴 한번만 보여달라고 혓등개비여. 마느래도 양심은 이썼능가 그러면 모월 모일 모시에 전주 모래내시장서 만나자고 허드란다. 모래내시장으 있는 푸른약국 아페 서 이쓰믄 자개가 딸내미를 데꼬 그 아플 지나가것다는 거시엇따.

으찌것냐 그러케라도 딸내미가 보고 자픈 거슬. 서울서 전주로 내려와 모래내시장의 그 약국 아페 서서 지다릴배끼. 아닝게아니라 시간이 대자 마느래가 여고 조립반인 딸을 데꼬 약국 아플 지나가더란다. 그냥 휘익 바람맹키로 지나간 거시여. 이게 다여. 참 허망허지야. 누가 그 마느래럴 나무랄 쑤 잇것냐. 아무도 읍따. 그 마느래가 사러 온 인생도 겔코 만만치 안혓을 거싱게.

9

시상이 바껏다고 저그쟈가 그러등만 난 아녀. 요로코롬 폭삭 늘근 담에사 바끼믄 머 헌다냐. 늑기 전에 바끼야지. 글고 또 사람 하나 가라치엇따고 시상이 그러코롬 십게 바끼덜 안는 거시다. 이번에 바낀 사람이 그중 낫다고덜 허나 두고 바야 허는 거시여. 어저끄는 서울 탑골공원으럴 가서 늘근 너럴 내 푸메 아나보자고 데모럴 힛따. 서울 사람덜언 모교일마다 허는갑등만 나는 전주 이쏭게 자주 가보덜 못혓따. 고속버스럴 타고 저그쟈랑 갓다왓는디 대문에 들어성게 히마리가 쏘옥 빠지는 거시 짚은 물 소그로 가라안는 기분이더랑게. 밤새 누늘 못 부치고 끙끙 알키만 혓따. 뜬눈으로 밤얼 새고 아칙이 대앗는디 지린봉 쪽서 왓는가 깐치들이 몰려와 마당 구석에 잇는 대추나무여 안저서 우러제끼더라.

조흔 소식이 이쓸랑가. 질고 지픈 엄동시한이 지나믄 꼬치 피기는 필랑가. 늘글 만치 늘거 더 늘글 쑤도 읍는 에미를 생각혀서라도 니 몸이 성혓으믄 조컷따. 에미는 어찌대얏든지 너를 푸메 아나보고 주글란다. 그 전엔 눈으 흐기 드러와도 손꾸락으로 파낼 거시여. 그리 알그라.

150

10

세워리 퍼기나 만히 흘러 시상도 만히 벤헷따. 오로지 하나 벤허지 안헌 거시 잇따믄 니가 안직또 가막소에 잇는 거시고, 너를 간처브로 맨든 나라 꼴이다. 내 자슥아. 어여어여 나오니라. 너를 푸메 아나보자. 아푸리카 끄테 잇는 남아푸리카 공화국 대통령 넬슨 만델라가 세계적으로 유명짜헌 장기수라고 허등만 사람들이 몰러서 그러는 거시여. 너만 혀도 만델란지 천델란지보다 펄써 오년이나 더 가막소서 살고 잇지 안흐냐. 근디다가 어떤 이는 사십사년이나 돼쑹게 말혀 무엇허랴. 사람을 어찌 그러코롬 진진 세월 동안 가두다니. 혹시 그 사람드리 너럴 이저번진 건 아녀? 그럴지도 몰룽게 문짝 한번 차봐라이. 나 여그 잇쏘 험서 마리여. 언제끄지나 언제끄지나 나넌 지달릴 거시다. 세월도 무심허지만은 안컷지.

사면복권이 있었다. 이 글을 쓴 할머니는 꿈에도 그리던 아들을 품에 안아보았다. 두 사람의 모습은 텔레비전 뉴스에도 나왔고 일간지 신문에도 보도되었다. 비로소 아흔의 할머니를 사진으로나마 볼 수 있었다. 밭고랑처럼 깊게 팬 주름이 자글자글하게 얽힌 할머니의 얼굴엔 기나긴 기다림의 세월이 고스란히 담겨 있었다.

나는 공책의 글을 거친 모습 그대로 정리를 해놓았으나 어떻게 해야 할지를 몰라 그냥 가지고 있었다. 할머니의 글을 소재로 삼아 소설을 쓸 수도 있었다. 하지만 세상은 변했다. 아무도 지나간 옛일에 큰 관심을 두지 않았다. 모든 것이 경제적 부가가치가 있느냐 없느냐로

평가되는 세상이었다. 아니 그것은 변명이었다. 아직도 나는 스스로를 다스리지 못하고 있었다. 정리된 글과 공책을 되돌려주고 싶어서 전주의 후배한테 전화를 걸었다.

후배는 마침 잘됐다며 전주엘 한번 오라는 것이었다. 나는 움직이고 싶은 마음이 별로 없었다. 쉽게 거절하지 못하는 내 약점을 잘 알고 있는 후배가 막무가내로 졸랐다. 지리산에 다녀온 뒤로 변화된 삶을 살기로 작정한 연유도 있었고 해서 완곡하게 거절했다. 그러자 후배는 미전향 초장기수였던 아들이 출소해서 지금 서울에 있으니 아들한테 공책과 정리된 글을 갖다주라는 것이었다. 아들이라고 했지만 나이가 일흔인 노인이었다.

"왜 함께 못 살고?"

"어머니가 딸네 집에 있으니 모실 수도 없으려니와 고인수 선생 자신이 암에 걸린 터라 당장에 치료를 받아야 헝게."

며칠 뒤 나는 고인수 선생을 찾아갔다. 고인수 선생은 골수암 판정을 받아 병원에 입원해 있었다. 누렇게 죽은 소나무 가지처럼 바싹 마른 고인수 선생을 보면서 나는 어금니를 꽉 깨물었다. 삼년 전부터 골수암을 앓아온 사람을 이제야 내놓다니. 사면이라는 허울에 쉽게 속아버린 나 자신이 한심했다. 그래도 뜻있는 사람들이 고인수 선생의 병상을 지켜주고 있는 것은 큰 다행이었다. 나는 부끄러움을 떨치지 못하고 공책을 고인수 선생한테 내밀었다.

"고맙소."

고인수 선생이 마른 삭정이 같은 손을 내밀었다. 살은 없고 거죽만 남은 손이었다. 나는 고인수 선생의 손을 잡았다. 손등에도 검버섯이 피어 있었다. 나는 간첩과 악수했다. 기분이 이상했다.

152

"………"

무슨 말을 할 수 있단 말인가. 삼십삼년 칠개월을 감옥에서 보내고 나온 사람을 본다는 감격도 내겐 없었다. 지난 몇년 동안을 나태하게 살았고, 현실의 여러 삶을 외면하지 않았는가. 나는 감격할 자격조차도 없는 사람이었다. 나는 묵묵히 불룩 튀어나온 푸른 정맥으로 한방울씩 떨어지는 포도당 방울을 볼 뿐이었다. 고인수 선생은 공책을 펼쳤다. 몸을 옆으로 약간 돌리고서 불편한 자세로 공책을 읽어나갔다. 오래지 않아 얼굴에 점점이 찍힌 검버섯이 눈물에 젖고 있었다.

간병을 하던 사람은 마흔이 넘은 중년의 아주머니였다. 하루씩 돌아가며 간병을 하는 이를테면 자원봉사자인 셈이었다. 경상도 사투리를 쓰는 그 아주머니는 사흘 뒤에 있을 고인수 선생의 어머님 아흔 잔치에 대해 누군가와 전화로 이야기를 나누고 있었다. 잔치는 전주에 사는 여동생이 맡기로 했다지만 환자를 모시고 전주에 갈 일이 걱정인 모양이었다. 환자라서 대중교통을 이용하기도 마땅치 않고, 전주까지 일박이일이나 혹은 이박삼일로 품을 팔 사람이 선뜻 나서지 않아 근심하고 있는 아주머니를 두고 병원을 나왔다.

병원을 나온 나는 무거운 얼굴로 집으로 갔다. 아내가 무슨 일이 있냐며 물었다. 아니라고 도리질을 쳐도 아무 일 없이 얼굴이 무거울 수는 없다며 꼬치꼬치 캐물었다. 나는 아무런 대꾸도 않고 서재로 들어갔다. 아내한테 미안했다. 하지만 모든 것을 다 말할 수는 없었다. 담배를 피우며 서가에 꽂힌 책을 둘러보았다.

한 시대를 견딘 책들이 거기에 있었다. 먼지를 뒤집어쓰고 좀체로 뽑혀 읽혀지지 않는 책들이었다. 나는 안또니오 그람씨가 1920년대에 이딸리아의 감옥에서 쓴 『옥중수고(獄中手稿)』를 꺼냈다. 누렇게 변색된 종이에 오자(誤字)가 유난히 많은 조잡한 번역이었지만 십여 년 전에는 감동적으로 읽었던 책이다. 붉은 줄을 그으며 읽었던 구절들이 아직도 거기에 있었다.

'무언가 근본적으로 바뀌었다. 이건 분명한 사실이다. 그것이 무엇인가? 이전에는 사람들이 모두 역사의 경작자가 되고 싶어했다. 능동적이고 적극적인 역할을 맡고 싶어했다. 아무도 역사의 거름이 되고 싶어하지는 않았다. 그러나 먼저 땅에 거름을 주지 않고 경작을 할 수 있을까? 그러므로 경작자와 거름은 둘다 필요하다. 사람들은 추상적으로는 모두 이 사실을 인정했다. 그러나 실제에 있어서는? 거름은 희미한 그림자로 사라져버리고는 했다.'

그람씨를 덮었다.

그랬다. 무언가가 근본적으로 변했다. 그 변화를 능동적으로 수용하지 못하고 공황상태에 빠진 것은 나였다. 나도 한때는 경작자가 되고 싶었고, 되고자 했다. 그것이 문제였을까? 혹은 양심이라는 이름으로 너무 오만했던 것은 아니었을까? 착잡했다. 습관적으로 컴퓨터를 켰다. 명멸하는 커서를 오래도록 응시했다. 그러나 짧은 문장 하나도 만들어내지 못했다. 아내가 들어왔다.

"커피 드세요."

책상에 커피를 내려놓으며 아내가 텅 빈 공간으로 남아 있는 컴퓨터 화면을 보았다. 나는 재작년부터 문장을 만들어내지 못하고 있었다.

"고민 있어요?"

아내가 물었다.

"전주엘 다녀와야 될 것 같은데…… 모레쯤."

나는 말꼬리를 흐렸다.

"그래야 한다면 다녀와야지요. 준비할게요."

아내는 언제나처럼 더 묻지 않았다.

고인수 선생을 모시고 전주 남노송동에 도착하니 밤이 꽤 깊어 있었다. 마이약국에서 왼쪽으로 꺾어져 들어가다가 자동차를 세웠다. 미리 연락을 받은 후배가 마중을 나와 있었다. 고인수 선생의 노모는 소녀처럼 웃으며 아들을 반겼다. 고인수 선생은 어머니 앞에서 병든 기색을 보이지 않으려고 안간힘을 쓰고 있었다. 어머니한테 불편한 몸을 보이지 않으려는 고인수 선생의 태도가 눈물겨웠다. 진안에서 잡아왔다는 메기찜으로 저녁을 먹었다.

"인제 죽어도 여한이 웁따. 사형선고바닷던 아들도 사러왓제, 훌륭한 후배 선생들도 와서 생일상을 채려준다는디 머신 여한이 남앗것냐."

노모가 후배의 손을 잡고 또박또박 말했다.

"차암, 어머니두, 오래 사셔야지요."

후배가 할머니의 어깨를 주무르며 기운을 북돋아주었다. 고인수 선생은 후배의 어리광 비슷한 행동을 보며 빙그레 웃었다.

"아녀, 오래 사럿어."

파뿌리처럼 흰 머리카락 사이로 검은 머리카락이 드문드문 다시 돋기 시작하는 노모의 얼굴이 분홍빛으로 물들었다. 아흔이라고는 믿기지 않을 정도로 노모는 정정했다. 주름살이 목에까지 자글자글한 것과 눈가가 짓물러 있는 것을 빼고는 허리도 꼿꼿했고 걸음걸이도 반듯했다. 작은 몸집도 풍상을 악착같이 견뎌온 사람답게 탄탄해 보였다.

후배와 나는 남노송동을 나와 구멍가게에서 맥주를 사서 손에 들고 마냥 걸어다니며 마시곤 했다. 걷다가 다리가 아프면 아무 곳에나 엉덩이를 붙이고 앉아 나날의 삶에 대해 이런저런 이야기를 주고받았다. 후배는 앞날에 대해 고민이 많았다. 고민이 많은 정도가 아니라 '죽을 지경'이라는 말로 자신의 심경을 토로했다. 그것은 나도 마찬가지였다. 다만 입을 꾹 다물고 듣고 있을 뿐이었다. 밤이 깊자 후배의 집으로 갔다. 중학교 교사인 후배의 마누라가 부석부석한 얼굴로 문을 열어주었다. 미안하다는 말밖에는 달리 할말이 없었다.

다음날 아침 일찍 조촐한 생일상 앞에 고인수 선생과 누이동생의 가족들이 둘러앉았다. 후배와 나는 불청객이었지만 융숭한 대접을 받았다. 소고기 미역국, 토란으로 끓인 탕, 호박부침개, 갈비찜과 토종닭으로 만든 찜, 오래 익은 깻잎과 노릇노릇하게 구워낸 서대와 굴비를 맛있게 먹었다. 역시 전주 음식이었다. 식사가 끝나자 덕담들이 오고갔다.

"어머님, 금산사라도 다녀오실랍니까? 바람도 쐬고, 미륵불도 보시고, 꽃구경도 하구요. 여기 작가 선생이 자동차로 모신다는디요."

후배가 노모한테 바람을 쐬자고 권했다.

"아녀, 이대로 좋아."

노모는 손을 내저었다. 후배가 몇번 더 권했지만 노모는 집에서 쉬고 싶다며 도리질을 쳤다. 후배와 나는 커피를 들고 손바닥만한 마당으로 나와 담배를 피웠다. 우리는 참았던 흡연욕을 보충이라도 하려는 듯 연거푸 담배를 피웠다. 마당 끝에 서 있는 작은 목련나무에서는 꽃이 막 떨어지고 있었다. 얼마 전까지만 해도 하얀 목련이 무척 아름다웠을 터였다. 담배를 피우고 거실로 들어갔다. 방금 전까지만 해도 거실에 있던 사람들이 하나도 보이지 않았다. 깊은 적막이 거실에 가득했다.

그러다 문득 노모의 방에서 가느다란 흐느낌이 새어나왔다. 후배와 나는 번갈아가며 서로의 얼굴을 바라보았다. 흐느낌이 새어나오는 방으로 쉽사리 들어갈 수도 없어 낡은 소파에 엉거주춤 앉아 있었다. 흐느낌은 점차 통곡으로 바뀌었다. 잠시 후 고인수 선생의 누이동생이 손으로 입을 막고 방에서 뛰쳐나왔다.

"무슨 일이 있어요?"

후배가 다급하게 물었다.

"어머님이, 세상에 어머님이 돌아가셨어요."

쿵. 무언가가 무너져내리더니 앞이 캄캄해졌다. 후배와 나는 노모의 방으로 들어갔다.

"병원으로 모셔야지요!"

후배가 서둘러 수화기를 들었다.

"이미 편안하게 가셨네."

고인수 선생은 노모의 팔과 다리를 주무르면서 침착하게 후배를 말렸다. 과연 그랬다. 노모의 얼굴에는 평화로운 미소가 번져 있었다. 나는 그때 혈관 속의 피가 바싹 마르는 듯한 강렬한 그 무언가를 느꼈다. 무엇이 나를 그토록 떨리게 하는지. 나는 뚫어져라 시신을 응시했다. 그리고 느낄 수 있었다. 그 무언가는 한 인간이 소멸하는 순간에 지어낸 불멸의 사랑이었다는 것을. 나는 길게 숨을 몰아쉬었다. 막혔던 것이 뚫리는 기분이었다. 그러곤 비로소 나만의 소설을 쓸 수 있을 거라는 예감에 다시 한번 진저리를 쳤다.

"만져보게. 이마부터 조금씩 식고 있네."

떨리는 손으로 노모의 이마를 만져보았다. 정수리는 이미 싸늘하게 식었고, 이마도 식어가는 중이었지만 입 주변에는 아직도 온기가 남아 있었다. 나는 창밖으로 시선을 돌렸다. 꽃이 떨어지고 있는 목련나무 가지에서 새 잎이 뾰족하게 돋아나고 있었다. 고인수 선생은 담담한 표정으로 식어가는 어머니의 몸을 가만히 매만지고 있었다.

"남기신 말은 없었어요?"

후배가 물었다.

"부용산이라고만 혔네."

고인수 선생이 대답했다. 나는 부용산이라는 말을 들으며 써야 할 소설의 첫문장을 생각하기 시작했다.

―『실천문학』 1998년 여름호

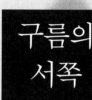

구름의 서쪽

마침내 제천댁 할머니가
이 세상에서 저 세상으로 건너갔다는 소식이 들린다
민은 제천댁 할머니의 명복을 빈다

이제 곧 안구 적출과 함께 이식수술이 시작될 것이다
민은 대기실을 나와 길 위에 선다 그저 하염없이 걷고 싶었다
지팡이로 길을 두드린다
열려라 길이여 길은 지팡이가 닿는 만큼씩 열린다
민은 발걸음을 옮긴다
한 발자국을 떼니 마음 안에서 회오리치던 바람이
마음 밖으로 스르르 빠져나간다

한순간 구름의 서쪽으로 가는 길에 섰다는 느낌이 든다
마음의 눈으로 그 길을 본다 길은 멀다

1

"안녕하세요?"

민은 명랑하게 인사를 건넨 뒤 손으로 방바닥을 더듬어 이부자리의 끝을 찾는다. 베갯머리 쪽에서 비누냄새가 난다. 오 마이 갓! 텔레비전에서 들려오는 혀 짧은 개그맨의 호들갑스러운 목소리, 방청객들의 준비된 웃음소리가 시끄럽다. 손님의 숨소리가 잠시 거칠어진다. 민이 마음에 들지 않는다고 손님의 몸이 신호를 보내는 것이다.

"여자는 없어?"

손님의 입에서 담배냄새와 입냄새가 동시에 풍긴다. 지독하다. 양치질을 해도 냄새가 지독한 손님들이 있다. 그런 사람들은 대개 소화기관이 안 좋은 사람들이다. 민은 속으로 호흡을 가다듬는다. 퇴짜를 놓는다고 순순히 물러서면 영업을 못한다.

"죄송합니다. 여안마사들은 모두 다른 방에 들어가서요. 대신 제가 써비스를 확실히 해올리겠습니다. 설렁설렁 주무르다가 마는 것보다 경락을 짚어가며 안마를 받는 게 몸에도 훨씬 좋습니다. 피로가 싹 풀리지요."

민은 최대한 싹싹하게 말하고는 손님의 대답을 기다린다.

"그럽시다 뭐."

손님의 목소리가 떨떠름하다. 손님들은 여안마사의 부드럽고 섬세한 손길을 기다린다. 그걸 모르는 민이 아니다. 목소리의 굵기로 봐서 손님은 사십 중반쯤이다. 안마시술소를 찾는 대개의 손님들은 사십대가 가장 많고, 다음이 삼십대다.

"옆으로 누우세요."

민은 맨 먼저 손님의 목덜미를 만진다. 두껍고 짧은 목인데다 벽돌처럼 딱딱하게 굳어 있다. 목만 만져봐도 배가 맹꽁이처럼 튀어나왔고 혈압이 높다는 걸 느낄 수 있다.

"목이 많이 굳어 있네요. 혈압이 높으실 것 같은데 살을 좀 빼셔야겠어요."

민은 능숙하게 손님의 몸상태를 진단하고 처방도 내려준다. 이렇게 하면 손님들은 민을 신뢰한다. 손님들은 자신의 몸상태에 대해 민감하게 반응한다.

"생활이 불규칙하니까 그것도 어려워요."

사내의 목소리가 훨씬 부드러워져 있다. 생활이 불규칙하다면 직장인은 아니다. 그럼 혹시 자영업자? 은행원, 대기업 사원, 기자 들에 비해 자영업자들은 잘난 척을 하지 않아 좋다. 잘난 척을 하는 사람들은 자기가 무슨 큰일이나 하는 것처럼 어깨에 힘을 준다. 게다가 툭하면 따지고 들면서 목소리를 키운다.

민은 어깻죽지를 꽉꽉 만진다. 손님은 아픔을 참느라 낑낑거린다. 아파도 손가락에 힘을 주어 안마해야 뭉친 근육이 풀린다. 근육이 뭉쳐 있으면 자칫 혈이 막히기 쉽고, 혈이 막히면 동맥이 경화를 일으킨다. 지금이야 건강하다고 생각해서 몸을 함부로 굴리지만 예고도 없이 병이 찾아오면 그때야 불을 만진 듯 펄쩍 뛴다. 그래봐야 이미 늦었다.

"친구분들과 함께 오셨어요?"

"혼자 왔수다. 비가, 썩을놈의 비가 추적추적 내리는 바람에."

"비가 와요? 밖에 나가질 못하니 알 수가 있어야지요."

그러나 민은 비가 온다는 걸 알고 있었다. 대기실 창문을 두들기는 빗줄기 소리도 들었고 복도에 깔린 카펫에서도 비냄새를 맡았다. 그리고 무엇보다 손님이 없을 수요일인데 초저녁에 벌써 첫손님을 받은 것이다. 민은 천천히 그리고 꼼꼼하게 안마한다. 손님의 몸을 구석구석 찾아 딱딱하게 굳은 살을 풀고 막힌 혈을 뚫는다. 사내는 끙끙 앓으면서도 시원하다는 말을 연발한다. 이 정도면 성공인 셈이다. 민은 마지막으로 사내의 발바닥을 더듬어 꽉 막혀 있는 경락을 조심스럽게 주물러 푼 뒤에야 안마를 끝마친다.

"끝났습니다. 그럼 쉬세요."

민은 공손하게 인사를 하고 물러선다.

"아, 잠깐만."

일어서려는 민을 손님이 붙잡는다.

"안마 더 받으시게요?"

안마를 더 받자는 손님은 거의 없다. 안마를 받으려고 안마시술소를 찾는 손님도 간혹 있지만 대개는 매춘을 하려고 온다.

"내 평생 이렇게 시원한 안마는 처음 받아봐서. 이거 몇푼 안되는 거지만 받아두시오."

사내가 민의 손에 팁을 쥐여준다. 감촉으로 봐서 만원짜리다. 만원짜리 한장은 별거 아니지만 하루에 한번만 받아도 한달이면 제법 모인다. 티끌 모아 태산이다. 민은 언제나 팁을 고맙게 받는다. 팁을 받아내는 것도 재주다.

"고맙습니다. 그럼 쉬세요."

민은 방을 나와 복도에 있는 인터폰을 누른다. 초저녁인데도 계산대 아가씨의 목소리에 고단함이 묻어 있다. 하룻밤에 많게는 스무 명까지 혼자서 상대할 때가 있으니 곤죽이 될 만도 하다. 안마시술소에서 매춘을 하려면 보증금을 내야만 한다. 보증금을 냈기 때문에 아가씨 하나하나가 곧 소사장들인 셈이다.

"310호 끝났습니다."

"예, 수고하셨어요. 508호로 가세요."

"예에."

민은 엘리베이터를 탈까 하다가 그냥 계단으로 간다. 확실히 비가 추적추적 뿌리는 날에는 손님들이 많다. 세차게 쏟아지는 소나기는 손님들을 오히려 빼앗아가지만 가랑비나 이슬비는 손님을 끌어당긴다. 비가 내리면 마음의 허기가 더 심해지는 모양이다. 손님들은 마음의 허기 때문에 여자를 산다. 사실 안마시술소에서의 섹스는 도덕과는 상관없는 일이고 뭐랄까, 미장원에서 머리를 깎는 것과 마찬가지다. 특히 미용사한테 가장 중요한 것은 하루에 얼마를 버느냐다. 돈은

늪이다. 모든 사람이 늪에 빠져서 허우적거린다.

508호의 손님은 환갑이 넘은 노인장이다. 노인답지 않게 피부가 탱탱하다. 아랫배가 처진 것을 빼고는 건강한 몸이다. 그러나 아가씨들이 가장 싫어하는 손님이 환갑이 넘은 노인들이다. 돈 때문에 어쩔 수 없이 손님으로 받아들이긴 하지만 방을 나와서는 모두들 툴툴거린다. 노인이 주책이라느니, 늙은이가 더한다느니. 민이 상대한 이 노인은 은근히 정력을 자랑한다. 민은 무심하게 늙은이의 자랑을 들으며 안마를 한다. 노인네들은 살짝만 만져도 죽는 소리를 낸다.

새벽 다섯시를 넘기자 겨우 쉴 짬이 난다. 한 아가씨가 함께 온 친구 세 명을 돌아가면서 상대하기도 했으니, 무척 바쁜 밤이었다. 이제 오후 다섯시까지는 일이 없다. 대낮에도 종종 손님이 있지만 차례가 쉽게 돌아오지 않는다. 손님들은 딱딱한 남자의 손길보다는 야들야들한 여자의 손길을 더 좋아했다. 당연히 남성 안마사들은 대기실에 앉아 차례를 기다려야 했다. 그래도 민은 나은 편이었다. 경락을 짚어가며 안마를 하기 때문에 많지는 않지만 단골손님이 생겼다.

민은 대기실에서 눈을 붙인다. 몸이 쑤시고 아프면서 축 늘어지는 느낌이다. 다른 동료들은 곧 잠에 빠져든다. 쉽사리 잠이 찾아오지 않는다. 이렇게 쉬이 잠들지 않는 시간이면 가족들이 보고 싶다. 가족들한테 피해를 주기 싫어 집을 떠난 지 몇몇해던가? 돌이켜보면 아득하기만 하다. 돌이키지 않으려고 해도 저절로 뇌리에 떠오르는 얼굴들이 있다. 또렷한 형상은 사라지고 윤곽만 남은 얼굴들. 민은 베개를 끌어안고 뒤척인다.

어머니의 얼굴이 떠오른다. 환갑이 지났건만 어머니는 여전히 쉰 중반의 나이로 뇌리에 기억되어 있다. 민은 여동생의 결혼식에도 어머니의 환갑에도 아버지의 장례식에도 가지 않았다. 어머니의 환갑은 알면서도 가지 않았고 여동생의 결혼식이나 아버지의 장례식은 아예 몰랐다. 나중에 어찌어찌해서 알았지만 전화 한통 하지 않았다. 그랬다. 모르는 것이 차라리 나았다. 가족의 짐이 되기는 자존심이 허락하질 않았다. 어머니나 여동생은 몸을 팔아서라도 돈을 댈 테니 미국까지 가서 수술을 받든지 각막을 기증받자고 했지만 그건 안될 말이었다.

　시력을 잃었을 때 정작 당사자인 민보다도 가족들이 더 절망했다. 절망에 빠지긴 쉬워도 희망의 끈을 잡고 일어서기란 무척 어려운 일이다. 공사장 막일꾼인 아버지는 날마다 막걸리에 취해 돌아왔고 어머니는 먼하늘만 바라보며 땅이 꺼져라 한숨을 내쉬었다. 여동생은 다니던 회사의 경리를 때려치우고 접대부가 되겠다며 선금으로 몫돈을 가져왔다. 여동생이 몫돈을 가져오던 날 민은 집을 떠났다. 그리고 캄캄한 세상을 더듬거리며 오늘까지 살아온 거였다. 어떻게 살았는지 아득하기만 하다. 이건 사는 게 아닌데, 아닌데, 하면서 여기까지 왔다.

　머리가 빠개지듯 아프다. 아까 낮에 어떤 사람이 찾아왔다. 원장의 친척이라는데, 사실인지 아닌지는 중요하지 않은 그런 사람이었다. 그 사람은 민한테 안마시술소를 함께 하자고 말했다. 현행법에 의하면 안마시술소는 안마사 자격증을 가진 맹인한테만 허가가 나온다. 자금이 아무리 많다고 해도 맹인이 아닌 사람은 안마시술소 허가를 받을 수 없다. 안마시술소 원장이 되면 안마를 하지 않아도 지금보다 수입이 훨씬 더 많다. 그러나 민은 확답을 미루었다.

　맹인 안마사들의 꿈은 뭐니뭐니해도 역시 안마시술소의 원장이 되는 것이다. 돈이 많아서 직접 안마시술소를 차린다면 더욱 좋겠지만 그게 아니라면 이름을 빌려주고 원장이 되어 월급을 많이 받는 것도 나쁘지 않았다. 안마사들은 안마사들끼리 결혼을 하기 때문에 원장이 되면 살림도 제대로 할 수 있는 이점이 있었다. 같은 안마시술소에 근무하는 부부라고 해도 잠자리를 같이하는 것은 하늘의 별따기다. 보름에 한번 정도 휴무나 되어야 밖으로 나가 여관에서 잠자리를 함께하는 정도다. 안마사들은 부부라고 해도 살림을 차리지 않았다. 살림을 차리지 않으니 당연히 함께 지낼 방도 없다. 그래서 여관을 찾는 것이다. 그러나 원장이 되면 여러가지로 살기에 편하다. 당장에 안마를 하지 않아도 될뿐더러 살림도 차릴 수 있다.

'골치아픈 일은 그만 접고 우선은 눈을 붙이자. 눈을 붙여야 또 일을 하지.'

민은 잠이 찾아와주기를 고대한다. 그러나 잠은 점차 멀리 달아난다. 오히려 정신은 말똥말똥하다. 눈꺼풀이 무겁다. 눈을 감는다. 제발 잠이, 휴식처럼 평화로운 잠이 찾아와주기를 간절히 기원한다. 요즘 민은 불면증에 시달리고 있다. 어차피 보이지 않으니까 눈이야 감건 뜨건 아무 상관이 없지만 문제는 잠이었다. 이 생각 저 생각을 하다가 뒤척이다보면 어느새 오후 세시였다. 안마시술소에서는 오후 세시가 아침이다. 잠을 못 자면 눈이 쑤시고 아프다. 쓸모도 없는 눈이.

'결단을 내려야지. 언제까지 안마만 하고 살 거야? 곧 마흔이라고. 그 나이에도 손님들 안마나 해주고 있을 거야? 조금만 투자하고 원장이 되면 인생이 확 바뀌는 거라고. 손해볼 거 없으니까 이것저것 따지지 말고 마음 정하라고. 누이 좋고 매부 좋자는 건데 뭐. 생각하고 자시고 할 게 뭐 있어.'

사내의 말은 역시 유혹적이었다. 저축해둔 돈과 융자를 좀 받아 일억 정도만 투자하면 편안하게 살 수 있다. 민은 다행히 마누라와 자식이 없으니 설사 돈을 떼이거나 사기를 당한다고 해도 큰 타격은 아니다. 더군다나 장애인이니까 은행에서 융자도 쉽게 해준다. 사업자등록증과 건물 임대차계약서만 있으면 일억 정도는 쉽게 융자받을 수 있다. 이런저런 생각이 꼬리에 꼬리를 문다. 머릿속의 온갖 잡생각을 모조리 비워버리고 싶은데 그게 무척 어렵다. 속으로 숫자를 헤아려 잡생각을 쫓아본다.

"아, 정말 더러워서."

옆에 누워 있던 맹인학교 출신의 현수가 혼잣말로 투덜거리더니 자리에서 벌떡 일어난다. 자는 줄 알았더니 아닌 모양이다. 민은 모른 척한다. 스물다섯인 현수는 지난달에 결혼한 뒤로 신경이 무척 날카로워져 있다. 현수의 아내도 송림온천에서 안마사로 일하고 있다. 상당한 미인이라는 말을 우연히 들었다. 눈만 멀지 않았다면 미스 코리아나 영화배우를 했을지도 모를 미모를 지녔다고 계산대 옆에서 구두를 닦는 총각이 떠들자 아가씨들이 맞장구를 쳤다.

"개자식들!"

뭔가에 무척 화가 난 모양이다. 현수가 냉장고 문을 연다. 뭔가를 꺼내 뚜껑을 딴다. 치지직, 가스 빠지는 소리가 들리지 않는 것이 콜라, 사이다, 맥주는 아니고 소주가 분명하다. 현수의 목으로 뭔가가 쿨렁쿨렁 넘어가는 소리가 들린다. 소주냄새가 민의 코를 자극한다. 이 정도 되면 모른 척할 수가 없다. 민은 몸을 일으킨다.

"왜 그래? 자다 말고."

"정말 더러워서. 형님이 들어오시기 전에 형자가 찾아왔는데…… 우세스러워서 말을 꺼내야 하나 말아야 하나?"

현수가 다시 소주를 두어 모금 넘긴다. 안주도 없이 소주를 나발 불만큼 화가 단단히 났다.

"뭔데 그래? 그러지 말고 나도 한모금 하자."

현수가 소주병을 민한테 넘겨준다. 민은 병 주둥이를 손바닥으로 닦고 한모금 마신다. 칼칼한 소주가 식도를 타고 내려가 위장으로 떨어진다. 위장이 맵싸하게 저려온다. 민은 진저리를 친다.

"안마를 해주는데 손님이 갑자기 형자를 덮쳤다는 겁니다. 개새끼. 간신히 빠져나왔다는데…… 울고불고하는데 불쌍해 죽겠더라구요."

현수는 흥분해서 침을 튄다. 침 몇방울이 민의 얼굴에 묻는다.

"………"

그러나 뭐라고 위로할 것인가? 민은 그저 답답하기만 하다. 가끔 손님들은 여안마사들을 매춘녀로 착각하기도 한다. 안마시술소에서 일하는 여자니까 당연히 몸도 팔겠거니 하는 착각 속에 돈을 내놓고 매춘을 요구한다. 여안마사들이 거절하면 가끔 그냥 덮치는 손님들도 있다. 그런 일이 생기면 안마사들은 남녀를 불문하고 참담해진다.

"아무리 그래도 그렇지, 형님, 이래도 되는 겁니까 정말!"

현수는 소주병으로 방바닥을 내리친다. 그 바람에 옆에서 코를 골며 자고 있던 택시운전사 출신의 경식이 벌떡 일어난다.

"잠 좀 자자, 잠 좀 자! 시끄러워서 잠을 못 자겠네."

경식은 뒤끝이 없는 반면에 성미가 괄괄하다.

"알았어. 조심할 테니까 그냥 자."

민은 괄괄한 성격의 경식을 도로 누인다. 경식은 투덜거리며 눕더니 오래지 않아 코를 드르렁드르렁 골기 시작한다. 눕기만 하면 잠이 드는 경식이 부럽다. 여태까지 민이 만난 남자 안마사 중에서 경식만 선천성 시각장애인이 아니었다. 시각장애인이 아니었을 때의 추억을 민은 좀체 꺼내지 않지만 경식은 자주 꺼내는 편이다.

민은 현수를 달랜다. 현수는 벽에다 머리를 쿵쿵 찧으며 울다가 조용해진다. 민은 마음이 착잡해진다. 안마시술소는 안마를 위한 업소지만 그러나 대표적인 매춘업소다. 손님들은 안마사들한테 안마를 받기보다는 보조접객원인 아가씨들과의 매춘을 원한다. 수요가 있으니 공급이 있고, 공급이 있으니 수요가 발생하는 시장의 법칙만이 존재하는 곳이다. 민이 일하고 있는 송림온천도 예외가 아니다. 송림온천에는 온천이 없다.

금요일이다.

토요일이나 공휴일 바로 전날에는 손님이 많다. 주로 근처의 회사에 다니는 사람들이 술을 마시고 들어와 밤을 새워 고스톱이나 포커를 치면서 안마를 받고 아가씨한테 써비스를 받는다. 일주일 중에서도 금요일이 가장 바쁘다. 대기실에 들어가 숨을 고를 틈도 없다. 아가씨들은 아가씨들대로 손님 회전이 늦다며 안마를 대충대충 하라고 성화를 부리는 날이 금요일이다.

민과 현수와 경식은 오후 네시에 든든하게 식사를 하고 손님을 기다린다. 경식은 말이 많다. 각막에 저장된 추억의 풍경이 뇌리에 고스란히 남아 있다는 증거다. 민은 경식이 설악산에 단풍놀이 갔던 얘기를 들으며 그의 기억창고에 저장된 온갖 색깔들이 하루라도 빨리 지워지기를 빈다. 색깔을 지우지 않으면 가끔씩 포악해진다. 민도 그것을 경험했다.

특히 사랑한 여인의 속옷 색깔이 뇌리에 떠오르는 날이면 깡소주를 벌컥벌컥 들이마셔야 겨우 견딜 수 있었다. 그것뿐인가. 함께 갔던 바다의 검푸른 색깔과 넘실거리던 파도의 흰 포말이며 드높이 비상하던 갈매기들, 산기슭에 핀 나리꽃과 며느리밥풀꽃, 산사(山寺)의 처마끝에서 손을 잡고 보던 초승달. 아아, 깊고 푸른 밤하늘에 미끄러지듯 걸린 그 초승달처럼 아름답던 여인의 아미란……

민은 도리질을 치며 그 모든 것을 떨치려 몸부림친다. 수술이 끝나고 붕대를 풀 때가 떠오른다. 그 순간을 민은 영원히 잊지 못할 것이다. 정신과 치료를 받으면서 미리 알고는 있었지만 눈에 붕대를 감고 있어서 보이지 않는다는 것을 실감하진 못했다.

붕대가 풀렸다. 의사가 손가락으로 눈꺼풀을 조심스레 벌렸다. 보이지 않았다. 암흑. 민은 암흑을 향해 손을 뻗어 내저었다. 누군가의 손이 잡혔다. 꺼칠꺼칠한 살갗. 어머니의 손이 바르르 떨렸다. 끄윽, 꺽. 어머니는 울음을 참느라 온몸을 떨고 있었다. 민은 어머니의 손을 놓았다.

"………"

이게 정말일까? 캄캄한 방에 잘못 들어온 건 아닐까? 왜 이렇게 어두운 걸까? 누가 라이터라도 켰으면 좋으련만. 정말이지 영원히 볼 수 없다는 거야? 아니야, 이건 현실이 아닐 거야. 지금 꿈을 꾸고 있는 거야. 그래, 눈을 번쩍 뜨고 어머니를 보자. 그런데 왜, 눈이 떠지지 않는 거야? 눈을 뜨고 보자. 민은 안간힘을 썼다. 아무리 눈을 뜨고 세상을, 사람들을 보려고 해도 캄캄할 뿐이었다. 민은 손을 뻗어 휘저어보았다. 누군가의 손이 잡혔다. 손이 잡혔다는 것, 분명히 볼 수 없다는 증거였다. 볼 수 없다면 죽은 목숨이나 마찬가지 아닌가. 민은 어머니의 손을 가만히 놓고 고개를 번쩍 들었다. 빛이 하나도 느껴지지 않았다.

"민아, 민아, 이눔아아!"

어머니의 울부짖는 소리가 귀청을 때렸다. 소리는 들리는데 사람이 보이지 않았다. 어머니가 소나무 껍질처럼 거친 손바닥으로 민의 얼굴을 쓰다듬으며 울부짖었다. 민은 어머니의 손을 얼굴에서 밀어냈다. 왜 만지는 거야. 조금만 기다리면 볼 수 있는데…… 그래도 어머니는 민의 얼굴에서 손을 떼지 않았다.

"어머니, 이러시면 안돼요. 진정하세요. 뒤로 나오세요."

간호사가 어머니를 말리는 소리에 이어 까칠까칠하던 손바닥이 뺨에서 멀어졌다. 누군가의 손가락이 눈꺼풀을 뒤집었다. 부드러우면서 끈적한 느낌의 손가락이었다.

"괜찮습니까?"

귀에 익은 의사의 목소리가 들렸다. 어머니의 울음소리가 가늘게 들려왔다. 까마득히 높은 절벽 끝에 서 있는 기분이었다. 남은 것은 오직 소리뿐이었다. 뒤로 돌아설 수도 없고 앞으로 나갈 수도 없는 곳에서 휘청거리며 서 있는 기분.

"………"

괜찮지 않았다. 그래서 대답을 않고 침묵했다. 괜찮다고 말하는 것은 거짓이었다. 의사가 다시 눈꺼풀을 뒤집었다. 흐릿한 빛이 느껴졌으나 각막 전체가 아팠다. 눈꺼풀을 닫았다. 흡흡거리며 울음을 참는 거친 호흡소리가 들렸다. 어머니의 흐느낌보다 조금 덜 끈적거리는 소리였다. 누굴까?

"승애니?"

민은 소리가 나는 쪽으로 얼굴을 돌리고 손을 내밀었다.

"오빠아."

울음이 섞인 대답소리가 들렸다. 허공을 내젓는 민의 손에 누군가의 손이 잡혔다. 손가락이 가늘었다. 오른손 중지의 끝부분에 볼펜 굳은살이 느껴졌다. 언젠가는 작가가 되겠다며 일기를 꼬박꼬박 쓰던 승애. 그 때문인지는 몰라도 중지 끝마디에 제법 불룩한 굳은살이 박혔다. 그게 아니라도 민은 승애의 손이라는 걸 알 수 있었다.

"괜찮아, 오빠?"

승애가 민의 얼굴을 손바닥으로 쓰다듬으며 물었다. 민은 승애의 손을 잡아 뺨에서 떼어냈다.

"괜찮지 않아."

식구들이나 승애를 위로할 수가 없어서 민은 솔직하게 대답했다. 어머니가 한숨을 몰아쉬면서 코를 훌쩍거리는 소리가 들렸다. 그러더니 감정을 이기지 못하고 또 통곡했다. 민은 얼굴을 찌푸렸다. 통곡한다고 사라져버린 시력이 돌아오기라도 한단 것인지…… 이제부터는 장님이다. 지하철에서 하모니카를 불며 구걸하면서 살아야 하는 장님이 된 것이다. 민은 아이의 손에 끌려가며 구슬픈 찬송가를 부르던 어느 날의 지하철 풍경을 떠올렸다. 그때 손에 든 바구니에 동전 한닢이라도 던져 넣었던가? 넣었던 기억이 없다. 괴로웠다.

"오빠."

승애가 민을 와락 끌어안았다. 민은 멍청하게 앉아 있을 뿐이었다. 갑자기 모든 것이 짜증스러웠다. 피로감이 몰려왔다. 의사가 마음을 편히 가지라는 말을 남기고 병실을 나갔다. 장님으로 살 바에야 죽는 게 나았다. 민의 뇌리 속에는 죽음이라는 두 글자만 남아 있었다.

"혼자 있고 싶어요."

혼자 있고 싶다는 말을 여러번 되풀이해서야 어머니와 승애가 병실

밖으로 나갔다. 민은 병상에 누웠다. 모든 것이 캄캄했다. 아무리 눈꺼풀을 밀어올려도 사물이 보이지 않았다. 마지막으로 본 것이 뭐였던가? 월간지의 광고가 붙어 있는 지하철 안? 지하철 1호선 인천 종점의 스산한 풍경과 역무원의 제복? 아니 키가 무척 큰 어떤 사내의 번들거리는 눈동자? 그전에는 무엇을 봤던가? 무언가가 눈을 스쳐지나갔는데?

지하철 1호선 인천행 막차 안의 풍경은 노란 은행잎이 바람에 날리는 오후의 한때처럼 스산했다. 승객들은 그리 많지 않았다. 술에 취해 늘어진 사람이 민의 맞은편에 앉아 정신없이 자고 있었다. 구겨진 양복처럼 의자에 널브러진 오십대의 그 남자를 보고 있었던가? 그 남자를 보며 공장장을 생각했던가? 마음씨 좋은 아버지처럼 생긴 외모와는 달리 야비하고 음모에 능했던 공장장을? 그랬던 것 같다.

어디에서부터 잘못되었을까? 무엇을 잘못했길래 이런 형벌을 받아야 하나? 앞을 못 보고 장님으로 사느니 차라리 죽는 게 나을지도 몰라. 승애는? 헤어지는 것이 옳아. 승애한테 곁에 있어달라고 하는 건 이기주의야. 설사 승애가 곁에 있겠다고 해도…… 보내야지. 그게 사랑이야. 승애한테 무엇을 줄 수 있단 말인가? 사랑도 꿈도 미래도 줄 수가 없는데……

오, 하느님! 하필이면 나입니까? 나름대로 열심히 살아왔는데 어찌하여 내게 이런 가혹한 시련을 주십니까? 내가 무엇을 잘못했습니까? 당신은 어디에 있습니까? 있다면 대답해주세요, 제발.

죽고 싶었다. 왼손을 더듬어 오른손 손등에 꽂힌 링거의 줄을 억지로 끊었다. 슬프지도 않았고 분노가 치밀어오르지도 않았다. 아니 어쩌면 분노가 너무 컸는지도 몰랐다. 견딜 수 없을 정도로 화가 났다.

민은 눈을 감았다. 이대로 죽는다면 그것도 행운이라고 생각했다. 면도칼이 있다면, 그걸로 동맥을 자른다면 확실할 텐데. 잠시 후 누군가들어왔다가 비명을 지르며 나갔다. 거칠게 문 열리는 소리가 들렸고어머니와 승애의 비명이 아득하게 멀어져가는 의식의 꼬리를 붙잡았다. 어머니가 민의 목을 껴안고 울음을 터뜨렸다. 누군가가 어머니를억지로 떼어냈다. 이름을 부르며 울부짖는 어머니. 민은 그 울부짖음에 짜증이 났다.

"이게 무슨 짓입니까?"

목소리로 보아하니 치료를 맡은 레지던트였다. 그가 버럭 화를 내며 응급처치를 했다. 새로운 링거가 민의 팔에 꽂혔다.

"피가 역류하지 않습니까? 어머니를 생각해야지요!"

어머니를 생각하라는 레지던트의 말에 민은 그의 얼굴에다 한방 먹이고 싶었다. 하지만 민은 입술을 깨물며 고개를 옆으로 젖히고 누워있을 뿐이었다. 끈적한 피 때문에 시트도 젖었다. 간호사가 시트를 교체하는 동안 민은 휠체어에 앉아 있었다. 창밖에다 시선을 던지고 싶었건만 창이 어딘지 알 수 없었다.

병원생활은 힘들었다. 일분 일초라도 곁에서 떨어지지 않는 어머니. 소리는 들리는데 보이지 않는 텔레비전. 주치의 판에 박은 질문과 어머니의 하소연. 짜증이 머리 꼭대기까지 차오른 적이 한두 번이아니었다. 눈알이 쑥쑥 쑤시는 통증은 오히려 견딜 만했다. 하지만 어머니의 한숨은 오장을 뒤집어놓기 일쑤였다. 처음 붕대를 풀 때는 분노가 먼저 치밀어 잘 몰랐지만 시간이 흐를수록 보이지 않는다는 게실감났다.

퇴원하고 집으로 돌아왔다. 차라리 다리를 잘린 것이 훨씬 낫다는 생각이 들었다. 무엇을 하든지 간에 두 손을 앞으로 내뻗고 더듬거려야 하는 것이 너무 싫었다. 화장실에 갈 때도 로봇처럼 손을 앞으로 쭉 뻗어 벽을 더듬어야 했다. 밥을 먹을 때도 그랬다. 보다못한 어머니가 반찬을 집어주면 민은 손으로 쳐버렸다. 방바닥으로 떨어지는 반찬그릇 소리들. 어머니는 툭하면 울음을 터뜨렸다.

동료들이 찾아와 위로랍시고 떠들고 간 날이면 몸보다 정신이 먼저 지쳐버리곤 했다. 아무도 찾아오지 않기를 간절히 기도했다. 승애는 날마다 찾아와 책을 읽어주었다. 헬렌 켈러의 전기를 읽어주면서 민이 다시 일어서기를 기원했지만 민은 그게 더욱 싫었다. 공장에서 퇴근하고 돌아오면 승애는 파김치가 되어 있었다. 그래도 승애는 민과 함께하려고 무진 애를 썼다. 민은 그것을 알고 있었고 그 때문에 더더욱 부담스러웠다. 민은 독하게 마음을 먹고 승애를 보낼 궁리를 짜냈다. 하루는 승애가 잔업 때문에 늦게 도착했다.

"너한테서 남자냄새가 나."

민은 억지를 부렸다. 사실 승애의 몸에서는 코르덴 원단의 매캐한 먼지냄새만 날 뿐이었다. 하루종일 미싱만 밟다가 온 사람을 이런 식으로 몰아붙인다는 것이 가슴아팠지만 질질 끌 수는 없었다. 지금은 고통스러울지라도 나중을 생각해야만 했다. 언젠가 한번은 닥치고야 말 이별이었다.

"정말 보자보자 하니까? 말 다했어?"

승애가 따지고 들었다. 승애가 그럴 여자가 아니란 것을 누구보다 잘 아는 사람은 바로 민이었다. 하지만 기나긴 불행을 함께 나누기엔 승애는 너무 젊었다. 승애를 고통의 굴레에서 내보내고 싶었다.

"다했다, 어쩔래?"

스스로 생각하기에도 유치했지만 다른 방법이 없었다. 민은 소리를 질렀다. 바깥에서 어머니가 무슨 일이냐며 서성거렸지만 민은 개의치 않았다. 승애의 가슴을 난도질할 만한 말들로 골라서 염장을 질렀다.

"흡흡……"

승애가 울며 뛰쳐나갔다. 민은 벽에다 머리를 쿵쿵 박았다. 그래도 승애는 출퇴근을 민의 집에서 하다시피 했다. 인천에서 구로공단까지는 꽤 먼 거리였다. 민은 승애를 집요하게 괴롭혔다. 처음엔 승애가 쉽게 포기할 줄 알았다. 그러나 승애는 민을 포기하지 않았다. 힘겨운 출퇴근을 반복하면서 민을 돌보았다. 노조 일 때문에 피치 못하게 가끔 외박이라도 하게 되면 반드시 미리 알려주었다. 언뜻 보면 연약한 여자에 불과하지만 속이 꽉찬 사람이었다.

"승애야, 지난번에 내가 괴롭힌 거 미안하게 생각해. 하지만 내가 이런 꼴이라 너한테 짐이 될까 두려워. 여전히 너를 사랑하지만, 더 늦기 전에 헤어지자."

민은 솔직히 말했다. 더 솔직히 말하면 승애와 헤어지고 싶은 마음이 없었다. 그렇지만 불행의 너울을 덧씌워 평생토록 고통 속에서 살게 한다는 것은 사람으로서 할 짓이 아니었다. 일방적으로 고통을 강요할 수밖에 없는 사랑이라니, 그런 사랑이라면 포기하는 게 옳았다. 배신의 장미를 받아 그 가시에 찔려 가슴에 피를 흘리는 것도 아니면서 사랑을 포기한다는 건 삶 전체에 대한 포기였다. 민은 포기를 결심했다.

"그러지 마, 오빠. 헤어질 수 없어. 우리가 어떻게 살아왔어?"

승애가 또박또박 말했다. 민은 즉시 대답하지 않았다. 인간다운 삶을 위하여 좁은 자취방에서 얼마나 많은 고통을 견뎠는가? 잔업에 지

친 몸으로 돌아와 상대방을 위하여 밥을 짓고 콩나물국이라도 끓이면
서 책을 손에서 놓지 않았던 밤들. 공식적인 학력이야 일찌감치 포기
했지만 사랑하는 사람을 위해 내면을 튼튼하게 꾸려야 한다고 다짐했
던 순간들. 그것은 사랑에 대한 예의였다. 그리고 운동을 위해서도 정
치 경제 문화 역사 철학에 대해 코피를 술술 흘리면서까지 공부했다.
가끔 농담으로, 진작에 이렇게 공부했다면 서울대 수석을 했을 거라
며 서로를 격려하기도 하면서.

"그랬어."

그것마저 부정할 수는 없었다.

"그래, 오빠. 우리가 가장 중요하게 여긴 것은 인간다운 삶이었어.
그건 지금도 마찬가지야."

승애의 말에는 부정할 수 없는 힘이 들어 있었다. 그러나 그것들이
지금 무슨 소용이 있단 말인가?

"난 오빠를 떠나지 않아. 그건 내 방식이 아니야. 누가 뭐라든 난,
내 방식대로 살 거야."

승애는 고집이 센 여자였다. 민은 승애의 고집을 인정했다. 승애는
기어이 민의 방으로 들어왔다. 하지만 민은 승애의 몸을 탐하지 않았
다. 어쩌다 일찍 퇴근하는 날이면 승애가 건드렸지만 민은 기분 나쁘
지 않게 거부했다. 민은 한마리 벌레가 된 기분으로 살았다. 낮과 밤
이 교차하는 줄도 몰랐지만 어쨌든 시간은 흘렀다.

눈을 잃자 귀를 얻었다. 어둠에 익숙해질수록 소리에 민감하게 반
응했다. 어머니가 가끔 흐느끼는 소리, 째깍거리는 시계소리, 발걸음
소리, 아버지의 주정소리, 여동생의 사삭거리는 치마소리, 텔레비전
에서 흘러나오는 즐거운 웃음소리…… 세상은 온통 소리로만 이루어

져 있었다. 예선에는 듣지 못했던 소리들도 귓바퀴에 걸려들었다. 그 소리들이 싫어서 귀마개를 사용했다. 귀마개를 하면 웅웅거리는 소리 때문에 머리가 돌아버릴 지경이었다. 참다못한 민은 귀마개를 빼버렸다. 아침에 아버지와 여동생과 승애가 출근하고 나면 집안은 괴괴했다. 어머니가 끼니마다 밥상을 들고 왔지만 수저를 들지 않을 때가 더 많았다. 민은 어머니와 자주 다투었다.

"내 눈이라도 넣어주마. 내 목숨하고라도 바꿔서 눈을 뜨게 해줄 테니 잠시만 참고 기다려라, 응. 이 에미가 간절히 부탁헌다. 내 눈이라도 넣어서 니놈 눈을 뜨게…… 어어엉, 민아아!"

이런 걸 두고 절망이라고 하는지…… 민은 어떤 책에서 절망은 희망의 또다른 이름이라는 문장을 읽은 적이 있었다. 당시엔 그렇다고 고개를 끄덕였지만 지금은 웃기는 개소리였다. 절망해보지 않은 사람의 말장난이라는 생각에 그 문장을 쓴 작가를 증오했다. 그날 밤 퇴근하고 돌아온 여동생이 민을 찾았다.

"오빠, 엄마를 괴롭히지 마. 엄마가 무슨 잘못이 있어. 그렇게 된 건 오빠 책임이기도 하잖아. 엄마가 시켰어? 아니잖아. 그러니 엄마 괴롭히지 마. 나 오늘 직장 그만뒀어. 몸이라도 팔아서 오빠 눈뜨게 해줄 테니까 제발 엄마 좀 그만 괴롭혀. 그리고 돈 가져왔어."

여동생의 말을 듣는 순간, 민은 집을 떠날 때가 되었다고 느꼈다. 밤 늦게 민은 곤히 잠든 승애의 손가락을 가만히 어루만졌다. 오른손 중지의 끝마디에 박힌 작은 혹. 미싱 바늘에 찔려 손톱이 빠졌던 엄지. 쪽가위에 수없이 상처를 입은 손가락들. 그 모든 것을 두고 민은 떠나야 했다. 그렇게 승애와의 마지막 밤이 지났다.

민은 만반의 준비를 하고 어머니가 집을 비우기만을 기다렸다. 어머니가 시장에 나간 사이 민은 쪽지 한장 남기지 않고 더듬거리며 집을 떠났다. 민이 맨 처음 찾은 곳은 맹인복지협회에 등록되어 있는 안마사협회였다. 어떻게든지 살아가려면 그 방법밖에는 없다고 생각했다.

집을 나올 때 민은 승애의 현금카드를 챙겨가지고 나왔다. 그 돈으로 방을 얻었다. 안마사협회에서 도와주지 않았더라면 방을 얻지도 못했을 터였다. 그 방에서 첫밤을 지내면서 앞으로는 그 누구의 도움도 받지 않겠다고 다짐했다. 약간의 등록비를 내고 민은 안마를 배웠다. 자격증만 따면 취직은 금방 된다는 말에 사력을 다했다.

민은 하루에 한끼씩 자장면으로 허기를 때웠다. 나중에는 입에서 자장면 냄새가 술술 풍겼다. 몸에도 자장면 냄새가 밴 느낌이었다. 자장면 냄새만 풍겨도 구역질이 났다. 자격증을 따자 곧장 취직이 되었다. 장안동에 있는 안마시술소였다. 첫손님을 받고 돌아온 민은 화장실에 들어가서 오래도록 울었다. 그러곤 다시는 울지 않으리라 맹세했다. 삶은 엄중해서 감상(感傷)을 허락하지 않았다. 감상에 젖는다고 손님이 더 오는 것도 아니고, 보이지 않는 세상이 보이는 것도 아니었다. 감상은 사람을 허방에 빠뜨렸다. 민은 이를 악물었다.

감상의 끝에는 승애에 대한 회상이 똬리를 틀고 있었다. 전격적으로 동거를 시작했을 때도 떠올랐고, 밥을 먹다가도 눈이 맞으면 서둘러 옷을 벗고 몸을 섞던 순간들도 떠올라 민은 괴로웠다. 피곤한 몸으로 돌아와 책을 읽다가 발가락 하나라도 닿으면 전율하며 발가벗고 뒹굴던 아름다운 시절…… 승애를 남겨두고 떠나왔지만 민의 가슴에 사랑의 풍경은 여전히 울울창창했다.

그 풍경이 민을 괴롭혔다. 어떤 날에는 안마시술소 옥상에 올라가 승애의 이름을 부르며 짐승처럼 울었다. 어떤 날은 엉망으로 취해 벽에다 이마를 쿵쿵 찧으며 울었다. 머리가 깨져 피가 흥건하게 얼굴을 적시기도 했다. 그러나 고통도 시간을 이기진 못했다. 시간이 흐르자 가슴을 서늘하게 베어내던 고통도 잦아들기 시작했다.

"피임은 하는 거여?"

경식이 현수한테 묻는다. 현수는 대답하지 않는다. 민은 현수 옆에 앉아 경식의 수작을 듣는다.

"애 낳지 마. 난 둘째 얼굴도 몰라. 딸인데 씨발, 봉사가 돼서 집에 가니까 핏덩어리가 누워 있더라고. 만지기는 해봤지. 합의금에다 보상금까지 받은 거 몽땅 주고 나왔어. 마누라한테 재혼하라고 했지. 한강에 투신하려고 동작대교엘 갔는데 씨발, 집에서 나올 때 첫째가 아빠 회사 빨리 갔다와,라고 하면서 뽀뽀를 해주던 게 생각나는 거야. 죽을 수가 없더라고. 방황하다가 협회를 찾아갔지. 매달 육아비는 보내는데 모르겠어. 씨발, 애 낳지 마. 애한테 상처 주지 말고. 내가 왜 집구석을 떠났는데? 너 그 심정 아냐?"

경식은 아이들 이야기만 나오면 욕을 많이 한다. 민은 경식의 심정을 충분히 이해하진 못한다. 그래도 무슨 말을 하는지는 대충 짐작이 간다. 아버지가 장애인이라면 아이들도 싫을 것이다. 부모의 장애가 아이들한테 큰 상처가 될 수 있다는 것 정도는 민도 충분히 짐작하고 있다.

"안마사들 중에 애 낳고 키우는 사람들도 있어요. 시각장애가 유전도 아니고."

현수가 변명하듯 말한다. 선천성 시각장애는 유전이 아니라는 현수의 뒷말이 개운치 않다. 민은 유전이라고 믿고 있다. 유전이 아니든 유전이든 아이를 낳았는데 장애인이라면 그건 커다란 죄를 짓는 것이다. 민은 경식의 의견에 약간은 공감한다. 아무런 잘못도 없는데 부모의 장애 때문에 상처를 받아야 한다면 그것은 비극이다. 자식이 무슨 죄가 있겠는가?

"뭐 그럴 수도 있겠지. 하지만 나중에 늙어서 애 앞장세우고 지하철에서 하모니카 불지 말라는 거야. 애한테 못할 짓 시키지 말고 애당초 자네가 꽉 묶든 마누라한테 막으라고 하든지. 그게 죄짓지 않고 사는 거라고. 내 말 잘 들어."

경식의 말이 모조리 옳은 건 아니지만 일리도 있다. 승애라면 어떻게 할까? 아마도 아이를 낳자고 했을 것이다. 승애는 아기에 대한 슬픈 추억을 가슴 깊은 곳에 간직하고 있으니까. 그래서 그런지 아기라는 말만 들어도 민은 가슴이 저리고 아프다.

"잘 모르겠어요."

현수가 시큰둥하게 대답한다. 정상인으로 살다가 시력을 잃은 장애인에 비해 현수의 의식은 약간 다르다. 선천성 시각장애인들이 맹아학교에서 시각장애인으로 세상 사는 법을 배우고 익혔다면 나중에 시각을 잃은 사람들은 그게 아니었다. 선천성 시각장애인들은 세상을 헤쳐나가는 요령이 몸에 익어 있다. 드러내놓고 쉽게 화를 내진 않는다. 속으로만 꿍할 뿐이다. 반면에 나중에 시력을 잃은 장애인들은 절망도 훨씬 깊었고 작고 사소한 일에도 가파르게 반응하게 마련이다.

"506호로 가세요."

인터폰에서 방을 지정해준다. 민은 손목에 차고 있는 맹인용 점자시계를 더듬는다. 시침이 일곱시를 넘기고 있다. 오늘은 첫손님이 좀 늦은 편이다. 현수가 안마를 하러 대기실에서 나간다. 곧이어 경식도 방을 지정받고 대기실에서 나간다. 가을이라서 그런지 쓸쓸하다. 쓸쓸하면 생각이 많아지고, 생각이 많아지면 옛날을 추억하게 된다. 추억이 마냥 아름다운 것만은 아니다. 때로는 치명적인 독약이 될 때도 있다. 옛날 일을 생각하지 말자고 고개를 흔들어보지만 쉽지 않다. 불쑥불쑥 떠오르는 상념을 물리칠 방법이 없다. 그냥 내버려두는 수밖에.

책을 읽고 싶다.

햇살이 들어오는 창가에 앉아 책을 읽으며 가끔씩 창밖의 풍경에 눈길을 던지고 싶다. 붉은 볼펜으로 밑줄을 그으며 읽었던 잊혀지지 않는 구절들, 긴장감을 불러일으키던 사회과학 서적들의 건조한 문장들…… 그 문장들을 읽을 때 얼마나 가슴이 두근거렸던가. 그러나 그 구절들은 지금 까마득한 과거의 시간 속에 매장되어 있다.

가슴아프진 않다. 과거의 시간은 과거의 시간이다. 미래는 알 수 없고 현실은 불투명하다. 분명한 것은 오직 과거뿐이지만 이미 지나가버리고 말았다. 지나가버린 것들에 대해 민은 후회하지 않는다. 뼈저린 반성과 피흘리는 참회도 민을 과거의 시간으로 보내지 못한다. 후회한다고 해서 민의 눈이 돌아오지 않는다.

흘러간 것은 흘러간 것이다. 안마 한번에 만원을 벌 수도 있고 아닐 수도 있다. 방에 들어갈 때마다 만원짜리 지폐 한장을 생각한다. 지폐 앞면 세종대왕 초상의 반대편 아래 쪽에 있는 맹인을 위한 점자 동그라미 세 개가 손끝에 만져지는 느낌. 가끔 그것을 만지면 손끝으로 알 수 없는 슬픔이 전해온다. 물론 그게 전부는 아니다. 그렇다고 부정하지도 않는다. 어쨌든 살아야 한다. 이제 민은 그것도 무심하게 만질 수 있다. 처음에는 잔뜩 긴장을 하고 손가락 끝으로 동그라미를 셌지만 지금은 스윽 지나가기만 해도 동그라미가 몇개인지 알 수 있다.

민은 낮에 안마시술소 원장 자리를 포기했다. 원장을 포기하면서 송림온천을 떠나야겠다고 결심했다. 그런데 문득 지금이 떠날 순간이라는 생각이 든다. 민은 가방을 들고 대기실을 나온다. 대기실에서 나온 민은 걸음을 옮기지 못하고 벽에 기댄다. 문득 머리가 어지럽고 아득해진다. 삶이 이토록 아득해질 수 있다니…… 민은 조용히 송림온천을 나온다. 마땅히 갈 곳이 없다. 민은 지팡이로 앞을 더듬으며 걷는다.

2

민은 맹인복지협회를 찾아가 회장과 마주앉는다. 회장은 세탁소를 세 개나 가지고 있다고 자랑을 늘어놓는다.

"자원봉사가 뭔지 압니까?"

한참 자랑을 늘어놓다가 느닷없이 회장이 묻는다.

"자원봉사가 자원봉사지 뭡니까?"

민이 오히려 되묻는다.

"허허허, 말을 거꾸로 뒤집어보세요. 그러면 봉사자원이지요? 봉사가 뭐냐? 봉사는 일반인들이 맹인을 부르는 말이올시다. 그래서 해석을 해보자면 자원봉사란 봉사가 스스로 원해서 뭔가를 한다, 이 뜻 아니겠어요?"

회장의 말솜씨는 수다스럽지만 꼭 틀린 것만은 아니다.

"듣고 보니 그럴듯하네요."

민은 속으로 웃으며 맞장구를 친다.

"총무가 나한테 중신을 서달라고 합디다. 그래서 그 말을 뒤집어 중신은 신중해야 한다고 해줬지요. 또 어떤 친구는 장가를 보내달라고 합디다. 그래서 장가를 가려면 가장 될 자격을 갖춰야 한다고 해줬지요. 어떻습니까?"

회장은 속사포처럼 말을 쏟아댄다.

"거 참 재미있으십니다."

"재미라고 하셨습니까? 뭐니뭐니해도 미제가 재미있죠. 일제는 제일이고."

하하하! 민은 크게 웃는다. 지금 웃지 않으면 실례다. 협회장도 너털웃음을 터뜨린다. 웃음이 가라앉고 잠시 짧은 침묵이 지나간다.

"참, 선우민 선생, 봉사자원할 의향 좀 없으십니까?"

"예?"

"뭐 별거 아닙니다. 가지고 있는 기술만 조금 발휘하면 되는 거니까요. 양로원, 그러니까 원로양 즉 원로들이 모여 있는 곳을 양로원이라고 하지 않습니까? 양로원에 가서 노인들 어깨 좀 만져주고 오시면 그게 바로 봉사자원입니다."

"아, 예에, 그거 좋지요."

민은 얼떨결에 대답한다. 자원봉사를 한다는 건 상상해본 적이 없다. 장애인이 자원봉사를 하다니. 장애인이란 늘 도움을 받는 사람이라고만 생각했다. 그래서 도움을 받지 않고 자립하려고 나름대로 애를 썼다. 능력에 벗어나는 일이라면 몰라도 안마 정도라면 얼마든지 가능하다.

"선우민이라고 했지요?"

회장이 민의 이름을 다시 확인한다.

"그렇습니다만."

민은 찜찜한 말투로 대답한다.

"선우민이라…… 거 참 좋은 이름입니다. 뒤집어보면 민선우고. 백성민에다 착할선과 벗우가 나란히 붙어 있으니 최고의 이름입니다. 백성한테 착한 일을 하는 벗이라는 뜻이니 평생 봉사자원하며 살라는 팔자가 이름에도 그대로 나타나 있습니다그려. 내 말이 틀렸습니까? 틀렸으면 틀렸다고 하세요."

회장은 자신만만하다. 장애인이 저 정도의 자신감을 가지기 위해서는 많은 노력을 해야 한다. 말솜씨만으로 자신감이 생기는 건 아니다.

"아, 아닙니다. 아주 탁월한 해석입니다."

민은 회장의 말솜씨에 은근히 놀란다. 그 짧은 시간에 이름을 뒤집어서 상대방을 기분좋게 해주다니, 회장의 말솜씨에는 재치가 철철 흘러넘친다.

"그럼 내 얘기는 끝났고, 선생 얘기는 뭔가요?"

회장이 갑자기 정색을 하고 묻는다. 도무지 종잡을 수 없는 사람이다.

"책 좀 빌리러 왔습니다. 한의학에 관계된 책을 빌리러 왔는데 있을지 모르겠습니다. 그리고 침을 좀 배우고 싶은데 좋은 선생님이 계시면 소개도 받았으면 하구요."

민은 조심스럽게 입을 연다.

"한방에 관한 책이 몇종류 있습니다. 책이야 얼마든지 빌려가셔도 좋고. 또 원하는 책이 있는데 점자로 만들어지지 않은 것은 말씀만 해주시면 구해다가 직원들한테 녹음하라고 하지요. 녹음에는 비용이 듭니다. 최소한 테이프 값은 내셔야지요. 값이 좀 비쌉니다. 책 한권 녹음하는 데 보통 테이프가 다섯 개 정도 들어가니까 테이프 한개당 천원은 내셔야 합니다. 하하하! 정말 비싸면 어쩌나 하고 은근히 놀라고 있었지요? 사실은 테이프 값만 받는답니다. 그래야 공짜가 아니니까요. 공짜 좋아하다가 망한 사람 많으니, 최소한 망하지는 말자, 이런 뜻에서 돈을 받습니다. 오해 없으시길 바랍니다. 그리고오…… 침선생이라? 그건 지금 당장 마땅히 떠오르는 사람이 없으니 나중에 따로 연락드리지요."

회장은 거미가 줄을 뽑아내듯 말을 이어간다. 시원시원하다.

"고맙습니다."

"그러면 봉사자원은 언제부터 하실 수 있으신지요?"

"저는 뭐 당장이라도 좋습니다."

"그럽시다. 까짓 거 쇠뿔도 단 김에 빼랬다고. 어이, 박총무!"

회장은 총무를 불러 이것저것 지시한다. 총무는 민을 데리고 회장실을 나간다. 사무실로 나오니 총무가 원하는 책을 말하라고 한다. 민은 어떤 책이 있는지 모르겠다고 말한다. 총무가 제목을 불러준다.

"성경, 바른말사전, 세계격언사전, 표준일본어교본, 부처님의 생애, 지장경, 한방임상치료학, 동양의학대전, 한약강좌, 한국사신론, 사주첩경, 안마 마싸지 지압, 토정비결, 목민심서, 소설 동의보감, 무소유."

"됐습니다. 한방임상치료학, 동양의학대전, 한약강좌에다 법정스님의 무소유만 빌려가지요."

"그러시겠습니까?"

총무는 자신의 승용차에다 점자책을 실었다. 민은 총무의 승용차를 타고 남가좌동에 있는 한 양로원으로 갔다. 양로원 원장과 간단하게 면담을 한 뒤 노인들이 기거하는 방으로 들어갔다. 퀴퀴한 지린내가 짙게 풍긴다. 노인들은 주로 신경통이나 관절염을 앓고 있다. 노인들의 어깨와 목덜미는 삭아버린 고무공처럼 탄력을 잃고 흐물거린다. 병든 노인들을 대상으로 경락안마를 해주면서 민은 어머니를 생각한다. 퍽이나 늙었을 어머니. 어떻게 지내고 계실까? 그래도 지금쯤은 충격이 많이 가셨을 터이다. 시간은 고통도 무디게 하는 힘을 가지고 있으니까. 연락이 끊어졌으니 어디에 살고 있는지도 모른다.

　자원봉사를 끝내고 가리봉동 대동빌라의 지층 101호로 돌아온 민은 책상에 앉아 책을 더듬는다. 『한방임상치료학』과 『동양의학대전』과 『한약강좌』와 법정스님의 『무소유』가 책상에 놓여 있다. 민이 원하던 경락침술에 관한 책은 없다. 당장에 딱딱한 이론서를 읽기에는 머리가 너무 무겁다. 민은 우선 법정스님의 『무소유』를 펼친다. 문고판인 책을 점자로 만드니 백과사전처럼 두껍다. 민은 첫장을 열고 손가락으로 점자를 더듬는다. 글자가 제대로 해독되지 않는다. 손가락이 점자의 기억을 잃은 까닭이다. 민은 한 글자 한 글자에 신경을 집중한다. 손가락 끝에 걸리는 오돌토돌한 점들.

　"나…… 는…… 가…… 난…… 한 탁, 발, 승이오. 내, 가 가진 거라고는 물, 레와 교도소에서 쓰던 밥, 그릇과 염소, 젖 한 깡, 통, 허름한 요포 여섯 장, 수건 그리고 대단치도 않, 은 펑, 판 이것, 뿐, 이오."

　손가락이 잃었던 점자의 기억을 조금씩 되살린다. 마하트마 간디의 말이다. 손가락이 점자를 익히자 읽는 속도도 빨라진다. 법정은 집착하지 않고 소유하지 않는 것에 대한 평화에 대해 나직한 목소리로 말하고 있다. 그러나 지금 민은 평화롭지 않다. 날마다 면벽하듯이 세상의 어둠을 망연히 바라보고 있는데도 깨달음은커녕 불편하기만 하다.

가진 것도 없고 집착하는 것도 없는데 왜 평화는 오지 않을까? 아무도 건드리지 않으니 편안하기는 하지만 평화롭지는 않다. 승애는 잘 살고 있을까? 지금쯤은 결혼해서 아이 낳고 오순도순 살았으면 좋겠다. 좋은 여자였다. 영등포에 있는 도시산업선교회에서 처음 만났다. 짧은 생머리를 뒤로 질끈 묶은 모습을 보며 차돌 같은 여자라고 생각했다. 승애가 있어서 학습은 재미있었다. 승애가 학습에 빠지는 날은 왠지 서운하고 허전했다.

승애한테는 인호라는 애인이 있었다. 승애가 애인과 다정하게 손을 잡고 가는 뒷모습을 보면 민은 가슴이 서늘해지곤 했다. 까무잡잡한 피부에 흑진주처럼 빛나는 검은 눈동자. 통통한 몸매. 잠시의 짬이라도 나면 책을 손에서 떼지 않던 승애는 이름도 거창한 인터내셔널 어패럴 노조 부위원장이었다. 민은 샤프펜슬을 만드는 제일정밀에서 일하고 있었다. 제일정밀에는 민주노조가 없었다. 민은 학생운동 출신 후배와 자취를 하며 함께 공장 내 소모임을 꾸리고 있었다.

인호도 학생운동 출신의 노동자였다. 모임이 있을 때 순수한 노동자 출신인 승애와 인호는 자주 대립했다. 사랑의 이름으로 감싸주거나 그러질 않았다. 그들의 토론은 치열했다. 승애는 가끔 논리의 부족으로 밀리기도 했다. 민은 말없이 승애를 지지하곤 했다. 토론이 끝나면 그들은 언제 대립했냐는 듯이 다정하게 영등포시장을 향해 걸어갔다. 민은 그 모습을 보며 고통스러워했다.

지금도 그 이유를 알 수 없다. 왜 하필이면 애인이 번듯하게 있는 여자를 사랑하게 되었는지. 애인이 없는, 그리고 승애보다 예쁜 여자가 얼마든지 있는데도 민의 마음은 승애를 향하기만 했다. 민은 그때 알았다. 발길은 막을 수 있어도 마음길은 막을 수 없다는 것을. 승애에 대한 생각 때문에 글자가 쉽게 감지되지 않는다. 손가락은 자주 점자를 잃고 방황한다. 민은 책을 덮는다. 피곤이 몰려온다. 책상을 떠나 침대에 덜렁 눕는다.

사위는 적막 속에 가라앉아 있다. 적막이 깊어지면 귀는 더욱더 활짝 열린다. 옆집의 탁상시계가 째깍거리는 소리까지 민은 듣는다. 듣지 않으려 해도 저절로 들리는 것이다. 위층에서 수돗물 쏟아지는 소리. 눈알을 깜박깜박하고 있는 갈치 있어요, 고등어 있어요. 생선장수의 메가폰 소리. 아이들의 웃음소리. 소리가 싫다. 편안하게 잠들고 싶을 뿐이다. 귀를 막고 싶지만 귀를 막으면 공명(共鳴) 때문에 머리가 지끈지끈 아프다.

지층의 짧은 계단을 밟고 누군가가 내려온다. 소리로 보아 두 사람이다. 102호의 문이 열리는 소리가 들린다. 민은 손목시계의 뚜껑을 열고 시간을 확인한다. 꽤 늦은 시간인데 이제야 퇴근하고 집에 들어온 모양이다. 두런거리는 소리가 나더니 수돗물 소리며 텔레비전 소리가 뒤섞인다. 누굴까? 나이는 얼마나 먹었을까? 이런 곳에 사는 사람이라면 젊은 사람들이라고 민은 짐작해본다. 아이가 없는 신혼부부이거나 결혼을 미루고 동거를 시작한 남자와 여자라고 민은 단정한다. 그들이 행복하기를 빌며 민은 잠을 청한다. 끝내 잠이 오지 않는다. 민은 책상에 앉아 법정스님의 글을 읽다가 불현듯 현수와 경식을 떠올린다. 송림온천에서 나온 이후로 전화 한통 걸지 않았다. 무정한 사람이라고 둘이서 흉을 보고 있을 거라고 생각하다가 수화기를 든다. 금요일이 아니니 그다지 바쁜 시간은 아니다.

"여보시오."

퉁명스러운 목소리가 전화선을 타고 민의 귀에 흘러든다.

"경식인가? 날세."

반가워서 민은 자신도 모르게 수화기를 잡은 손에 힘을 꽉 준다.

"누구? 혹시 헹님 아니우?"

경식의 목소리가 풍선처럼 부풀어오른다.

"그래, 나 민일세."

민은 활짝 웃고 있을 경식을 상상하며 빙그레 웃는다.

"헹님도 참 무정하우. 말도 없이 업소를 옮기고선 이제사 연락이우?"

경식은 민이 업소를 옮겼다고 오해하고 있는 모양이다. 그럴 만도 하다. 입도 벙긋하지 않고 송림온천을 나와버렸으니. 경식은 말을 속사포로 쏟아놓는다. 같이 일했던 현수는 기어이 아내 때문에 한바탕하고 나갔다는 소식도 들려준다. 삼십분 가까이 통화를 한 뒤에야 경식은 섭섭하다는 말과 함께 수화기를 내려놓는다. 민은 한숨을 길게 내쉰다. 그렇게 며칠을 민은 점자책을 읽으며 보냈다.

민은 『무소유』를 읽고 난 뒤에 요가와 기(氣)에 관한 녹음 테이프를 받기 위해 양로원에 자원봉사를 나갔다가 협회에 들러 박총무를 만났다. 점자책보다는 테이프로 듣는 게 훨씬 편하다. 점자책은 읽다가 지쳐 머리가 멍해질 때가 많지만 녹음 테이프는 반복해서 들을 수 있어서 학습효과가 높다. 민은 테이프를 들으며 물구나무를 선다.

노동운동을 할 때, 몸이 망가진 활동가를 위한 요가 수련 프로그램이 있었다. 위장과 허리가 안 좋은 승애를 위해 민은 요가를 배웠다.

요가는 단순히 건강만을 위한 수련법이 아니었다. 호흡과 명상과 기(氣)도 필요했다. 그러나 노동자들은 시간이 넉넉하지 않아 흉내만 내는 정도였다. 흉내만 내는 요가는 오히려 몸에 해로웠다.

물구나무 상태로 한시간을 보낸다. 처음엔 피가 머리로 몰려 오분도 견디질 못했는데 계속 하니까 가장 쉬운 게 물구나무서기다. 민은 물구나무서기 상태에서 명상한다. 한가지 생각에 집중하는 것이 명상은 아니다. 오히려 명상은 아무런 생각도 없는 상태를 지향한다. 무념무상(無念無想)의 상태. 이런 경지에는 부처님이나 올랐을까? 민은 뇌리 속을 수없이 교차하는 상념과 잡념들과 씨름할 뿐이다.

물구나무서기가 끝나면 단전호흡을 한다. 단전에 기를 모으고 오로지 호흡에만 집중한다. 호흡이 깊어지면 머릿속이 암흑으로 변한다. 아무것도 보이지 않는 암흑상태. 그러나 투명한 암흑이다. 그제야 손바닥에 열이 느껴진다. 기가 모이는 것이다. 양로원에 자원봉사를 나가는 시간을 제외하고는 거의 온종일 테이프를 틀어놓고 요가와 단전호흡을 하며 기를 수련한다. 수련에 집중하니까 그 많던 소리들도 들리지 않게 되었다. 민은 선방(禪房)에서 용맹정진하는 스님들처럼 지층 101호에서 수련에 수련을 거듭한다. 수련하는 시간이 많아지면 많아질수록 스스로 미흡하다는 생각에 빠지곤 했다.

사실 안마시술소에서는 이런 시간을 가질 수 없었다. 혼자 있다는 건 자기 자신을 들여다보는 기회를 가지는 것인데, 좁은 대기실에서 다른 안마사와 함께 생활을 하다보니 개인생활은 엄두도 못 냈다. 서로가 서로의 처지를 이해하면서 되도록 다투지 않고 지낸다고 해도 가끔은 혼자 있고 싶을 때가 있었다.

"아, 저 회장입니다."

한창 단전호흡을 하고 있는데 회장한테서 전화가 왔다.

"안녕하십니까?"

"다른 게 아니고요, 일전에 말씀하신 침선생 말인데요."

"아, 예에, 적당한 선생님이 계십니까? 제가 수업료는 톡톡히 내지요."

"수업료가 문제가 아니고요, 침은 귀신인데 사람은 개떡이거든요. 성질이 워낙에 괴팍스러워서 소개하기가 겁납니다. 아주 꼬장꼬장한 노인네라 이거. 이름은 모르고 작촌이라고, 까치작에 마을촌자를 쓴답니다."

"일단 한번 만나보지요."

"만나는 거야 어렵지 않지만 사람이 개떡이라서, 그래도 침 하나는 귀신입니다."

"회장님, 꼭 좀 부탁합니다."

"그래요, 어쨌든 만나보기나 합시다."

침 놓는 솜씨가 귀신이라면 다른 것은 아무래도 상관없다고 민은 생각한다. 사람만 호인(好人)이고 침솜씨가 형편없다면 그게 더 문제였다. 민은 회장의 소개로 노인을 찾아갔다. 방안엔 노인 특유의 퀴퀴한 냄새가 가득하다. 퀴퀴한 냄새 틈새로 머리가 띵할 정도의 독한 싸구려 향내도 풍겨온다. 그리고 어디에선가 쑥냄새가 진동한다. 이 방은 냄새로 꾸며진 방이다. 손바닥에 만져지는 방바닥의 자잘한 먼지 알갱이로 미루어 청소를 오랫동안 안한 느낌이다.

작촌 선생은 민을 무시하고 있다. 민은 작촌 선생의 처분을 기다린다. 민은 벌써 나흘째 작촌 선생을 찾아오는 중이다. 침을 가르쳐달라고 정중하게 여쭈었으나 일언지하에 거절당했다. 작촌 선생은 민이 찾아온 줄 알고 꿈적도 않는다. 주현미의 트로트 메들리가 잔잔하게 흐르는 방. 그러나 팽팽한 침묵이 가득하다. 으흠, 작촌 선생이 헛기침을 한다. 다리가 저려 무릎을 풀려다 말고 민은 긴장한다.

"몸뗑이가 머꼬?"

경상도 사투리가 부박하게 민의 머리를 휘젓는다. 나흘 만에 다시 듣는 작촌 선생의 카랑카랑한 목소리는 무척 퉁명스럽다. 오랜 침묵 끝에 들려온 목소리라 그래도 반갑다.

"………"

민은 대답을 찾지 못한다. 몸은 그냥 몸이다. 작촌 선생이 질문을 던졌을 때에는 이런 대답을 듣자는 게 아니었을 것이다. 민은 대답을 못하고 그냥 앉아 처분만 기다린다. 섣불리 대답했다간 오히려 퉁바리만 먹기 십상이다. 이럴 때는 가만히 있는 게 낫다.

"몸뗑이가 먼 줄도 모리는 기이 침을 배운다꼬? 가거라 마!"

민은 기가 팍 죽는다. 이대로 일어서야 하나, 아니면 버티고 앉아 기어이 승낙을 받아내야 하나, 얼른 판단이 서질 않는다. 지금 민이 찾아온 작촌 선생은 침술로 명성이 자자한 어른이다. 과연 협회장의 귀띔대로 꼬장꼬장한 성격이다. 민은 그대로 앉아 버틴다.

"선생님 계십니까?"

문밖에서 사십대 여자의 목소리가 들린다. 어디가 안 좋은지는 몰라도 통증이 담긴 목소리다. 민은 다리를 풀고 구석으로 옮긴다. 발바닥에 자르르 쥐가 오른다.

"들어온나."

작촌 선생은 여전히 화가 난 듯한 목소리다. 여자가 들어온다. 퀴퀴한 냄새에 섞이는 여자의 화장품 냄새가 향긋하다.

"손님이 계셨구만요."

"상간 말고 눕거라 마."

작촌 선생은 환자한테도 숫제 반말이다. 그래도 환자는 고분고분하다. 여자가 바스락거리며 방바닥에 눕는다. 진맥을 하는지 부스럭거리는 소리가 들리더니 잠시 침묵이 흐른다.

"지랄한다고 또 싸돌아댕겼제?"

작촌 선생이 면박을 준다. 민은 귀를 곤두세운다. 지난 사흘 동안은 환자가 오면 방에서 나왔는데 오늘은 그대로 앉아 버틸 작정이다.

"싸돌아다니다니요? 집에만 있었는데요."

여자의 말꼬리가 내려간다. 목소리가 문풍지처럼 살짝 떨리는 것이 아무래도 거짓말이 섞여 있다.

"집구석에만 있었는 기이 뼤에 바람이 들었나? 내는 몬 섹인데이."

작촌 선생은 소리를 꽥 지른다.

"백화점에 잠깐 갔다왔어요."

여자는 완전히 꼬리를 내린다. 민은 궁금하다. 뼈에 바람이 들었다는 사실을 어떻게 알아낼 수 있을까? 바람은 손에 잡히지도 않는 것인데, 더군다나 허공의 바람도 아니고 뼛속에 든 바람을?

"바라 바라, 벵중인 사램이 백하점엘 댕겨? 내는 침 몬 놓는데이. 당장 일나거라 마."

"아이고 선생님, 다음부턴 절대로 안 돌아다닐 터이니 용서하세요."

"머, 이런 기 다 있노?"

"용서하세요, 예에."

환자는 딸이 아버지한테 용서를 구하는 목소리로 응석을 부린다.

"담부턴 에수엄따?"

194

"예."

여자의 다소곳한 목소리가 들리고 이어서 작촌 선생이 부스럭거리는 소리가 들린다. 작은 크기의 쇠를 만지는 소리다. 작은 크기의 쇠라면 바늘이나 침일 것이다. 침을 놓는 동안 여자는 끙끙 앓는다. 작촌 선생의 숨소리가 평소와 달리 거칠어진다. 침 놓는 게 쉬운 일은 아닌 모양이다. 침을 얼마나 귀신처럼 놓기에 환자들이 통사정을 할까? 민은 기어이 침을 배워야 한다고 결심한다. 한시간 정도 지나자 여자가 돌아갔다.

"가르쳐주십시오."

민은 예의를 갖춰 다시 가르침을 청한다. 물론 쉽게 배우리라고는 생각하지 않고 이곳까지 찾아온 민이다. 하지만 첫만남부터 암초에 부딪혀 오늘까지 왔다. 민은 삶을 바꾸고 싶었다, 간절히. 지금 삶을 바꾸지 않으면 다시 안마시술소로 돌아가야 할지도 모른다.

"몸떵이도 모리는 기이. 그래 돈이라도 한 보따리 챙기왔나? 세상엔 공짜가 없데이."

돈 이야기에 민은 약간 당황한다. 만약 돈이라도 주고 배우겠다고 했다간 날벼락을 맞고 쫓겨날 게 뻔하다. 민은 지금 시험을 보고 있다고 생각한다. 등줄기에서 식은땀이 주르륵 흐른다. 민은 마땅한 대답을 찾아내려고 안간힘을 쓴다.

"몸이란 혈과 기로 이루어진……"

민은 마지못해 대답을 하기 시작한다. 이마에 식은땀이 송글송글 맺힌다. 민은 잔뜩 긴장을 하고서 더듬더듬 말을 잇는다.

"시방 지랄 안하나! 주디이 몬 닥치나. 설익어가꼬."

민은 파랗게 질려 입을 다문다. 도무지 어느 장단에 춤을 춰야 할지

막막하다. 작촌 선생은 혼자 뭔가를 계속한다. 주현미는 신이 나서 「비 내리는 영동교」를 부르고 있다. 그러고 보니 비냄새가 코를 자극한다. 비가 내리는 날이면 안마를 받으려는 손님들이 줄을 서는데…… 돈을 더 벌어서 나왔어야 한 것은 아닌지. 민은 속으로 도리질을 친다.

"죄송합니다. 잘 모릅니다. 가르쳐주십시오."

민은 다시 한번 머리를 조아린다. 침을 배워 다른 삶을 살아야 한다는 절박한 심정이 기도로 이어진다.

"내는 침쟁이지 선상이 아닌 기라. 배운 적도 엄꼬 갈친 적도 엄따. 그저 내 혼자서 몸뗑이에 침을 꽂아가며 익힌 기라. 알긋나?"

작촌 선생의 목소리는 쩌렁쩌렁하다. 민은 주눅이 든다. 작촌 선생의 어디에서 저런 힘이 나오는지 정녕 모를 일이었다.

"예."

민은 가르침을 받을 요량으로 공손히 대답한다.

"바라, 니는 소갱인 기라. 내도 소갱이고. 소갱이 소갱을 데꼬 질을 가몬 우찌되겠노? 질이 찾아지겠노 말이다. 버버리가 데꼬 가는 기이 훨 낫겠제?"

"예에?"

그렇다면 작촌 선생도 시각장애인이란 말인가?

"니는 육체가 소갱이고, 내는 마음이 소갱인 기라. 세상이 우째 이리 엉터린 줄 아나? 소갱이 정치를 하고, 소갱이 운전을 하고, 소갱이 사업을 하고, 소갱들이 지 잘난 맛에 싸움질을 하니 개판이 된 기라. 눈을 떠야 하는 기라. 눈뜬 사람들이 세상을 이끌어야 된다 아이가."

작촌 선생은 목소리를 한껏 높인다. 작촌 선생의 입에서 튄 침 한방울이 민의 얼굴에 묻는다. 민은 닦지 않는다.

"그기 자연인 기라."

"무슨 말씀이신지?"

"몬 알아묵었나?"

"예에."

"저, 저런 눈만 먼 기 아이고 귀때기도 닫혔나? 소갱이 소갱을 데꼬 질을 가몬 질을 잊아묵기 십상인 기라. 버버리는 말은 몬하지만 눈은 보인다 아이가? 질을 잊아묵진 않겠제? 그기 자연인 기라. 인간이라 몬 뉘기나 생로벵사를 겪는 기라. 생로벵사가 바로 자연인 기라."

"자연에서 배우라 이 말씀입니까?"

"됐다. 가거라."

작촌 선생의 냉정한 목소리가 민을 흔든다. 대답이 시원찮다는 뜻인지 아닌지도 모르겠다. 그렇다고 일어나 돌아가면 바보나 매한가지다. 도무지 종잡을 수 없는 사람이다.

"예에?"

민은 못 들은 척 놀라는 소리를 낸다.

"다 갈쳤다 아이가?"

작촌 선생은 완강했고 민은 일어서지 않을 수 없었다. 너무 오래 무릎을 꿇고 있었더니 오금이 다 저린다. 민은 큰 도로로 나와 택시를 향해 손을 흔든다. 낯선 곳이라 방향감각도 상실했을뿐더러 오가는 사람들한테 길안내를 부탁할 기분도 아니다. 택시는 쉽게 잡히지 않는다. 민은 손을 들고 오래 서 있었지만 와서 멈추는 택시가 없다. 모범택시를 타지 않은 것을 후회하다가 입술을 꼭 깨문다. 주머니에 돈이 떨어지면 더 비참해진다.

물론 안마시술소로 돌아가면 돈이야 금방 벌 수 있다. 민은 돈 몇 푼에 영혼이 망가지는 걸 원하지 않는다. 안마 자체야 나쁘진 않지만 안마를 매개로 벌어지는 매춘이 싫다. 매춘과 관련된 일을 하는 것은 인간다운 삶이 아니다. 안마를 하다가도 문득 승애가 떠오르면 손아귀에 힘이 빠졌다. 비록 승애를 떠나왔지만 민에게 있어 승애는 소금과도 같은 존재였다. 해방의 길을 함께 가자고 손가락을 걸었던 승애.

비가 내리려는지 바람에 잔뜩 습기가 배어 있다. 손을 내밀어 허공을 만진다. 공기의 입자들이 축축하게 만져진다. 민은 발걸음을 옮겨 나무 아래에 선다. 과연 오래지 않아 비가 내린다. 승애가 자주 부르던 「사계」의 멜로디처럼 감미로운 소리를 내며 떨어지는 빗방울들. 빗방울이 경쾌한 소리를 내며 나뭇잎 위에 떨어진다. 나뭇잎 사이로 떨어진 빗방울이 머리를 적시고 몸을 적신다. 민은 우산도 없이 하염없이 그 자리에 서 있다. 빗줄기는 점차 거칠어진다. 비에 흠뻑 젖으니 마음이 후련하다. 승애와 연애하던 시절이 떠오른다.

"동거하자."

지하철 속에서 내린 민은 밑져야 본전이라는 투로 말했다. 인호가 다른 여자와 사귀면서 승애는 무척 힘들어하고 있었다. 민은 승애가 힘들어할 때마다 곁에 있었다. 사랑한다는 고백도 없이 불쑥 동거하자는 제안을 한 뒤에 민은 쥐구멍이라도 있으면 들어가고 싶었다. 승애는 입술을 꼭 깨물고 있을 뿐이었다. 민은 고개를 푹 숙였다. 그런데 지하철역을 네 개나 지난 뒤에 승애가 고개를 끄덕였다. 흰구름을 탄 기분이었다.

민은 자취방으로 달려가 가방을 들고 승애의 자취방으로 가서 살림을 합쳤다. 첫날밤, 빗줄기가 승애의 자취방을 두드리던 그 밤, 두 사람은 뜬눈으로 서로의 육체와 영혼을 넘나들며 밤을 꼬박 새웠다. 그리고 열심히 살았다. 노동자가 된 것을 자랑으로 알고 역사와 해방과 통일을 생각하며, 타인의 아픔을 함께 나누며, 이기적이지 않기 위해 끝없이 노력하며, 날마다 체포되는 꿈을 꾸며, 매순간순간마다 결단하며 살았다.

가리봉동에서 승애와 동거할 때다. 한 지붕에서 함께 산 지 석달 만에 승애가 덜컥 임신을 하고 말았다. 기쁨과 슬픔이 교차했다. 많은 논란 끝에 민과 승애는 아이를 낳기로 결정했다. 어느날 문득 찾아온 생명을 위해 두 사람은 더욱 열심히 일했다. 그러던 어느날, 승애는 미싱을 밟다가 하혈을 하며 쓰러지고 말았다. 민이 병원으로 달려갔을 때는 승애의 몸속에서 자라던 생명이 세상 저편으로 간 뒤였다. 민과 승애는 서로 부둥켜안고 울었다. 그때 승애는 미음 한 숟가락도 넘기지 않고 자신의 몸을 떠나간 아기의 명복을 간절히 빌었다.

하늘이 무너지는 고통이 두 사람을 찾아온 것이다. 깊은 밤, 자취방 구석에 쪼그리고 앉아 승애는 하염없이 눈물을 흘리곤 했다. 생명 앞에서 운동이니 해방이니 하는 말들은 그저 관념에 불과했다. 무너졌다가 다시 일어서기가 얼마나 힘들었는지. 함께 아파하는 사람들도 많았고, 스스로를 희생하여 공동의 선(善)을 이룰 수 있다는 자부심도 있었건만 핏덩이로 사라져간 아기에 대한 상실감은 너무 컸다. 상실감을 딛고 일어서기까지 승애가 흘린 눈물은 강물이 되었고 바다가 되었다.

민은 날마다 작촌 선생을 찾아갔다. 작촌 선생은 바윗덩어리였다.

그러던 어느날 민은 다른 선생을 소개해달라고 협회장한테 도움을 청했다. 그 빨갱이 영감이 고집불통이라며 협회장은 혀를 끌끌 찼다. 민은 빨갱이라는 말에 귀가 번쩍 트여 말꼬리를 붙잡고 늘어졌다. 협회장의 말에 의하면, 작촌 선생은 지리산에서 빨치산 활동을 하다가 1955년에 체포되어 1988년에 석방된 장기수 출신이었다. 교도소에서 대침(大針)을 독학해 솜씨가 귀신이라는 것이다.

다음날 아침 일찍 작촌 선생을 찾아간 민은 난파하는 사회주의라는 배에 마지막으로 승선했었다고 고백했다. 작촌 선생은 끄응, 하며 신음을 길게 토해냈다. 비록 그 배가 난파중이었지만 행복했었노라고 덧붙였다. 작촌 선생이 침묵하는 동안 민은 생각에 잠겼다.

과연 행복했었는가? 공장 옥상에서 제 몸에 석유를 붓고 불을 붙였던 선배, 끝을 알 수 없이 길고 지루했던 파업농성, 골목길에서 낯선 사내라도 만나면 자신도 모르게 얼른 돌아서던 순간들, 철야잔업을 끝내자마자 유인물을 한아름 안고 공단을 돌며 뿌리던 그 새벽의 열정들, 남부경찰서 대공과 형사들한테 고문을 당하던 조사실의 하염없이 쏟아지던 형광등의 푸른빛과 흰 벽, 어제의 동지가 밀고자와 배신자가 되어 나타났을 때의 상처들, 자기만의 꿈을 저당잡혀야 했던 자아억압의 시절들, 그래, 불행했었다.

과연 불행했었는가? 자기 몸을 태워 어둠을 몰아내는 촛불처럼 살자던 맹세들, 아무리 괴롭고 슬퍼도 항상 곁에 있어주던 따뜻한 눈길들, 힘든 공장생활과 지독한 가난에도 크게 웃을 수 있었던 여유, 모든 고통과 상처를 꿋꿋하게 견뎌내던 승애, 그래, 행복했었다. 그러나 모든 것이 변했다. 무릎이 시큰시큰 저려왔다. 민은 작촌 선생한테 침 배우기를 포기하고 무릎을 풀었다.

"이 정도 했으몬 몸뗑이가 먼진 알것제?"

무릎이 저려 엉거주춤 일어서는데 작촌 선생이 나직하게 말했다. 민은 털썩 무릎을 꿇었다.

"가르쳐주십시오."

"몸뗑이는 자연인 기라. 몸뗑이는 땅에서 왔꼬, 땅은 하늘에서 왔꼬, 하늘은 몸뗑이에서 왔따 이기라. 고기 자연인 기라. 자연은 서로 돌고돈다 아이가. 몸뗑이에서 땅으로, 땅에서 하늘로, 하늘에서 몸뗑이로. 알겄나?"

"예."

"자연을 알아야 된다 카이. 누구나 죽는 기 바로 자연인 기라. 사람들은 죽으라고 하질 않는 기라. 고건 오만인 기라. 그래서 자연은 벵을 인간한테 준 기라. 사람한테 벵이 엄따고 해보자. 얼매나 기고만장할 끼고. 침은 벵을 낫게 해주는 기 아이다. 단지 몸뗑이의 순환을 도울 뿐인 기라. 이걸 맹심해라. 사람은 누구나 죽는다는 자연의 법칙을. 우찌 살까가 아이라 우찌 죽을까를 몬저 생각하거라 마."

수업은 그렇게 '자연(自然)'에서 시작되었다. 민은 소형녹음기를 가지고 가서 선생의 가르침을 녹취했다. 집으로 돌아오면 선생의 가르침을 재생시켰다.

"에, 또…… 무벵장수허면서 우찌 살까만 생각하몬 자연에 어긋지는 기라. 딴 사람의 죽음은 쉽게 받아들이면서 지는 절대로 안 죽는다고 착각하는 기 사람이란 종자니라. 아모리 의술이 발달해도 오는 백발을 막을 순 없는 기라. 잠시잠깐 섹일 수야 있갔지. 허나, 사람은 섹여도 자연은 몬 섹인데이. 에, 또 그런 의미에서 우찌 죽어야 하는 거를 맹심하면서 살아야 하는 기다. 잘 죽는 기이 잘 살았다는 징거 아이가. 후해 엄씨 죽어야 하는 기라."

수업은 강도가 높았다. 민이 앞을 못 보는 사람인 탓에 선생은 조심스러우면서도 혹독하게 공부를 시켰다. 민도 집으로 돌아오면 녹음기를 틀어놓고 자신의 몸에 직접 침을 놓았다. 손가락으로 경락을 찾고 혈을 찾아 침을 찌르면 심장이 오그라드는 기분이 들기도 했다. 민의 침 놓는 솜씨는 하루가 다르게 발전했다. 이제는 선생의 몸에도 침을 놓게 되었다.

"살아 있는 것은 온기가 나고 죽은 것은 냉기가 나지요. 또 살아 있는 것은 부드럽지만 죽어 있는 것은 뻣뻣하구요."

민은 제천댁 할머니의 발바닥을 만지며 말한다. 제천댁 할머니의 발바닥은 딱딱하게 굳어 있다. 혈이 막혀 있는 것이다. 혈이 막히면 몸 안의 기운들이 원활하게 흐르며 소통하지 못하고 결국엔 탈이 나게 마련이다. 제천댁 할머니는 노쇠한데다가 몸 안에 울화의 기운까지 들어 있다. 자식들한테 버림받았다는 울화가 밖으로 나오지 못해 응어리가 되었다. 풍이 거기로 들어간 느낌이다.

민은 손가락 끝에 만져지는 제천댁 할머니의 몸 안에 들어 있는 바람을 느낀다. 할머니의 기운이 매우 약하기 때문에 침술치료가 불가능하다. 침을 맞으려면 먼저 몸을 보(補)하고 따뜻하게 해줘야 한다. 제천댁 할머니는 보약을 소화할 상태도 아니다. 보약도 잘못 쓰면 독약이 된다. 독약도 잘 쓰면 좋은 약이 되듯이. 우선은 할머니의 기력을 회복시키고 몸을 최소한이나마 치료가 가능한 상태로 만들어야 한다.

"이거 날마다 나 때문에 젊은 사람이."

제천댁 할머니는 무척 송구스러워한다.

"걱정 마세요, 할머니. 특별히 할일도 없는 사람인데요 뭐."

민은 제천댁 할머니의 마음을 편하게 해주려고 애쓴다. 울화는 만병의 근원이다. 흔히들 스트레스라고도 하지만, 스트레스보다 더 치명적인 것이 울화다. 환자들을 편안하게 해주는 것도 좋은 치료다. 그런데 양로원에서는 좋은 치료가 근본적으로 불가능하다. 민은 마지막으로 제천댁 할머니의 목덜미와 어깨에 부항을 뜬다. 부항을 떠서 피를 뽑아내야 혈액순환이 순조롭다. 민은 제천댁 할머니의 손에 수지침만 놓을 뿐 본격적으로 침을 놓지 않았다. 침에 의한 자극을 충분히 받아들일 몸의 상태가 아니기 때문이다. 부항 뜬 자리에서 검고 탁한 피가 뽑혀나온다. 민은 손가락으로 피의 상태를 확인한다. 작은 덩어리가 만져진다.

"피가 안 좋지요?"

"그저 늙으면 죽어야 해. 죽지 않고 있으니까 온갖 험한 꼴을 다 보고 당하며 사는 게지. 나무아미타불 관세음보살. 그나저나 어쩌다 눈을 잃었누?"

"살다보면 이런 일도 있고 저런 일도 있는 거죠 뭐."

그 순간을 다시 되돌이켜 편안한 마음을 들쑤시고 싶은 생각은 없다. 민은 적당히 말을 얼버무린 뒤 부항기구를 챙긴다.

"관세음보살, 나무아미타불 관세음보사알."

관세음보살을 뇌는 게 할머니의 기도다. 민은 그 간절한 기도의 의미를 조금은 알 듯도 하다. 어머니가 생각난다. 어머니는 부처님도 예수님도 찾지 않았다. 벽을 통해 들려오던 땅이 꺼질 듯한 어머니의 긴 한숨소리. 민은 어머니를 지우려고 서둘러 머리를 흔든다.

"마음 약하게 먹지 마세요. 희망을 가지는 것이 중요해요. 희망을 가진 사람은 절대 쓰러지지 않아요."

할머니한테 하는 말이었지만 사실은 민 스스로한테 하는 말이다. 정말이지 산다는 것에 대해 희망을 가지고 싶다. 앞이 보이지 않는 캄캄한 암흑 속에서도 언제나 길은 있었다. 험난한 길이었다. 얼마나 자주 그 길 위에서 쓰러져 일어나고 싶지 않았는지. 솔직히 지금까지 살아온 것은 희망 때문이 아니라 단지 목숨을 끊지 못한 탓이었다.

"할머니, 입맛이 없어도 뭐든 자셔야 해요. 반찬이 없으면 하다못해 밥이라도 꼬박꼬박 드셔야 기운을 차립니다. 병이란 게 몸에도 들지만 마음에도 들어요. 육체가 병들면 정신이 병들고, 정신이 병들면 육체가 병이 들어요. 그러니 마음에 든 병 먼저 훌훌 털어내세요. 그러면 육체에 든 병이 견디질 못하니까요."

민은 동양의학에 관한 책을 읽거나 녹취하여 들었기 때문에 제법 말을 조리있게 할 수 있다.

"말이야 맞지만 그게 다 말대로 되나. 나무아미타불 관세음보살, 후우."

할머니가 한숨을 길게 내쉰다. 민의 마음도 무겁다.

"할머니, 오늘은 이만 쉬세요. 내일 또 오겠습니다. 제가 침을 놓을 줄 아는데 내일부터는 손바닥에다 작은 침을 맞아봅시다. 수지침이라고 하는데 효과가 제법 있으니까요."

"고생이 많소."

"고생은 뭘요. 그럼 할머니 쉬세요."

민은 다른 할머니의 맥을 짚는다. 양로원의 할머니들은 날마다 민을 기다린다. 민의 손길이 닿으면 몸이 그렇게 시원할 수가 없다며 칭찬이 자자하다. 면전에서 칭찬을 받는 건 쑥스러우면서도 기쁘다. 거기다가 수지침까지 놓아주니 할머니들이 민을 손꼽아 기다린다고 협회장이 전해주었다. 장침이나 몸의 경락에 직접 놓는 침에는 아직까지 자신이 없지만 수지침은 간단할뿐더러 위험하지 않아 좋다.

"아이구, 나한테 막내딸이 있으면 주고 싶네그려."

노인네들은 기분이 좋으면 마음에도 없는 말을 마구 해댄다. 정말 딸이 있어서 맹인과 결혼하겠다고 나선다면 죽고 살기로 막을 것이다. 민은 그런 말을 들으면 더욱 씁쓸하다. 사람들은 마음에도 없는 말을 많이도 한다. 그 말이 상대방한테 어떤 효과를 미칠지도 모르면서. 내놓고 딸을 주겠다는 사람은 어떤 경우에도 딸을 내놓지 않을 것이다. 조용히 앉아 그저 미소를 짓는 할머니는 내줄지 몰라도.

자원봉사가 끝나고 집으로 돌아오니 민은 만사가 귀찮다. 라면이라도 끓여 허기를 면하고 싶지만 손가락 하나 까닥하기 싫다. 침대에 가만히 누워 잠을 청한다. 몸이 극도로 피로하면 오히려 잠이 잘 오지 않는다. 몸 안의 좋은 기를 다 빼앗긴 탓이다. 잠이 들지 않으면 신경이 날카로워지고 작은 소리 하나에도 예민하게 반응하게 마련이어서 머리가 지독하게 아프다.

'이리 와서 나하고 놀자. 난 참 쓸쓸하단다.'

「어린 왕자」의 한구절이 내내 뇌리에 쑥 들어온다. 민은 자신의 몸에 침을 꽂고 몸의 반응을 살피며 가만히 누워 있다. 이제는 손가락으로 더듬어 충분히 경락과 혈과 침 놓을 자리를 찾을 수 있다. 수지침은 책을 보지 않아도 병의 증세에 따른 침 자리가 훤하게 머리에 그려진다. 요즘도 일주일에 한번씩 작촌 선생을 찾아가 침을 배운다.

양로원의 노인들도 민의 침 놓는 솜씨에 조금씩 감탄하고 있다. 민은 안마가 아닌 다른 일로 봉사를 하게 되어 기쁘다. 물론 안마도 필요하다. 하지만 안마에는 늘 안마시술소의 기억이 따라다닌다. 먹고 살기 위해 어쩔 수 없었다고는 하지만 개운한 기억은 아니다. 지층 101호에서 민은 혼자다. 세상의 모든 것과 격리된 느낌이다.

"이리 와서 나하고 놀자. 난 참 쓸쓸하단다."

민은 허공을 향해 중얼거린다. 아무도 응답하지 않는다. 메아리도 없다. 메아리를 기대한 것은 정녕코 아니지만 그래도 가슴 한켠이 서늘하게 무너진다. 민은 몸에서 침을 뽑으며 무너진 가슴을 추스른다. 지우개로 잘못 씌어진 글자를 지우듯 쓸쓸하다는 감정을 지워야 한다. 그렇게 하지 않으면 무너져 다시 일어서기가 어렵다. 그러나 힘들다.

문득 승애가 떠오른다. 궁금하다. 행복하게 잘살고 있었으면 하는 바람이 간절하다. 언젠가 기회가 주어진다면 한번은 꼭 만나고 싶다. 만나면, 승애 앞에 무릎을 꿇고 지나간 시간과 시간이 만들어놓은 상처에 대해 용서를 빌리라. 그게 욕심이라고 해도 도리가 없다. 만나고 싶은 것은 만나고 싶은 것이다. 하지만 억지로 만나려고 하진 않을 작정이다. 이런저런 생각에 민은 머리가 산란하다. 민은 결가부좌를 틀고 앉는다. 모든 잡념을 비우고 마음을 비우고 마침내 자기 자신까지 비워야 한다. 이것은 부처의 가르침이지만 시시때때로 허탈의 나락으로 떨어지는 자신을 구원하기 위한 방법이기도 하다.

눈을 감고, 아니 눈을 감지 않아도 저절로 암흑이니 결가부좌만 하고 미동도 하지 않는다. 먼저 승애가 떠오른다. 사랑하는 사람이 눈을 잃자 절망으로 몸부림치던 여인, 승애는 절망의 깊이를 아는 사람이다. 절망의 깊이는 흉내낼 수 있지만 사랑의 깊이는 흉내낼 수 없다.

절망과 사랑 앞에 전면적으로 서보지 않았으면 차라리 입을 꾹 다물고 침묵하는 것이 절망과 사랑에 대한 예의다. 승애, 지금은 절망이나 사랑보다 더 깊고깊은 세상, 그 어디에선가 살아가고 있으리라. 민은 승애를 물리친다.

어머니, 누구보다도 민을 사랑한 사람이다. 절대의 사랑만을 가졌으나 그래서 더욱 현실적이던 여인. 손톱 밑에 박혀 있는 가시처럼 잊을 수가 없다. 때때로 그 가시는 날카롭게 자라나서 민의 심장을 찌르기도 했다. 민은 그리운 어머니의 형상을 지운다. 시력을 빼앗아간 그 사람들도 용서한다. 아니다. 용서는 인간의 몫이, 현실적인 법(法)의 몫이 아니다.

다만 그들을 원망하면서 보내야 했던 암흑의 시간 속에서 홀로 몸부림쳤던 자신을 바로세우려는 것뿐이다. 용서는 무너지지 않기 위한 스스로의 채찍질이다. 스스로에 대한 관대함이나 자비심이 아니라 엄혹한 질책이다. 상념은 끝이 없다. 아무리 상념을 지우려 해도 지워지지 않는다. 차라리 붙잡고 상념에 빠지기 시작한다. 민은 자기의 마음을 거울 보듯이 들여다본다.

수지침을 비롯한 여러가지 침술을 배웠다고 우쭐했던 본심이 보인다. 양로원에 가서 자원봉사를 한다며 스스로를 자랑스러워했다. 침술을 배울 때도 작촌 선생보다 훨씬 잘할 수 있다고 자만했다. 부끄럽다. 안마시술소를 그만두고 나와서는 명리(名利)를 쫓아 살았다. 양로원의 노인들이 환호하면 겸손하지 못했고 오히려 이름을 내세웠다. 장님이, 장애인이, 정상인도 못하는 자원봉사를 한답시고 한껏 어깨에 힘을 주었다. 그게 본심이었다. 허명(虛名)을 쫓아 사악한 본심을 가렸다. 부나비가 촛불을 향해 뛰어드는 것처럼 성공하기를 원했다.

아프다.

쉽진 않겠지만 모든 욕심을 버리고 청정한 기운으로 살아내지 않으면 안된다. 욕심을 버린 그 빈자리를 허허롭게 생각하면 더 큰 욕심이 찾아오게 마련이다. 승애를 한번쯤은 만나야겠다는 것도 욕심이다. 버려야 한다. 더 많은 환자를 만나 병을 고쳐주겠다는 생각도 버려야 한다. 환자는 없을수록 좋고, 의료인은 한가할수록 좋다. 환자가 없다고 초조해하는 의료인은 부와 명예를 쌓겠다는 사람이다. 비록 침쟁이에 불과하지만 독선과 자만을 버리고 인간의 육체 앞에 겸손해져야 한다. 이렇게 앉아 반성하는 것도 사치다. 더욱 낮추자.

민은 세숫대야의 물을 쏟아내듯이 마음속에 가득한 상념들을 비워낸다. 순간, 먹구름이 가시듯 편두통이 신기하게도 사라진다. 그리고 눈앞이 환해진다. 아무것도 칠해지지 않은 백지(白紙)의 공간이 깃발처럼 펄럭이며 다가오는 것이다. 그것을 굳이 잡으려 애쓰지도 않는다. 민은 한나절을 그렇게 결가부좌의 자세로 보낸다. 귓바퀴를 울리던 소리마저 들리지 않게 되었을 때 민은 결가부좌를 푼다.

욕심이 많아 언제나 마음이 어두웠다. 다른 노동자들이 민주노조에 동의하지 않으면 손가락질을 해댔다. 파업농성에 동참하기를 강요한 적도 있었다. 노동해방에 동의하지 않는 노동자들보다 훨씬 나은 존재라고 은근히 자랑하기도 했다. 의견이 다르면 비웃고 무시했다. 그런 탐욕의 마음으로 무엇을 하려고 했는가.

민은 마음을 비운다는 것과 마음으로 본다는 것의 의미를 간추리며 라면을 끓인다. 냄비에 손가락을 데었지만 스스로 음식을 만들어먹는다는 것이 즐겁다. 라면을 먹고 방안을 서성거리는데 양로원에서 급한 환자가 있다는 전화가 왔다. 민은 침술도구를 챙겨들고 집을 나선다. 골목길을 더듬는 지팡이가 가볍다. 택시를 타고 양로원에 도착하니 난리법석이다. 노인네가 갑자기 쓰러져 숨도 제대로 못 쉰다는 것이다. 전에도 그런 환자가 생겨 119구급대를 불러 응급실로 보냈지만 차가운 시체로 돌아온 적이 있어서 민을 먼저 불렀다고 양로원 원장이 변명하듯 말한다. 민이 만져본 환자는 양로원에서도 건강하기로 소문난 칠순의 할아버지다.

할아버지는 간질발작을 일으킨 것처럼 손발이 뒤틀려 있다. 사람이 쓰러져서 손발을 비트는 경우에 대해서는 수지침 응급처방집에 사례가 나와 있다. 민은 침착하게 손가락 끝을 잡고 침으로 찔러 피를 뺀다. 아주 간단한 처방이다. 간단한 처방이지만 그걸 몰라서 사람들은 종종 생명을 잃기도 한다. 민은 경락을 찾아 막힌 혈을 뚫어준다. 과연 오래지 않아 할아버지가 숨을 쉬기 시작한다. 뒤틀린 손발도 제자리로 돌아온다.

"명의가 따로 없네그랴."

"화타가 살아와도 우리 선생님을 못 따를 것이구먼."

노인네들이 칭찬을 쏟아낸다.

"책에 나와 있는 내용대로 한 것뿐이에요. 너무 칭찬하지 마세요. 쑥스러우니까요."

민은 겸손하게 치사를 물리친다. 그래도 여기저기서 칭찬이 쏟아진다. 노인들이라 작은 일에도 쉽게 흥분하고, 쉽게 감동을 받는다. 가족이 없거나 가족이 버린 외로운 사람들이라 감정의 높고 낮음이 심하다.

3

"내는 구름의 서쪽으로 갈 끼다."

"예에?"

민은 깜짝 놀랐다. 구름의 서쪽? 이게 무슨 말인가?

"귓구녁도 묵었나?"

"어디로 가신다구요?"

"구름의 서쪽이라 안카나?"

"구름의 서쪽이라니요?"

"이리 무식해서 우째 살 끼고? 지금 세상이 우떻노? 구름이 칵 끼었제. 그라고 서쪽은 서방정토인 기라. 미륵님이 오시는 세상 아이가."

민은 여전히 작촌 선생의 말을 이해하지 못하고 멍청하게 서 있었다.

"그렇다면 집에 계시는 것이 아니라······"

"잘 본 기라. 질을 떠날 끼다. 해가 서쪽으로 안 가몬 우째 동쪽에서 떠오르겠노? 해도 달도 서쪽으로 가야 동쪽으로 돌아온다 카이."

작촌 선생은 민의 손을 놓고 구름의 서쪽을 향해 떠났고 다시는 돌아오지 않았다. 민이 전화를 했지만 없는 번호라는 대답만 들려올 뿐이었다.

"머신가를 겔정해야 할 때, 그 겔정이 무지 에러불 때, 요거 한가지만 생각하라 카이. 자연에 어긋진 긴가 아닌가. 자연에 어긋지는 겔정이몬 아모리 그럴싸해도 틀린 겔정인 기라. 자연에 어긋지지 않는 겔정이 첨엔 심들어도 옳은 겔정인 기라. 알았제, 내 말?"

4

자존심 때문이었다.

그날, 잔업도 없던 금요일 오후에 민은 동료들과 함께 잠실에서 프로야구를 보았다. 내기에 져서 포장마차에서 소주를 샀고, 술판은 이차 삼차로 이어졌다. 포장마차를 전전하던 끝에 모두들 거나하게 취해서 웃고 떠들며 지하철을 탔다. 승애도 노조수련회를 떠나고 없어서 민은 오랜만에 인천에 있는 집으로 향했다. 신도림역에서 동인천행 전철로 바꿔 탔다. 마지막 전철이었다. 술기운에 꾸벅꾸벅 졸았다. 정신을 차리니 전철은 부평역을 막 지나고 있었다.

전철 안은 한가했다. 대개의 사람들은 고단한지 눈을 감고 있었고 만취한 사람들은 의자에 길게 누워 자고 있었다. 민의 바로 앞에도 공장장처럼 생긴, 통통한 중년의 남자가 술에 취해 비스듬하게 누워 코를 골고 있었다. 민은 도로 눈을 감고 차내 방송에 귀를 기울였다. 다시 전철이 멈추고 건장한 사내 세 명이 스르르 들어왔다. 그들은 공장장처럼 생긴 남자를 사이에 두고 앉았다.

"어디까지 가세요!"

점퍼를 입은 키큰 사내가 만취한 중년의 남자를 흔들었다. 그 남자는 무어라고 지껄이더니 키큰 사내의 어깨에 머리를 기대었다. 민은 친절한 사람들이라고 생각했다. 전철이 주안역에 섰다. 민은 고개를 흔들어 정신을 차리려 애썼다. 민이 타고 있는 칸에는 열 명도 채 남지 않았다. 전철이 다시 출발했다. 그때였다. 키큰 사내가 재빨리 중년의 남자를 살짝 밀치며 양복 안주머니에서 지갑을 꺼내 자신의 점퍼 주머니에 넣었다. 민은 눈을 번쩍 떴다.

아리랑치기였다. 그들은 지갑을 챙기자 즉시 다른 칸으로 이동했다. 민은 순간적으로 멍청해졌다. 자존심이 팍 상했다. 민은 그들을 따라 앞칸으로 갔다. 앞칸에서도 그들은 술에 취한 사람들을 골라 지갑을 빼내고 있었다. 민은 키큰 사내와 눈이 마주쳤다. 키큰 사내가 빙그레 웃었다. 민은 고개를 돌렸다. 혼자서 세 명을 상대하기엔 역부족이라는 생각이 들었다. 민은 그들의 동태를 살피며 기회를 노렸다. 전철은 마침내 종점에 도착했다. 그들은 느긋하게 걸어서 역사로 향했다. 민은 기회를 보며 그들의 뒤를 따라갔다. 개찰구에 도착했을 때 역무원의 제복이 보였다.

"이봐!"

민은 역무원을 믿고 그들을 불렀다. 키큰 사내가 눈을 부라리며 민한테로 성큼성큼 다가왔다. 다른 두 명의 사내도 난폭한 눈초리로 키큰 사내를 따라왔다. 역무원이 민을 쳐다보았다.

"뭐야, 인마? 웃기는 자식이네 이거? 괜히 시비를 걸어?"

키큰 사내가 오히려 소리를 꽥꽥 질렀다.

"훔친 지갑 내놔!"

민은 큰 소리로 말했다.

"상관하지 마, 새끼야!"

키큰 사내가 민의 멱살을 움켜쥐자마자 뒤따라온 사내들이 민의 얼굴을 마구 때리기 시작했다. 민은 얼굴을 감싸고 바닥에 쓰러졌다. 그러나 사내들의 구둣발은 교묘하게 민의 팔 사이로 파고들어 눈과 코를 마구 찍어댔다. 그러곤 암흑이었다. 사내들은 달아났고, 누군가가 민을 업었다. 구급차에 실려 응급실에 도착하자 민은 그만 혼절해버렸다. 나중에 알았지만 사내들의 발길질에 민의 각막이 심하게 훼손된 것이었다. 민은 그렇게 자존심을 지켰고 시력을 잃었다.

잊어버리자.

시간은 이미 흘러가버렸다. 시간에도 풍경이 있고 상처가 있겠지만, 그것들도 시간과 함께 흘러가게 마련이라고 민은 생각한다. 그리고 지금의 적막은 마음에 꼭 든다. 대지에 깊이 뿌리내린 큰 나무처럼 흔들리지 않는 적막의 한가운데 앉아 민은 고요하고 명징한 자신을 보려고 더욱더 어두워진다. 어둠이 깊을수록 소리는 선명하다. 민은 한방울의 물이 떨어지는 소리까지 감지해낸다. 102호의 연인들은 요즘 자주 성관계를 갖는다. 예전에는 자주 다투더니 이틀이 멀다 하고 감미로운 신음소리를 선사하는 것이다. 민은 그들이 오래오래 행복하기를 빌며 즐겁게 그 소리를 듣는다.

전화벨이 요란하게 울린다. 급한 사람인 모양이다. 자정이 넘은 시간에 전화를 걸 정도로 급박한 사람이 누굴까 하며 민은 전화를 받는다. 아무쪼록 나쁜 소식이 아니기를 빈다.

"여보세요."

민은 긴장하며 전화를 받는다.

"헹님이시우?"

귀에 익은 목소리와 말투. 송림온천에서 일하고 있는 경식이다. 목소리가 밝아 일단 안심이다.

"경식이구나? 웬일이냐, 전화를 다 하고?"

민은 자신도 모르게 목소리를 높인다.

"헹님이 하도 무소식이라 술김에 한번 돌려봤수. 뭐 잘못되었수?"

경식이는 시비조로 나온다.

"아니, 그게 아니고 고마워서 그런다. 누가 나한테 안부전화를 하겠냐?"

경식이 고맙다. 잊혀졌다고 생각하며 살고 있는데 누군가가 잊지 않고 있다는 것은 행복한 일이다.

"거 보시오. 나밖에 없지. 과부 사정은 과부가 알고, 홀애비 사정은 홀애비가 안다는 옛말이 꼭 맞단 말이오."

"그러게."

"나 송림온천 그만뒀수다."

"왜?"

배운 게 도둑질인데 안마를 그만뒀다니 걱정이다.

"장안동에다 백암온천이라고 간판을 내걸었수다. 맹함에다 원장이라고 이름 석자를 턱 박긴 했지만 아직은 잘 모르겠고, 한번 놀러오시우, 헹님. 쐬주 한잔 합시다."

"거 축하하네. 한번 갈게."

"꼬옥! 빈말로 그러면 안돼."

"빈말을 왜 해? 내일이라도 당장 갈게."

"나 기다리고 있을라우, 헹님."

"그려, 가서 보세."

"들어가시우."

경식이 먼저 전화를 끊는다. 경식이 안마시술소 원장이 되었다니까 민은 기분이 괜히 좋아진다. 민이 수화기를 내려놓자마자 전화벨이 또 요란하게 울린다. 전화가 연속으로 오니 기분이 이상하다.

"여보세요."

"나요. 자랑하고 싶은 게 있었는데 딴게 아니고, 사실 나 살림 차렸

수다."

"거 듣던 중 반가운 소리네. 상대는 누구여?"

"애들 엄마요. 못난 것이라 아직까지 혼자 살고 있습디다. 어쩌겠습니까? 데리고 살아야지요."

"잘했구만. 아주 잘했어."

"들어가시우, 헹님."

전화가 끊기자 민의 마음속에 뭔가가 환하게 차오른다. 경식이 하는 일마다 잘되었으면 하는 바람을 안고 민은 편안하게 잠자리에 든다. 얼마나 잤을까? 승애와 함께 월미도에 가서 노는 꿈을 꾸고 있는데 전화벨이 요란하게 울렸다. 그 소리에 승애는 어둠 저편으로 사라졌고 민은 잠에서 깨어 수화기를 들었다.

"제천댁 할머니가 이상해요."

양로원 총무의 다급한 목소리가 수화기 속에 담겨 있었다.

"알았습니다."

민은 침을 챙겨들고 양로원으로 달려갔다. 양로원에 도착하니 무언가 섬뜩한 기운이 느껴졌다. 양로원의 살림을 맡고 있는 총무부장 양씨가 민의 손을 잡고 제천댁 할머니한테로 데리고 간다. 당장 듣기에도 할머니의 호흡이 전과 다르다. 민은 할머니의 맥을 짚어본다.

"전처럼 침을 맞으면 가능할까요?"

양부장이 묻는다. 민은 잠시 고민한다. 침을 맞아도 소용없는 일이다. 할머니의 몸에 있던 기운들이 거침없이 빠져나가고 있었다. 침으로 잠시 지연시킬 수는 있다. 하지만 그게 무슨 소용이 있단 말인가.

"나, 무아미, 관세음, 보오살. 야, 양부, 부장."

고민하고 있는 민 대신에 할머니가 먼저 입을 달싹거린다. 목소리에 기력이 없다. 민은 할머니의 발을 만져본다. 얼음처럼 차갑다. 발가락 끝에서부터 몸이 식고 있는 것이다. 밑에서부터 차근차근 식어가다가 심장 부근이 식게 되면 영혼이 몸을 빠져나간다. 심장이 식으면 인간은 삶의 경계에서 죽음의 경계로 옮겨간다. 경계선을 넘는 것은 아주 짧은 순간이다.

"치, 침 서, 선생님한테 내, 후우후우 내 눈을 디려. 이게 유, 유언."

제천댁 할머니의 마지막 말에 민은 깜짝 놀란다. 혹시 잘못 들은 것은 아닐까? 안구를 기증하겠다니, 정신이 아득해진다. 다시 세상을 볼 수 있게 되다니, 할머니의 발을 만지고 있는 민의 손이 가늘게 떨린다. 양부장이 바쁘게 전화를 걸어 앰뷸런스를 부른다. 제천댁 할머니가 더듬더듬 민의 손을 잡는다. 민은 어찌할 바를 모른다. 할머니가 임종을 하려면 적어도 네 시간은 지나야 한다는 걸 민은 알고 있다. 아니 그보다 더 빠를 수도 있다.

구급차가 와서 양부장이 할머니를 모시고 간다. 제천댁 할머니가 떠난 자리에 아직도 사람의 온기가 남아 있다. 갑작스레 눈이 생긴다니 믿어지지 않는다. 가슴이 방망이질을 친다. 세상을 다시 보게 되면 맨 먼저 승애를 찾고 싶었다. 아니야, 민은 도리질을 친다. 공부를 해야지, 열심히 공부해서 참된 의술을 펼치는 것도 좋으리라.

민은 양로원 양호실에 멍하니 앉아 있다. 민은 완전히 혼자가 되었다. 세상은 캄캄했고 온갖 소음들이 민을 괴롭힌다. 민은 결가부좌를 하고 단전에 손을 모은다. 지나간 시간의 갈피 속에서 만났던 사람들의 얼굴이 뇌리에 떠올랐다가 스러진다. 어머니, 여동생, 승애…… 지팡이와 검은 안경을 버리고 집을 찾아간다면 얼마나 놀랄까? 이럴 때 작촌 선생이라면 어떻게 했을까?

개안(開眼)을 해야 한다고 가르치셨는데.

시간이 하염없이 흐른다. 제천댁 할머니가 준 선물 앞에서 민은 고민한다. 덥석 받아서 다시 한번 세상을 온전하게 보고 싶다. 다시 눈을 뜨면 사랑도 가능할까? 민은 단전에 더욱 힘을 준다. 마음밭에 성기게 돋아난 온갖 잡풀들을 뽑아내야 한다. 잡풀만이 아니라 꽃들도 모조리 뽑아내 마음밭을 비워야 한다. 마음이 비워지지 않으면 명상은 불가능하다. 민은 마음의 눈도 감는다. 눈을 감자마자 눈동자 두 개가 선명하게 떠오른다. 눈동자를 떨구려고 고개를 흔든다. 지우려고 하면 할수록 눈동자는 점점 커진다. 민은 그 눈동자를 자신의 감긴 눈 속에 집어넣으려고 손을 내민다.

'네 이노옴!'

천둥처럼 작촌 선생의 목소리가 민의 머리를 세차게 후려친다. 민은 흠칫 놀란다. 그 순간 허공에 떠 있던 눈동자가 사라진다. 민은 눈을 번쩍 뜬다. 자세를 유지하면서 호흡을 깊게 한다. 작촌 선생이 노한 얼굴로 민의 뇌리 위에서 춤을 춘다. 작촌 선생을 지우려고 애를 쓴다. 아득하게 할머니들의 기침소리가 들려온다. 그 소리에 작촌 선생은 사라졌지만 '네 이놈!'은 여전히 남아 있다.

마음이 들불처럼 타오른다. 마음밭을 태우는 들불에 민은 신음한다. 명상은 번뇌로 채워지고 마음은 괴롭다. 마음 밖에서 마음 안으로 부는 스산한 바람. 마음 안에서 회오리치는 번뇌. 무엇이 두려운가. 삶의 심연으로 내려가 깊어지고 싶었는데, 그마저도 헛된 망상이란 말인지……

"빨리 오세요. 할머니가 기다리고 있어요."

양부장의 전화였다. 망상만 가득한 명상을 끝낸 민은 병원으로 향한다. 지금의 이 현실을 도무지 실감할 수가 없다. 택시에서 내려 병원 현관으로 들어가는데 문득 한사람이 떠오른다. 민은 급하게 공중전화를 찾는다. 동전을 넣고 번호를 꾹꾹 누르다가 수화기를 내려놓는다. 철커덕, 동전이 떨어진다. 이럴 때 담배라도 있으면 도움이 되련만. 민은 수술실로 직행하지 못하고 방황하다가 다시 공중전화를 찾아 전화번호를 꾹꾹 누른다. 저쪽에서 전화를 받지 않기를 간절히 기도하면서 신호음이 멀어져가는 소리를 듣는다. 다섯 번, 이제 두 번만 더 신호가 가도 저쪽에서 받지 않으면 전화를 끊으리라 작정하는데 동전이 철커덕 떨어진다. 숨이 컥 막힌다.

"여보세요. 여보세요."

경식의 목소리다. 아직도 늦지는 않았다. 이대로 전화를 끊으면 그만이다.

"경식인가?"

민은 간신히 정신을 차리고 입을 연다.

"아이구, 헹님이 웬일이우?"

"자네 지금 빨리 구로병원으로 와!"

"자다가 봉창 뜯고 있수, 시방?"

"안구를 기증한다는 사람이 있어. 수술비는 걱정 말고 지금 당장 오라고. 급해!"

민은 다급하게 소리를 지른다.

"뭐라고 하셨소, 시방?"

경식의 목소리가 드높다.

"긴 얘기 못해. 당장 와!"

전화를 끊고 돌아서는데 누군가가 민의 팔을 잡는다. 냄새로 봐서 양부장이다.

"어디 있었어요? 한참 찾았잖아요? 빨리 오세요."

양부장은 민의 팔을 잡고 뛴다.

"자, 잠깐만."

"왜요?"

"사, 사실은 말이야……"

민은 양부장을 설득하느라 애를 먹는다. 그동안에 경식이 아내와 함께 힐레벌떡 병원으로 달려온다. 경식의 아내는 흥분해서 말을 제대로 잇지 못한다. 제천댁 할머니의 임종을 기다리는 동안 경식이 민 대신에 여러가지 검사를 받고 수술실로 들어간다. 민은 수술실 밖 대기실 의자에 앉아 들끓는 잡념과 싸우고 있다. 마음 깊은 곳에는 후회가 똬리를 틀고 있었다.

마침내 제천댁 할머니가 이 세상에서 저 세상으로 건너갔다는 소식이 들린다. 민은 제천댁 할머니의 명복을 빈다. 이제 곧 안구 적출과 함께 이식수술이 시작될 것이다. 민은 대기실을 나와 길 위에 선다. 그저 하염없이 걷고 싶었다. 지팡이로 길을 두드린다. 열려라, 길이여. 길은 지팡이가 닿는 만큼씩 열린다. 민은 발걸음을 옮긴다. 한 발자국을 떼니 마음 안에서 회오리치던 바람이 마음 밖으로 스르르 빠져나간다. 한순간, 구름의 서쪽으로 가는 길에 섰다는 느낌이 든다. 마음의 눈으로 그 길을 본다. 길은 멀다.

—『작가』 1999년 겨울호

낡은 것의 새로움, 그리고 시간의 문제

임규찬

1

가만히 보면 어떤 말들은 우리 주변을 서성거리다 불쑥 시간의 틈새로 솟구쳐올라서는 마치 절대적 진리인 양 눈앞의 한 시기를 점령하는 듯하다. 아마도 지금 같으면 '낡았다'라는 말이 바로 거기에 해당하지는 않을까. 왠지 이 말만 들으면 맥이 탁 풀리고, 더 뭐라 말할 여지조차 없애버리는 어떤 결정적 단절, 뒤처짐 등등이 연상된다. 그만큼 그것과 대립되는 '새롭다'라는 말이 시대의 거스를 수 없는 격랑으로 우리를 몰아대고 있는 탓이리라. 이런 생각이 드는 것은, 좀더 솔직히 말하면 이제는 어찌해볼 수 없을 정도로, 감히 맞설 수 없을 만큼의 큰 변화가 이미 이루어져서는 아닐까.

그러나 설혹 그렇다 치더라도, '새로움과 낡음'의 이분법이 교묘히 감추고 있는 덫을 생각하지 않을 수 없다. 실제로 그 이분법 속엔 '시간의 직선적 흐름'이란 동적인 표상이 자리잡고 있다. 현재의 우리들에게는 "시간이란 무엇인가?"라는 본질적인 질문은 낯설게 들리고, 오히려 "지금 몇시인가?"나 "언제 이 일은 끝나는가?" 따위의 물음이 훨씬 낯익게 다가온다. 우리에게 시간이 이미 계량의 대상으로 받아들여지고 있기 때문이다. 근대사회는 시간뿐 아니라 인간을 둘러싼 거의 모든 것을 수학화하는 토대 위에서 수립되었다. 근대 이전의 사람들은 대체로 순환적인 것, 말하자면 반복과 주기를 시간의 중요한 특징으로 인식했는데, 우리는 지금 시간의 화살, 즉 방향성을 결정적인 것으로 생각하고 있다. 더구나 신영복(申榮福) 선생의 표현처럼, 현대인들은 시간이 미래로부터 흘러와서 현재를 거쳐 과거로 흘러든다고 생각한다. 이처럼 미래의 어떤 실체가 현재를 향하여 온다는 생각을 따르자면, 그 미래는 현재와는 아무 상관 없는, 그야말로 새로운 것일 뿐이라는 신화가 형성되기도 한다. '낡음과 새로움'이라는 이분법을 경계하고 더욱 복잡해진 현실세계를 있는 그대로 구축하는 능력이 그래서 더 필요해진다.

정도상의 이번 작품집을 읽으면서 내게 맨처음 다가온 것은 이런 시간에 대한 상념들이었다.

내 정신을 기대고 있던 세계가 무너져내릴 때, 나도 흔들렸다. 무너지는 세계보다 먼저 폭발하는 내 영혼의 가벼움이라니. 무지개가 사라진 허공을 응시하며 소멸하는 것들의 아름다움에 대해 생각했다.

지지 않는 꽃이란 없다.

무릇 모든 식물들은 목숨을 걸고 꽃을 피워올리고 수정이 끝나면 분분하게 꽃잎을 떨구어버린다. 꽃잎이 떨어지지 않으면 영혼의 결정체인 열매가 맺지 않는 법이다. 영혼의 결정체라니, 식물한테도 영혼이 있던가? 열매는 영혼의 결정체라기보다는 유전자의 결정체일 것이다. 딱딱한 껍질이나 가시에 덮여 종족의 먼 미래를 담고 있는 열매, 그 속에는 생명이 있다. 그래서 영혼의 결정체라 불러도 그다지 틀린 표현은 아닐 터.

소멸하지 않는 꽃은 다음 세대의 꽃에 대해 재앙이다. 그걸 알기 때문에 꽃은 피었다가 곧 진다. 불멸의 사상, 불멸의 사랑, 불멸의 생명력, 불멸의 진리는 소멸하지 않기 때문에 재앙이다. 나도 한때는 불멸을 추구했다. 그리고 불멸은 상처가 되었다. 불멸이 상처라면, 소멸 또한 상처이리라. 불멸과 소멸에는 경계가 있으면서 경계가 없다. 나는 그 경계에서 서성거리는 사람이다. 경계에서 서성거린다는 것이 무엇인지에 대한 적확한 언어를 나는 알지 못했다.

나는 혼자였다.

감내하기 힘든 상처의 시간들을 막 통과해온 사람이었다. 명색이 작가라는 이름을 달고 있었지만 나는 정신적 공황에 시달리고 있었다. (「부용산」, 133~34면)

시간의 화살, 즉 방향성을 결정적인 것으로 생각해오던 한 사내가 있었다. 그리고 사내는 그 생각이 완벽히 무너지면서 오히려 시간의 본질을, 그것도 더 깊은 과거로 찾아들어가 깨달아간다. 이 작품에는 무엇보다 작가 자신의 모습이 겹쳐진다. 아마도 그런 각성을 향한 혼돈이기에 다소 혼란스런 동요와 부조화가 있을지라도, 마치 꽃들의 피고짐처럼 불멸과 소멸을 한데 묶어서 보는 존재의 새로운 층위가, 상처 입은 영혼의 갱생이 작품집 도처에서 느껴진다. 또한 반복적이고 주기적인 존재감 혹은 인생, 삶과 죽음, 그래서 발전 혹은 속도의 방향감이 야기하는 새로움과는 구별되는 존재의 새로운 질감을 느끼게 해준다.

2

작품집을 통독하고 전체적인 이미지를 생각하는 순간 문득 그림 하나가 선명하게 떠올랐다. 노인을 떠올릴 때면 언제부턴가 자연히 연상되곤 하는, 내가 그동안 잘못 알고 있었던 그림이었다. 나의 무지, 아니 단순한 무지의 소산이라기보다는 나도 모르는 사이 형성된 무의식적인 왜곡의 결과라 여겨졌기에 더욱 새로운 인상을 가지게 된 그 그림은 바로 클림트(G. Klimt)의 「여성의 세 단계」(Three Ages of Woman)이다. 왜 그렇게 알게 되었는지는 모르지만 나는 아이를 품에 안은 젊은 여인의 형상으로만 이 그림을 기억하고 있었다. 이를테면 '모성애'를 상징하는 대표적인 그림으로, 나아가 단순한 관능적인 여체가 아니라 이 세상 만물에 부여된 생명의 고귀함을 상징하는 그림으로 알고 있었던 것이다. 그런데 막상 작품을 자세히 보니, 화폭 좌측을 장악하고 있는 노파의 형상이 좀더 강렬하게 다가왔다. 추하게 비틀린 육신을 그대로 드러낸 채 옆으로 서 있는 늙은 노파는 길게 늘어진 회색 머리카락과 왼손 때문에 얼굴이 보이지 않는다. 검게 그을린 피부에다가 마른 몸에 어울리지 않게 배는 불룩 나와 있고 뭔가 고통스러운 듯 한손으로 얼굴을 감싸쥐고 있어 마치 죽음을 바로 목전에 둔 듯하다. 그렇게 노파의 몸이 향하고 있는 쪽에 약간의 간격을 두고 아이를 품에 안은 젊디젊은 여인이 노년의 슬픔 따위는 아예 외면하고 품에 안은 아이와 자신의 꿈만 바라보고 있다. 이들 젊은 여인과 아이가 그려진 부분은 희망, 밝음의 이미지를 기운차게 뿜어내고 있지만 대체로 현실적인 느낌이 들지 않는다. 오히려 늙은 노파의 형상에 무서울 정도의 사실성이 작동하고 있다.

정도상의 소설 역시 그렇게 소멸을 향해 다가서고 있는 노인들의 삶을 우리 앞에 펼쳐 보인다. 희극적인 외양을 띠고 있지만 오히려 비극적으로만 다가오는 「그토록 긴 세월을」은 그런 면모를 단적으로 환기시키는 작품이다. 잘나가는 대기업의 홍보이사이며 그저 골프나 치며 현실을 즐기는 주인공 '무열'의 삶이야말로 얼핏 이 작품을 관통하는 기본 정조인 듯하지만, 비틀린 형제들 사이에서 엿보이는 관계의 어두운 색감과 무엇보다 두 번이나 죽었다 살아났고 세번째로 죽었다 살아나 간첩으로 내려왔던 아버지의 비밀을 털어놓고서야 끝내 삶을 마감하는 어머니의 굴곡진 그늘 형상이야말로 이 작품의 본질인 것이다. 또한 「개 잡는 여자」에서 보여지는 아버지의 어두운 형상도 불멸을 지향하는 소멸성의 한 표징이라 할 만하다. 주인공 화자인 딸은 아버지의 기이한 행동을 좀처럼 이해하지 못한다. 그러다가 그녀는 북에 두고온 첫 아내에 관한 아버지의 이야기를 듣고서야 비로소 오해를 풀기 시작한다. 여기에서도 작가는 죽음을 앞둔 노인들의 쉬 이해되지 않는 삶의 비의를 통해 인생의 깊은 의미를 되새김질하게 하고 있다.

그 점에서 「부용산」은 죽음 자체를 따스한 햇볕 속에 투명하게 내놓고 모자간인 두 노인의 삶을 해바라기시키는 듯한 작품이다. 이 작품에서 가장 인상적인 것은 막 죽음을 통과한 육체를 살아 있게 만드는 다음과 같은 표현이다.

> 고인수 선생은 노모의 팔과 다리를 주무르면서 침착하게 후배를 말렸다. 과연 그랬다. 노모의 얼굴에는 평화로운 미소가 번져 있었다. 나는 그때 혈관 속의 피가 바싹 마르는 듯한 강렬한 그 무언가를 느꼈다. 무엇이 나를 그토록 떨리게 하는지. 나는 뚫어져라 시신을 응시했다. 그리고 느낄 수 있었다. 그 무언가는 한 인간이 소멸하는 순간에 지어낸 불멸의 사랑이었다는 것을. 나는 길게 숨을 몰아쉬었다. 막혔던 것이 뚫리는 기분이었다. 그러곤 비로소 나만의 소설을 쓸 수 있을 거라는 예감에 다시 한번 진저리를 쳤다.
> "만져보게. 이마부터 조금씩 식고 있네."
> 떨리는 손으로 노모의 이마를 만져보았다. 정수리는 이미 싸늘하게 식었고, 이마도 식어가는 중이었지만 입 주변에는 아직도 온기가 남아 있었다. 나는 창밖으로 시선을 돌렸다. 꽃이 떨어지고 있는 목련나무 가지에서 새 잎이 뾰족하게 돋아나고 있었다. 고인수 선생은 담담한 표정으로 식어가는 어머니의 몸을 가만히 매만지고 있었다. (157~58면)

'장기수와 그 어머니'라는 극적인 인생사도 색다르다면 색다르겠지만, '신(神)은 모든 곳에 있을 수 없어 어머니를 보내셨다'는 탈무드의

격언을 자연스럽게 실감케 해주는 소설이기도 하다. 그런데 더 깊이 들여다보면 삶과 죽음, 젊음과 늙음, 불멸과 소멸 간의 차이가 결코 절대적인 것이 아니라 상대적일 따름이며, 오히려 불필요한 '차이의 확대'가 죽음이나 늙음, 소멸 등을 부당하게 폄하하여 결국 반대편의 삶, 젊음, 불멸 또한 왜곡한다는 것을, 그래서 무엇보다 있는 그대로의 상태, 즉 자연의 본성을 우위에 두어야 한다는 것을 작가는 잔잔하게 일깨워주는 듯하다.

3

사실 이런 식의 존재론적 접근은 정도상 소설의 핵심에서 벗어난 것일 수 있다. 오히려 그의 소설에서 발견해내야 할 것은 개별화된 존재성보다는 각 존재들이 일구는 일종의 사회적 관계성에 대한 탐색이다. 가령 그는 분단이 낳은 비극적 상처를 다양한 형태로 끌어안고 있으며, 작가 자신이 지내온 질풍노도기의 삶을 훌훌 벗어던지지도 않는다. 또한 이번 소설집의 특징으로 의당 거론해야 할 사항은 그가 다루는 세계가 매우 다양해졌고, 그래서 그곳에 거주하는 인물 역시 다양해졌다는 것이다. 그는 자신의 시대의 여전한 지속과 그것을 지탱하는 새로운 시대적 삶이란 것들을 가지고 다양한 구조로 소설의 무대를 세워나간다. 작가는 자신의 시대를 결코 자학하지 않는다. 매우 정통적인 방식으로 역사를 있는 그대로 받아들여 그것을 인간 탐구를 위한 재료로 삼을 따름이다. 물론 이 방식은 얼핏 보아 그의 소설을 매우 낡은 것, 구태의연한 것처럼 보이게 만들기도 한다. 그러나 왜 작가가 과거에 결박당하거나 혹은 과거만을 온존시키지 않으면서도 그것을 지금의 현실로 끈질기게 가지고 오는가, 그리고 그것의 현실적 의미를 찾으려 하는가를 우리는 탐구할 필요가 있다.

문득 내게는 『장자』에 있는 '예미도중(曳尾塗中)'의 일화가 그에 대한 적절한 화답인 듯 다가온다. 장자는 자신에게 정치를 맡아줄 것을 부탁하는 임금의 사자(使者)에게 "내가 듣기로 초나라에는 신령스런 거북이 있는데 죽은 지 이미 3천년이나 되었다 합니다. 임금은 그것을 비단으로 싸고 상자에 넣어 묘당(廟堂)에 보관한다 합니다. 당신이 그 거북의 입장이라면, 죽어서 뼈만 남기어 존귀하게 되고 싶겠소, 아니면 살아서 진흙 속에 꼬리를 끌고 다니고 싶겠소?"라고 말하며 돌려보냈다고 한다. 작가는 과거의 존귀함에 시달리는 영혼으로서 바로 "살아서 진흙 속에서 꼬리를 끌며 살겠다"(寧其生而曳尾塗中)는 것을 말하고 싶어한다. 「구름의 서쪽」에서 노동자로 태어나 노동운동을 하다 눈이 멀게 되어 맹인안마사가 된 '민'을, 그리고 그 '민'을 각성한 선(禪)의식으로 재차 끌어올려 우리 앞에 불러낸 의도도 그것일 것이다.

그러나 정작 문제는 그 이후이다. 아무리 문제의식이 크고 중요하다 하더라도 작품 안에 들어서면 그것을 잊어버려야 하는데 작가는 그 그늘에서 완전히 자유롭지 못하다. 무대가 일단 만들어지면 작중 인물들만으로, 그들만의 삶의 무게와 표정으로 거리낌없이 자유로워져야 하는데 여기저기 작가의 지나친 연민과 분노가 개입하여 작품의 밀도를 약화시킨다. 이 작품집의 최대 성과라 여겨지는 「개 잡는 여자」는 다른 작품을 반추케 하는 거울이 될 만하다. 무엇보다도 이 작품은 소재의 기발함에 걸맞은 감정의 진폭을 동적인 이미지에 과감히

실어 묘파해나간, 말하자면 형상 자체의 성취가 작품 자체의 성취로 고스란히 이어진 소설이다. 마치 불협화음을 사용하여 짜릿한 정서적 굴곡을 느끼게 하는 음악처럼, 개를 무참하게 살해하는 행위의 파괴성에다 작중화자의 서정적 내면을 극적으로 접합시키는 박진감 있는 묘사까지 더해져 전율을 불러일으킨다.

남편은 화투짝을 내던지듯 미자의 무릎 앞에다 말을 툭툭 던졌다. 미자는 주먹을 꽉 쥐었다. 이미 식어버린 사랑을 되돌리고 싶지도, 결혼생활을 계속할 마음도 없었지만 남편의 요구대로 도장을 찍어주긴 싫었다. 철망 안에서 개가 버르적거렸다. 올가미는 점점 더 깊이 누렁이의 목을 조였다. 그러자 사지를 버둥거리던 누렁이의 눈동자가 파랗게 변했다. 미자는 고개를 돌려 누렁이가 내쏘는 인광을 외면했다. 누렁이가 발톱을 세워 바닥을 긁는 소리가 가시처럼 귀에 박혔다. 미자는 어금니를 꽉 깨물며 더욱 강하게 줄을 당겼다. 누렁이의 입이 열리며 혀가 조금씩 나오기 시작했다. 누렁이의 진저리는 길고 질겼다. 미자는 눈을 질끈 감고 입술을 깨물었다. 올가미를 조금 더 세게 당기자 누렁이의 마지막 진저리가 손목을 타고 올라와 가슴으로 전해졌다. 진저리가 끝나자 손목에 연결된 줄에서 탄력이 사라졌다. (13면)

개소주집, 죽음을 앞둔 개들과 한 젊은 아낙이 펼쳐내는 도살의 음산한 정경, 끓는 압력솥단지, 연기와 개소주 냄새, 그리고 무엇보다 그 공간에 적당한 거리를 두고 정물화처럼 앉아 있는 아버지를 더하면 분위기는 더할 수 없이 으스스해진다. 그런 가운데 작가는──미

228

자와 김명수가 갑작스레 호텔로 향하는 장면이 지나친 비약으로 다가
오긴 하지만——작품이 갖추어야 할 여러 요소들을 두루 잘 섞어서
맛깔스러운 음식을 만들어내듯 한편의 작품을 뽑아냈다. 작품을 억지
로 만들었다는 냄새는 나지 않는다. 주요인물들을 비교적 자유롭게
행동하도록 만든 결과이다.

그런데 이 작품보다 훨씬 현대적인 인물과 소재를 담은 「오늘도 무
사히」「달빛의 끝」은 왠지 개운치가 않다. 아귀가 맞지 않는 문짝처럼
작품 부분부분이 삐그덕거린다. 분명 그 출발이나 의도는 좋은데 다
소간 작위적이란 느낌을 끝내 지울 수 없다.

   4

베르그쏭(H. Bergson)의 말마따나 자유란 행위 이전이나 이후가
아닌, 행위 자체의 독특한 색깔인 듯하다. 실제 문학작품의 성취와 관
련해서도 이 점은 충분히 수긍할 만하다. 그런데 우리는 곧잘 '그렇게
하지 않을 수도 있었다'는 사실을 환기하는 데 그치거나, 아니면 '결
국 그렇게 할 수밖에 없었다'는 결정론적인 말로 사태를 합리화하고
만다. 그러면서 자유로워야 할 '행위' 자체에 대해서는 깊게 탐구하지
않는 경향이 있다. 사물처럼 응고된 삶 속에서의 행동은 대체로 타성
을 표현한 것에 불과하며, 취향에 따른 선택을 곧바로 자유의 진정한
경지라고 말할 수는 없다. 『논어』에서 "아는 것은 좋아하는 것만 못하
고 좋아하는 것은 즐기는 것만 못하다"(知之者 不如好之者 好之者 不如
樂之者)는 진술은 거기에 딱 어울리는 말이다. 이 말은 흔히 작품감상

과 관련하여 자주 언급되는 구절이지만, 창작과 관련해서도 의미 있는 발언이다. 지(知)가 대상에 대한 인식이라면 호(好)는 대상과 주체 간의 관계에 관한 이해일 것이고, 그에 비하여 낙(樂)은 대상과 주체가 흔연히 일체화된 상태를 의미한다고 할 수 있다. 말하자면 세계 인식이 정보형태의 파편적 분석지(分析知)에 머물거나 이데올로기적 가치판단에서 자유롭지 못하다면 진정한 낙의 경지로 나아갈 수 없다. 따라서 지에서 호로, 호에서 낙으로, 그렇게 세계와의 관계를 한차원 높여나가는 일이 더욱 중요해진다.(신영복 『강의』, 돌베개 2005, 200면 참조)

여기 거론된 세 단계는 작품 자체의 완성도, 미적 성취를 가늠하는 잣대이기도 하다. 작가의 의도, 그리고 거기서 파악된 어떤 인지적 요소가 중요한 것이 아니라 작품 안에서 그것이 진정한 합일(合一)을 이루고 있느냐가 관건인 것이다. 다시 말해 작품의 미적 성취는 독자로 하여금 단순히 머리로서가 아니라 가슴으로 정서적 공감을 자연스럽게 느끼게 하는 경지인가 아닌가에 달려 있다. 그러기 위해서는 작가 자신이 마음을 자신이 살아야 할 곳에 마음껏 노닐게 함으로써, 만물을 부리되 만물에 얽매이지 않는 세상 이야기를 만들어낼 수 있어야 할 터이다.

이 작품집에 실린 소설들을 서로 견주었을 때 다소간 기우뚱하고 불균형한 느낌을 주는 것도 각 작품들이 지와 호, 그리고 낙의 세계로 이리저리 흩어져 있는 형국이어서일 것이다. 그런 차이를 생각하며 작품 안에 노닐어보는 것도 하나의 작품을 자기의 것으로 만드는 창조적인 재생산이 될 터이며, 작가가 현재 가고 있는 지점을 함께 걸어보는 소중한 여정이 될 것이다.

林奎燦 | 문학평론가, 성공회대 교양학부 교수.

작가의 말

 스무살 무렵부터 살아온 집으로 돌아가 문을 열어보니, 온통 낡았
다. 그리 오래되지도 않았건만 처마 아래엔 거미줄이 가득했고 유리
창엔 금이 가 있다. 금이 간 유리창 앞에서 한참을 서성거렸다.
 처음 이 집에 들어왔을 땐, 오만방자한 혈기로 똘똘 뭉쳐 있었다.
그것이 열정인 줄 알았다. 세상에 무서울 것은 아무것도 없었다. 그렇
게 살았다. 그러나 나이가 들면서 세상이 점점 무서워졌다. 세상은 결
코 호락호락하지 않았다. 애써 그것을 인정하지 않으려 무지 노력한
적도 있었다. 그때의 노력을 생각하니 눈물겹다.
 낡은 집을 천천히 둘러본다. 한때의 영광과 좌절이 곳곳에 배어 있
다. 그런데 왜 낡았다고 느끼는 것일까? 혹시, 낡은 것은 집이 아니라
'나'가 아닌가?
 낡은 '나'……

새로움이나 변화를 간절히 추구하지 않았기 때문에 낡았다고 느끼는 것은 아닐 터. 그럼 무엇이란 말인가? (여기까지 써놓고 이틀의 시간이 흘렀다.) 아마도 스스로에게 엄정하지 않았기 때문에 낡아버린 것이 아닐까, 이런 생각이 나를 사로잡았다.

금이 간 유리창에 하얀 창호지로 꽃을 만들어 붙이고 싶다. 창호지를 여러 번 접어 가위로 잘라내면 제법 모양을 낸 꽃들이 탄생했다. 크기나 모양이 제각각인 그 꽃들을 금이 간 유리창에 연이어 붙이던 젊은 어머니. 어머니의 손끝에서 금이 간 유리창은 하얀 꽃밭으로 변해가곤 했었다.

이 소설집에 나오는 소설은 모두 『실상사』(문학동네 2004) 이전에 쓴 것들이다. 2000년에 발표한 「개 잡는 여자」가 이 소설집에서는 최근작인 셈이다. 오래된 소설을 묶고 보니 헌책방의 서가에 먼지를 뒤집어쓰고 있는, 무명작가의 절판된 작품집을 보는 느낌이 들었다. 민망하다.

요즘에는 소설 혹은 문학에 대해 새로운 꿈을 꾸고 있다. 마치 첫사랑을 하는 기분에 사로잡혀 있다. 이제 낡은 '나'에서 떠나려 한다. 내 앞에 길이 있다. 끝도 보이지 않고, 풍경도 보이지 않는 안개 속의 길이다. 그 길에 두 발을 올려놓는다.

낡은 집이여, 낡은 '나'여 안녕.

(중국 선양(瀋陽)으로 북의 조선작가동맹과 실무접촉을 떠나기 전에 이 글을 출판사로 보냈다. 그러나 선양에서 생각이 조금씩 바뀌기 시작했다. 선양에서 돌아와 하루가 지났고 3월 10일 새벽에 책상에

앉았다.)

　중국 선양은 한창 온갖 종류의 건물을 짓느라 바쁜 도시였다. 거대한 건축물 사이 사이로 낡은 집들이 낮게 엎드려 최후의 시간을 기다리고 있는 게 보였다. 그 누추하고 초라한 풍경이 눈물겹도록 아름다웠다. 낡은 집들을 허물고 고층의 빌딩을 짓게 되면 무수한 인간을 길러냈던 낡은 집들은 흔적도 없이 사라질 것이다. 미래의 어느 날, 누군가가 오래된 사진 속에서 낡은 집들을 발견하고 한번도 본 적이 없는 그토록 낡은 풍경 속에서 새로운 무엇을 보게 될지도 모른다. 미래의 그 순간을 떠올리니 눈물겨웠다. 본디 새 집이었으나 이제는 낡아버린 집 한 채를 복덕방에 내놓는다. 아무도 흥정을 하러 오지 않을지도 모르겠고 누군가가 헐값에 사서 곧장 헐고 그 자리에 빌딩을 올리려 할지도 모르겠다. 그것이 세상의 풍습이라면 나쁘지 않다. 어쨌든 내게는 아주 소중했고 아름다웠던 집이다.

2005년 3월 초봄에
머물지 못하고 나그네로 떠돌며
정도상

모란시장 여자

초판 1쇄 발행/2005년 3월 30일
초판 2쇄 발행/2005년 6월 25일

지은이/정도상
펴낸이/고세현
편집/김정혜 문경미 안병률 강영규 김명재
미술·조판/정효진 신혜원
펴낸곳/(주)창비
등록/1986년 8월 5일 제85호
주소/413-756 경기도 파주시 교하읍 문발리 513-11
전화/031-955-3333
팩시밀리/영업 031-955-3399 · 편집 031-955-3400
홈페이지/www.changbi.com
전자우편/literat@changbi.com

ⓒ 정도상 2005
ISBN 89-364-3683-X 03810